北沢
AWA Tou
骨を喰む
真珠
角川書店

骨を喰む真珠

◉目次

装幀　坂野公一（welle design）
装画　朱華

第一章　神効有り

私は溺《おぼ》れております
青い家の中で朽ちていきます
いずれ
私は

一

ひと目見て分かるほど、奇妙な手紙だった。

新波苑子《あらなみそのこ》は文面をさっと読み、首を傾げた。小さな筆文字で書かれた、詩のようなもの。白い封筒をもう一度探ってみても、ほかに何も入っていなかった。

——送り先を間違《まちご》うとるんやないやろうか。

苑子が記者として働く大阪実法新聞《おおさかじつぽう》には、読者から投稿された詩歌を掲載する欄もある。苑子の担当する身上《みのうえ》相談欄に、このような手紙が送られてくるはずがない。

どうせ編集室に手紙を運んでくる給仕が間違えたのだろうと表書《おもてがき》を確かめてみると、新聞社の名前とともに、「身上相談」とはっきり書いてあった。

身上相談欄には様々な投書が来る。結婚や家族に関する悩みといったありふれたことから、「人間として正しい生き方が分からない」といった抽象的な相談まである。抽象的なものは若い読者から寄せられることが多く、同じ悩みを抱える者もいるだろうと何度か取り上げたこともあった。しかし、このような手紙を受け取ったのは初めてだった。

思案にふけっているうち、ふいに編集長の「おい山元《やまもと》、記事はまだかいな」という怒鳴り声が耳に飛び込んできて、苑子は我に返った。呼ばれた記者が慌てて「あと二十分で仕上げますよってに」と答える。

約二週間前の大正十四年四月一日、大阪は近隣の地域を合併し、日本一の大都市となった。当日、男性記者たちは中央公会堂での市域拡張記念式典や造花で飾られた市電、百貨店の記念割引大売り出しの記事を書くため市内を駆けずり回り、締め切りに追われた編集室が殺気立つほどだった。ほかの新聞社が飛行機を飛ばし、編集長が悔しがっていたのが思い出される。

半月ほど経った今でも編集室にはまだせわしなさが残っており、男性記者たちは石墨の粉を原稿用紙に散らしながら、鉛筆を走らせていた。

苑子は手紙を机の隅に置いて、まだ封を切っていない投書に手を付けた。この忙しい中で、意味の分からない詩に構っている暇などない。

――私は本年十八の女です。容貌《ようぼう》の醜いのがいやで、昼夜悶《もだ》えております。人前に出るのも恥ずかしく、芝居や買い物にも行けません――

――経済的な困窮のため、両親が妹を芸者にしようとしております。妹は親の言うことならと従うつもりなのですが、私は妹が芸者になるのには耐えられず、なんとかして救いたいと――

読んでは考え、取り上げないと決めて隅にやることもあれば、保留のつもりで別の場所へ置くこともある。「身上相談は婦人記者に任せるのがいい、婦人は細やかな心で人々の悩みに答えるだろうから」と、理由をつけて苑子に身上相談の回答を押し付けてきた編集長が憎らしい。新聞の身上相談欄は悩める人々に手を差し伸べるものではない。読者の興味を惹《ひ》く悩みを世間に晒《さら》すためにある。

苑子は不満げに息をついて、保留にした手紙の中から、今回の身上相談欄で採用するものを選び始めた。勝ち気な娘に手を焼く父親の相談か、両親から結婚を迫られる職業婦人の相談か……。

これ、と決めた手紙を机の奥に置いて原稿用紙を広げたが、ふと机の隅に置いてある手紙の束に目がいった。

やはり、あの詩がどこか気になる。

「何考えてるのよ、妙な顔をして」

横合いから唐突に声をかけられ、苑子はびくりとした。隣の席で、同僚の楢操《ならみさお》がどこか愉快そうな笑みを浮かべている。

「けったいな手紙が来たんやがな。詩みたいなんやけど、表書には身上相談欄て書いてあるし
……」

束から取り出した手紙を見せようとしたが、操はひらひらと掌《てのひら》を振って受け取ろうともしなかった。

「打ち遣《や》ってしまいなさいな。きっと暇つぶしか悪ふざけの類《たぐい》よ。あなたの帯に挟まってるもの

と同じ」

「帯？」

操は黙って苑子の背中に手を伸ばし、お太鼓結びにした帯の隙間から皺《しわ》の寄った紙を取り出した。

男性記者からの悪戯《いたずら》だ、とすぐに分かった。いつだったか、袂《たもと》にマッチのすり殻を入れられていたときと同じだ。背中や袂の中のことなど、自分では気付きようがない。そして誰かに知らされるまで密《ひそ》かに嗤《わら》われる。

受け取った紙を見てみると、反故《ほご》になった原稿用紙の裏に、

「不遜《ふそん》にして傲慢《ごうまん》なる婦人記者へ」

と、大きな文字で殴り書きをされていた。

不遜。傲慢。この新聞社に入ってから、陰で、あるいは大っぴらに、何度言われたか分からない言葉だった。しかし幾度告げられようと、湧いてくる感情は同じだ。

苑子は席から立ち上がると原稿用紙を掲げ、編集室中に響き渡る声で怒鳴った。

「こんなことをするんは、どこのどなたでっか」

誰も答えない。編集長は別の記者と話し込んでいるし、並べられた机に向かって鉛筆を走らせたり、辞書を引いたりしている男性記者たちは顔を上げもしない。うつむきがちになっている記者のひとりが、笑いを誤魔化そうとしてひとつ咳《せき》をした。その咳すら、編集室を満たす紙をめくる音、煙草を一本くれという声、小倉《こくら》の袴《はかま》を穿《は》いた給仕の慌ただしい足音にかき消される。

もう一度問おうとして息を吸い込んだところで、操が袖《そで》を引いてきた。

「よしなさいってば。そうむきになるから、向こうがおもしろがるのよ」

苑子は相手を見下ろすと、眉間《みけん》に皺を寄せたまま勢いよく座り直した。がたん、と木の椅子が大きな音を立てる。

「そやかて、こんな嫌がらせされて黙っとるのは業腹やないの」

つまんだ原稿用紙を睨《にら》みつける苑子を嘲笑《あざわら》うように、操が唇の端をつり上げた。

「馬鹿ね、何年婦人記者をやってるの。私たちが言っていいのはね、『はい』『すみません』『すみません』だけ」

苑子は悪口の書かれた原稿用紙を丸め、屑籠《くずかご》に放り込んだ。

「『すみません』が二回あるんは」

「一回目の『すみません』は単なる謝罪。二回目は『女のくせに筆など執って、男の世界に入ってきてすみません』ってこと」

憮然《ぶぜん》とした表情のまま、苑子は部屋を見回した。男の世界、というのは間違いない。この編集室にいる女性は苑子と、隣の操だけだ。大阪実法新聞の婦人記者は、総勢でも五名だっただろうか。いや、先日ひとり辞めたと苑子は聞いていた。たいていの婦人記者は長くもたない。苑子と操は三年ほど続けただけで、もう婦人記者の中では古株といってよかった。

「女で筆を執って許されるのは、少女雑誌に投稿する詩とか作文までよね、とどのつまりは」

「その作文を社に送って記者になったんやないの、あんたはんもわても……。合点が行かへんわ」

愚痴を言ったところで、不満が収まるわけでもなかった。身上相談にとりかかろうとしても、うまい回答が思いつかない。何度か筆が止まったあと、苑子は万年筆を机に放り出した。無造作に置かれたままの、例の妙な手紙が目に入る。

そういえば、あの詩を書いたのはどんな人物なのだろうか。

普通は手紙の最後に「悩める女」や「T男」などの仮名があるものだが、それすら書かれていない。封筒を裏返して、差出人の名前を見てみる。武庫《むこ》郡精道《せいどう》村にある住所――最寄り駅は阪神電気鉄道芦屋《あしや》駅のはずだ――の横に、小さく姓名が書いてある。

丹邨孝太郎《にむらこうたろう》。

「丹邨……」

思わずロに出していた。覚えがある名字だ。めずらしいものだから、ほとんど間違いようがない。

苑子は原稿用紙に向かっている操に声をかけた。「なぁに」という、面倒くさそうな一言だけが返ってくる。

「あんたはん、丹邨家の訪問記を書いたことあるやろう。二年くらい前……ほら、丹邨製薬の」

その名字を聞いた途端、操の鉛筆ががり、と原稿用紙を掻《か》いた。

「丹邨製薬の社長宅ね。ええ書いたわ。あんまりいやな目に遭ったから無理に忘れてたのに、あなたのせいで思い出してしまったじゃない」

それがどうかしたの、とようやく顔を向けてきた操の前に、苑子は手紙を差し出した。

「さっき言うた身上相談の手紙……差出人は丹邨孝太郎いうんや。社長一家の誰かやないかと思うて。あんたはん、訪ねたときに孝太郎っておひとがいはるって聞いた？」

興味を惹かれたのか操は手紙を受け取り、さっと目を走らせて眉《まゆ》をひそめた。手紙を苑子の机の上に放り投げるようにして返す。

「身上相談にしては変なものね。でも私はそんな名前知らなくてよ。なにせ、奥様はご自分がいかに若々しいかってことしか話さなかったものだから」

「若々しい」という言葉に皮肉を込めた抑揚をつけ、操は不機嫌そうに頰杖《ほおづえ》をついた。

「そういえば、丹邨家から帰ってきたとき、あんたはんえらい腹立てとったなぁ」

操は少し意外そうな顔をした。

「よく覚えてるわね。そうなの、『あなたはお若くても、気を緩めているとすぐに老けてしまうわよ、私はそんなことはないけれど』なんて言われて、腹を立てない女がいるかしら。私よっぽどそれを書いてしまおうかと思ったわよ」

怒りのせいか、操の口調には普段より熱がこもっていた。思わず苦笑して、苑子がからかう。

「そんなことを書くんは訪問記やのうて化け込み記事やな。あんたはん、物売りにでも化けて、丹邨家を訪ねたほうがええ記事書けたんやないの」

「訪問記ってことで編集長に言われたんだからしょうがないじゃないの。あなたもそんな手紙、捨ててしまいなさいな。丹邨家なんかに気を取られてる暇なんてないでしょう」

操はぴしゃりと話を終えて、自分の仕事に戻った。

同僚にはああ言われたが、この手紙を捨てる気にはどうもなれなかった。奇妙な文面もそうだが、もし丹邨製薬の社長の家族から送られてきた身上相談だとしたら、後々何かの記事に使えるかもしれない。

苑子は机に置いてある辞書を開くと手紙を挟み、なんでもないような顔をして元に戻した。ここなら男性記者に見つかって戯れに盗《と》られることもあるまい。

それから一週間が経ち、仕事に追われて辞書に挟んだ手紙を忘れかけていた頃、再び丹邨孝太郎からの投書が届いてきた。

がなり立てる黄金《きん》の電話
錆《さ》びない時計の針
熟眠《うまい》を知らぬ影
牢《ろう》の鍵《かぎ》は手にあれど
足をもがれ唇を縫われ

やはり仮名はなく、詩だけが書かれていた。文字が前より崩れ、墨の染みがぽつぽつと紙に散らばっている。

苑子はしばらく手紙を眺めたあと、辞書を開いて中に挟んだ。分厚い辞書を机の奥に戻したとき、なぜだかいつもより重く感じた。

はっきりした根拠はないが、苑子は三通目が来るのではないかという予感を抱いていた。普段ならばそんな当て推量など相手にしないのに、どこか胸騒ぎがする。それから手が空くたびに、ふと苑子の脳裏に丹邨孝太郎のことがよぎるようになった。

七日後、小倉袴の給仕が手紙を持って編集室に飛び込んで来、苑子の机に手紙の束をばさりと置いて、すぐに別の机に向かっていった。

白い封筒、小さい筆跡の表書が目に付き、苑子は素早く手に取った。丹邨孝太郎からの手紙だ。表書も、差出人の名前も先の二通と比べて、明らかに文字が震えている。悪い予感がした。封を開けるのももどかしく、勢い余って封筒が斜めに破れた。

踏み絵を見ろ
踏み絵を見ろ
踏み絵を見ろ
歯のこまかな影だけは見るな

皺が寄った紙、ひどく乱れた筆跡で書かれた詩を凝視する。読んでいるうちに、呼吸が浅くなっているのに気付いた。息を吸い込み、編集室のあちこちから立ち上る煙草の煙が天井に流れていくのをしばらく見つめる。

苑子は顔をしかめて、背もたれに帯のお太鼓結びを押し付けた。操に相談しようにも、今はどこかの大学の博士に話を聞くという命令で出てしまっている。

机の上に並べた手紙と封筒を眺めていると、封筒の底に小さな皺が見えた。

封筒を手に取り、よくよく観察してみる。あらゆる角度から注視しているうちに、苑子は思わずあ、と声をあげた。

封筒の底が何か鋭利なもので開けられ、また閉じられた跡がある。

苑子は慌てて、一通目と二通目の封筒も確かめてみた。同じような跡が残されている。

これは丹邨孝太郎がやったことだろうかと疑い、軽く首を振った。自分の書いた手紙の封筒にこんなことをする意味がない。

誰かが封筒を底から開け、手紙を出し、読んで、手紙を戻したあとに悟られないよう封をし直した。

盗み読み、という言葉が脳裏をよぎる。あるいは、検閲。

こんなことをできるのは誰だろうか。孝太郎に投函《とうかん》を頼まれた人間――女中か、あるいは家族。まだはっきりとは分からないが、家族に手紙を検閲されているとしたら……。

こめかみに指を当てて考え込んでいる苑子の隣で、椅子を引く音がした。操がいかにも大儀そうに座り、伸びをする。大学教授への取材を終えて帰ってきたらしい。

「ああくたびれた。京都までというのも楽じゃないわね。その上今日中に原稿を書けっていうんだから……」

操は言葉を切って、苑子をまじまじと見た。

「どないしたん」

「あなたの、こめかみに指をやる仕草」操が真似してみせ、眉根に深い皺を寄せた。自分はそんな顔をしていたのか、と苑子は初めて気付いた。

「考え込んでるときの癖。仕草はいいけど、その顔はやめたほうがいいわね。般若《はんにゃ》みたいに見えるわよ」

憎まれ口を叩《たた》くと、操は横目で手紙を見た。

「また身上相談の手紙で悩んでるの？　今度はどうしたっていうのよ」

手短に経緯を話す。検閲については推測も入っていたが、操は苑子の話を聞くと少し黙った。

「あなたに力を貸すようで癪《しゃく》だから、言おうか迷ってたんだけれども」苑子から一瞬、目を逸《そ》らして切り出す。「私、今日大学の先生にお話を聞いたでしょう。化学を教えてらっしゃるの。でも少し前まで丹邨製薬にお勤めだったのよ。ほら、丹邨製薬は化粧品も売り出してるから、製品を作るための研究で……」

そういえば、丹邨製薬は薬だけではなく、化粧水やクリーム、白粉《おしろい》といった商品も扱っていた。高価すぎて苑子には縁がないが、資産家の夫人や娘たちには人気があるらしい。

「化粧品の進歩について、という話だったから、丹邨製薬に勤めていらしたときのお話も伺ったのだけれど。……丹邨家には、孝太郎というご子息がいるそうよ」

苑子は思わず、操のほうへ身を乗り出していた。

「わざわざ訊《き》いてくれたん」

「話の流れよ。先生は丹邨家に直接出入りしたことはほとんどないけれど、一度食事に招かれたときに紹介された、って」

「そのときの、丹邨孝太郎の様子は」

操は顔をしかめて答えた。

「そんなに詳しく聞いてないわよ。私だって記事のほうが大事なんだもの。でも、前に手紙の差出人についてあなたが訊いてきたから、覚えてたってだけ」

唇を引き締めると、苑子は手紙を持って勢いよく立ち上がった。

「おおきに」

「ちょっと待ちなさいよ」
二、三歩、机から離れかけていた苑子を、操が呼び止めた。
「あなた、どうするつもりなの」

「どないする言うたかて……。丹邸家の息子からこんな手紙受け取ってもうて、何《なん》もせんわけにいかへんやないの」

操はあからさまなため息をついた。

「そんなわけの分からない手紙を根拠に、丹邸家に乗り込むつもり？」

苑子は操の顔を真正面から見つめた。嘲《あざけ》りと呆《あき》れと、わずかな怒りが読み取れる。

「この手紙は何もかもがおかしい。文面だけやとわけが分からへんけども、丹邸家に入り込めば何か摑《つか》めるかもしれへん」

「それで？」操が苛立《いらだ》った口調で答えた。「もし丹邸孝太郎が困ってたら助ける、なんて言うつもりじゃないでしょうね。とんだお節介というものだわ」

苑子は三通の手紙に目を落とし、つぶやくように言った。

「……丹邸孝太郎が難儀しとるんか、神経が不安定なんか、わてには分からへん。そやけど、普通は手紙を出すとしたら、友人か、信頼でける誰かに出すはずなんや」三通目の乱れた筆跡を見つめ、ゆっくりと続ける。「そやのに、新聞社なんかに手紙を送ってきた。ひょっとしたら、ほかに助けを求める相手がおらへんのと違《ちゃ》うか」

「だとしても……」

「わてにはこの手紙を見付けた責任がある。そんなら、応《こた》えなあかんのやないやろうか」

操はしばらく苑子を睨んでいたが、ふいと顔をそむけた。

「そう。なら好きにしたら」

机に頬杖をついた操の横顔は、不機嫌そうなままだった。

それきり操を振り返らず、足早に編集長の机へと向かう。男性記者からの原稿を読んでいた編集長に声をかけると、視線だけ寄越してきた。

「化け込み記事を書いて、よろしおますか」

いつも結論から言うのが苑子の癖だ。編集長は眉をひそめ、「なんぞ当てでもあるんかいな」と問いかけてくる。

三通の手紙を渡す。編集長はさっと目を通すと、放るようにして返した。

「こないにけったいな手紙で、わざわざ化け込むつもりかいな」

「丹邨製薬の社長令息から妙な手紙が届いて、しかも盗み見されたかもしれん跡があるんでっせ。ただごとやないと思わしまへんか」

ふぅむ、と編集長が髭《ひげ》を撫《な》でる。興味をそそられている証拠だ。これを機にとたたみかける。

「丹邨孝太郎さん……丹邨家には、なんぞ良うないことが起こってる気がしますのやがな。こんな事情は、訪問記で正面から訊いて分かるもんやおまへん。化け込みで、家の中に入り込まんと……。丹邨製薬の社長一家の問題、記事にしたらおもしろいんと違いますやろか」

苑子の内心としては「おもしろい」という場合ではないのだが、こう言ったほうが編集長には通じやすい。

幸い、大阪実法新聞には丹邨製薬の広告は出されていない。丹邨家の問題を暴いたところで、社の不利益にはならないだろう。もしそれでも編集長が渋るようだったら、仮名にすると交渉するつもりだった。

編集長はしばらく黙ると、眼鏡の奥からじじろりと苑子を見上げた。

「女優志願者やカフェーの女給やったら望みのとこに化け込めるけんど、家に女中奉公となったら口入屋に行かんとな……。丹邨家が口入屋で女中を探しとるか分からへんのに、どないして目当ての家に化け込むつもりやがな」

「前に丹邨家の近くに住んではる夫人の訪問記を書いたことがおますやろ。行田《ゆきた》さんいう、実業家のお宅で」苑子は予測していた質問に用意していた答えを返した。「そのおひとに色々訊いてみて、丹邨家になんぞ入り用な人手があるか探ってみますわ」

編集長は少しの間考えていたが、やがて軽く頷《うなず》いた。

「どうせ行くんやったら、行田夫人の訪問記も書き。丹邨家のほうは……まぁ、期待せんでおくわ」

許可を出すなり、編集長は眼鏡を上げて、原稿を再び読み始めた。手紙を胸に押さえつけ、苑子は会釈した。

「そんなら、明日にでも行ってみますわ」

二

翌朝、玉造《たまつくり》の下宿から狭い通りに出ると、ぽつりぽつりと降る雨を縫って工場からの煙が苑子の鼻をかすめた。途端に激しい咳が二回、三回と出る。慌ててハンカチで口を押さえるが、咳は止まらない。

これは女学生のときから、苑子につきまとう持病だった。新聞社の、煙草の煙で視界さえ霞《かす》む編集室で働き始めてから、悪化したように思う。婦人記者になって初めて咳の発作に襲われたときは、「結核じゃないだろうな」と方々から顔をしかめられたが、そうではないと分かってからは何も言われなくなった。

親元から離れて三年、空気の悪いところからなるべく遠くに、と下宿を定めたつもりが、時が経つにつれ大阪全体が煙に覆われてきている気がする。三十年ほど前、苑子が生まれる前に大阪は「東洋のマンチェスター」と呼ばれていたはずだが、苑子にとってその二つ名はありがたくもなんともなかった。煙突の吐き出す煙のせいで肺を壊し、咳の発作に苛《さいな》まれ続けて、どうしてこの町を誇れようか。ハンカチで鼻と口を覆いながら、停留所へと急いだ。

午前中、新聞社でいくつか仕事を済ませたついでに、丹邨製薬について改めて調べてみた。丹邨製薬は、丹邨光将《みつまさ》一代の手で作り上げられたものだ。光将は河内《かわち》の出。心斎橋《しんさいばし》の薬種商に奉公に出され、年季明けとともに独立して、明治三十五年に丹邨製薬の前身となる「丹邨堂」を設立。はじめは漢方を扱っていたが、間もなく需要に応えて洋薬にも手を出し、今や化粧品でも名を知られている。

その社長宅に乗り込んでいくとは、と思うと、我ながら無鉄砲な気がした。しかし一度決めた以上引き返すことなど、苑子の頭にはなかった。

操の訪問記も記憶をたどって古新聞の中から探し出した。だが操がぼやいていたように、夫人の若々しさに関する記述が記事のほとんどを占めており、付け足したように丹邨製薬の化粧品への賛辞が書かれているばかりだ。

昼食を済ませ、また市電に揺られていく。阪神電車前で降り、梅田《うめだ》から阪神電気鉄道で芦屋へと向かう。放課や退勤の時間とは重なっていないから、車内は割に空《す》いていた。席に座り、今からすることを確認する。

婦人記者に任される仕事の中に、訪問記と化け込み記事がある。苑子が今からしようと試みているのは、編集長にかけあった通り後者だ。

訪問記は正式に記者だと名乗って政治家や実業家などの邸宅を訪れ、夫人や令嬢から生活ぶりや趣味などについて聞き出すもので、いわば名家の表の顔を描くものだ。

対して化け込み記事は身分を偽って富裕な家や様々な店に赴き、ときには内部に入り込んで、実情を暴き出すことに目的がある。訪問記では澄まして家庭の仲睦《むつ》まじさを語っていた奥方が、化け込み記事では横柄な夫に辟易《へきえき》していたり、使用人にきつく当たっていたりする。女性向けの訪問記と違い、取り繕った資産家の内幕は老若男女の興味を惹くものだ。

丹邨家の内実を探り、記事にする。ここまでは化け込み記事として成り立つかもしれない。しかし、場合によっては孝太郎を助けるとなると、話は別になってくる。とんだお節介、という操の言葉も、分からないわけではない。

苑子は買い換えたばかりの手帳を風呂敷《ふろしき》包みから取り出した。最初のページには、孝太郎の詩を書き写してある。役に立つのかどうかは分からないが、検閲された手紙をそのまま持っていくのは危ない気がした。

詩に目を走らせるたび、思わず胸元を押さえてしまう。自分が書き写した字と違い、日を追うごとに乱れていく孝太郎の筆跡が頭によみがえる。無視できない切迫したものが、あの手紙にはあった。

少なくとも、調べる価値はあるのではないか。孝太郎について。丹邨家について。

小雨《こさめ》が車窓を弱く叩き、雫《しずく》となって斜めに落ちていく。電車が新淀川《しんよどがわ》を越える。兵庫県が近付いても、灰色の雲は低く垂れ込めていた。

電車は尼崎《あまがさき》、武庫川、西宮《にしのみや》と駅で乗客を吐き出しては乗せ、やがて芦屋に着いた。

一歩駅に降り、苑子は思わず大きく息を吸った。工場の煙が届かない、清浄な空気を肺に入れるのはいつ以来だろうか。大阪で成功した商人たちが、家を店から切り離し、ここらに居を構えるのも頷ける。

行田夫人の家まで、車を使うほどの距離ではない。傘を差し、南に向かって歩き出しながら、苑子は辺りを見回した。行田家を訪れたのは一年前だったが、駅の近くにある鉄筋コンクリートの精道村役場は記憶のままに堂々としていて、精道村の発展を誇っているかのようだった。

松林と川に挟まれた道を進むうちに、目当ての行田邸が見えてきた。周りの家より一回りも大きな瓦《かわら》屋根の邸宅で、門から玄関までの道は丹念に掃き清められている。

戸を開けた女中に身分を告げると、ちょうど良く行田夫人は家にいるとの答えだった。この家の外見《そとみ》は古風だが、通された客間には絨毯《じゅうたん》が敷かれ、常磐《ときわ》色の天鵞絨《ビロード》に彩られた長椅子が卓を挟んで置かれていた。

しばらく待つと、行田夫人が姿を現わした。四十代半ばのはずだが表情は若々しく、上品な茶褐色の地に鶴を染め分けた大島紬《おおしまつむぎ》がよく似合っている。

「お久しおますな、新波さん。雨の中こないなとこへ来てもろて、お草臥《くたび》れの出やへんように……。今日も訪問記でっか」

編集長からは、行田家の訪問記も書けるようにしておけと言われている。苑子は訪問記だと答え、当たり障りのない質問をいくつかした。

記事を書くのに充分な応答ができた頃、苑子はさりげなく切り出した。

「ところで、芦屋には丹邨製薬の社長もお住まいやと小耳に挟みまして。行田さん、丹邨家のご夫人とはお付き合いがおますやろか」

行田夫人は丹邨の名を聞くと、少し困ったような笑顔を浮かべて答えた。

「何度かお宅でお茶を頂いたことも、うちに招いたこともおます。それがどないしはったん」

「実は、丹邨家に化け込みすることになりましてん」

「社を辞めるから次の働き口を」などと適当な嘘をついて、丹邨家で得られる職を探ることも考えたが、行田夫人の反応からして、丹邨家に良い印象を持っているふうには見えなかった。中途半端な嘘をつくよりかは、「化け込むつもりだ」と言ってしまっても差し支えはあるまい。

行田夫人はさもおかしそうに、くすくすと笑った。

「そうでっか、丹邨家に化け込みを。あんさん、さては初めっからそのつもりで来はったんやな」

「いいえ、訪問記は書かせてもらいます」苑子は慌てて答えた。「そやけど、丹邨家で何か入り用な人手があるか、知ってはったらと思うて。あの、化け込みのことは、丹邨家には……」

「言わしまへん、言わしまへん」行田夫人は繰り返して、笑みを浮かべたまま続けた。「白状しますとな、丹邨家とはお付き合いがおますけんど、わて丹邨家の奥様のことはあまり好かんのですわ。……これこそ言うたらあきまへんよ」

もちろん、と答えながら、苑子は内心やや驚いていた。訪問記や化け込み記事を多く書いていると、話している相手の人となりくらいは摑めてくる。行田夫人は滅多にひとを嫌わない、広い度量を持った人物だと苑子は感じていた。その行田夫人が「あまり好かん」と言うからには、よほど丹邨夫人に何か問題があるのだろう。

ひとつ、思い当たることがあった。

「もしかして、丹邨夫人がご自分の容姿を鼻にかけてはることとでっか」

行田夫人はあら、と声をあげた。

「さよか、記者の間にも広がっとるんやな。そんなら隠すこともおまへんな。丹邨夫人はな、会うたんびにご自分の肌や髪の美しさをことさら自慢しはるんやがな。聞いとるほうはたまったもんやないで……。どの集まりでもそうしてはるもんやさかい、あまり評判は良うないんと違うかなぁ」

少し言い過ぎたと思ったのか、行田夫人は付け加えた。

「ああ、でも丹邨家にとっては悪いことばっかしやおまへん。ここいらのご婦人の間では、確かに丹邨夫人は若々しい、丹邨製薬の化粧品のおかげやないか、いうて、お使いになるおひともいはるよってに」

自慢されるのは癪だが、若さを保つ秘訣《ひけつ》が化粧品にあるのなら、ということだろう。いわば夫人は丹邨製薬の歩く広告らしい。

考えている苑子をよそに、行田夫人が話を戻した。

「そや、丹邨家に化け込むいうことでしたな。女中奉公が手っ取り早い思いますけんど、あんさんは女中いう柄やおまへんな。見破られたら元も子もおまへんさかい」

苑子は自分の着ている、流行《はや》りから少し落ちた淡茶色の古着を見下ろした。

「気付かれますやろか」

「お召物《めしもん》の問題やおまへん。話しぶりや動きでんな、どうも職業婦人やいうことが滲《にじ》み出てはるよってに、相手が少し鋭ければ見抜かれまっせ。さて、どないしたもんか……」

行田夫人は少し考えると、ふと頭を上げた。

「あんさん、何かお嬢さんに教《おせ》ぇて差し上げられるもんがおますやろか。女学生のときに得手やったこととか」

「お嬢さん？」苑子は思わず聞き返していた。「丹邨家には娘さんもいはるんでっか」

「正式に紹介されたわけやないんでっけど、ちらと見たことはおます。お嬢さんでっか、て夫人に訊いたら、そうです言うてはりました。女学校も卒業してはる年頃やろうなぁ。ああいうお嬢さんは趣味で何か習いはるよってに、ひとつ教ぇる仕事ならわてから紹介でけるんやないかと」

苑子は今までの経歴や得意なことを思い出してみた。

「裁縫はできます。日本刺繍《ししゆう》は趣味で……ああ、そや、二年ほど美人画を習っとったさかい、絵も描けますわ」

「多才やなぁ」行田夫人は厭味《いやみ》なく微笑んで、「そんだけ、でけることがあるんやったら、ひとつくらいお嬢さんもやりたがりますやろ。そう決まったら早速手紙を書きますわ。手紙持って、丹邸家にいっぺん行っとお見やす。あとはあんさんの腕次第や」

立ち上がった行田夫人に、「えろうおおきに」と、苑子は頭を下げた。


行田夫人から手紙と、丹邨邸への地図を渡され、苑子は行田家を辞した。丹邨邸は行田邸よりさらに南、海に近いところにある。芦屋駅付近で訪ねたことがあるのは行田夫人の家だけだ。見慣れぬ場所を、地図を頼りに歩いていると、やがて目当ての邸宅が見えてきた。どうやら裏手らしいが、クリーム色がかった白い壁とスレート屋根の洋風建築で、手前には家と対照をなす昔ながらの庭園らしいイロハモミジが植えられている。行田夫人の言った通りの外観だった。

玄関に回り込み、女中に丹邨夫人への取り次ぎを頼む。用件を告げると、玄関を入ってすぐ右手の客間に通され、待つように言われた。青い絨毯が一面に敷かれ、真鍮《しんちゅう》と硝子《ガラス》のシャンデリアが灯《とも》り、卓の上に活《い》けられた水仙を照らしている。ベランダの手すりが見える東側の窓と、南側の窓からも弱い春の陽が差し込み、このような雨の日でなければより清《すが》々しい明るさに包まれるのだろうとふと想像した。

五分ほどして、丹邨夫人が客間に入ってきた。黒地に黄色い薔薇《ばら》をあしらった銘仙、髪に鏝《こて》を当てた束髪と、若々しい化粧を施した顔のために、苑子には夫人の年齢がはっきりと分からなかった。行田夫人と付き合いがあることから四十は過ぎているのかと思っていたが、三十そこそこにさえ見える。

挨拶《あいさつ》を済ませたあと、苑子はなるべく教師らしい、きびきびとした口調で切り出した。

「こちらの家にお嬢様がいはるて聞きましたさかい、なんぞ教ぇて差し上げるものがあるんやないかと思いまして、お邪魔させていただきました。こないだまではある家のご令嬢に日本刺繡を教えてました。それが、一家が引っ越すことになってしもうたさかい、新しい勤め口を探しとるとこなんです」

「礼以《れい》さんに？」夫人は眉をひそめたが、苑子の言う経歴を疑っているのではなさそうだった。

「娘のことを、どこで知りはったん」

苑子は内心首を傾げた。娘は礼以という名前らしいが、よほど人前に出ないのだろうか。

行田夫人からの手紙を渡す。文面に目を通して、ようやく丹邨夫人は得心がいったように声をあげた。

「ああ、行田夫人の紹介でっか。そういえば、あのおひとは一度礼以さんを見かけてはったな。よう覚えてはるこっちゃ」

「はい、行田夫人からお嬢様のことを伺いましたさかい……」

言いかけて、ひとつふたつ咳が出た。よりによってこんなときに、と急いでハンカチを口に当てる。

丹邨夫人は気分を害したようでもなく、心配そうに苑子の顔を覗き込んだ。咳の発作が治まるのを待って問いかける。

「肺が悪いんでっか」

「結核やおまへん。ただ生まれた頃から大阪に住んどったせいで、工場の煙にやられてしもうて……」

同情を込めた顔つきで、丹邨夫人は頷いた。

「わてらも昔は大阪に住んどったんやけども、空気が悪いわ道は狭《せも》うてどこもごった返しとるわで、芦屋に家を移しましたんや。あんたはんの家も越してきたらどないです」

苑子は曖昧《あいまい》な笑みを返した。実家で暮らしていると思われているらしい。家を出されて下宿住まいだとは、明かさないほうが信用を損ねないで済みそうだ。

丹邨夫人は行田夫人からの手紙を読み返すと、ふむ、と考える素振りを見せた。

「こればっかしは、わてひとりでは決められまへんわ。娘にも好き嫌いがおますよってに。あんたはん、ちょっと待っとくなはれ。話をしてきますわ」

そう言うと、丹邨夫人は手紙を持って、客間から出ていった。

再び待たされるのかと客間でじっとしていたが、今度は十五分ほど経っても帰ってこない。じりじりしながら待っていると、夫人だけが客間に戻ってきた。

「裁縫や刺繡はようやらん言うてますけど、あんたはん、絵も教えはるんやな。日本画？　西洋画？」

「日本画です。美人画をよう学んどりました」

丹邨夫人は頷いた。

「ほんなら、絵を教ぇてもろてよろしおますか。娘がやりたい言うとるさかいに」

丹邨夫人に導かれて、奥の階段を上がる。どうやら娘の部屋で引き合わされるらしい。廊下の突き当たりまでに扉が三つ、左手に並んでいるが、丹邨夫人は廊下の半ばほどで右に曲がった。右に襖《ふすま》、左側には扉があり、奥には狭い階段がある。女中が主に使う裏階段といったところだろう。

丹邨孝太郎について探るのはまだ早いだろうか、と考えあぐねているうちに、丹邨夫人が襖を開けた。広々とした畳敷きの部屋で、鏡台と文机《ふづくえ》、何もかけられていない衣桁《いこう》のほか目立った家具はなく、どこか殺風景な印象を受けた。部屋の彩りといえば、床の間に活けられている赤い藪《やぶ》椿《つばき》くらいのものだ。正面と左側にある曇硝子《ガラス》の窓は全て閉じられていた。部屋の配置から考えて、正面の窓を開ければ庭を臨めることだろう。

娘の礼以は鏡台の前で正座をしたまま、ゆっくりと顔をこちらに向けた。艶《つや》やかな黒髪を結わずに垂らし、白地に青紫のぼかし、藤、蓮華《れんげ》草、蝶《ちょう》を散らした錦紗《きんしゃ》を纏《まと》った姿が、曇硝子を通した陽の中で清らかに浮かび上がっている。目尻《めじり》の上がった丹邨夫人と似てはおらず、薄化粧を施した顔立ちはすっきりとしていて、小さく紅を塗った唇が愛らしい。

礼以は苑子に向かい微笑みかけると、「その方ね」と丹邨夫人に話しかけた。夫人が苑子を手でさす。

「新波苑子さん。美人画も描けるさかいに、よう教ぇてもらい。新波さん、こちら娘の礼以。外には滅多に出んさかい、失礼があるかもしれまへんけど、よろしゅうお願いいたします」

苑子がはい、と答えたかと思うと、丹邨夫人はこれで紹介は済んだとばかりにひとつ会釈し、向かいの部屋に入っていった。どうしていいか分からず、礼以の部屋の外で動けずにいると、礼以が立ち上がって苑子に近付き、手を取った。柔らかな指だった。

「そんなところにいないで、入ってきてくださいまし。先生とお呼びしてよろしいかしら。それとも新波さん？　苑子さんかしら」

力は弱いが、部屋に引き入れられそうになる。苑子が慌てて、

「小雨が降ってましたさかいに、裾《すそ》が汚れて」

と告げると、礼以は苑子の着物の裾をしげしげと眺めた。

「あら、乾いていたらなんてことないわ。遠慮なさらないで」

時機を図っていたかのように、後ろから若い女中が声をかけてきた。礼以の許しを得ると、女中は部屋の隅にあった八端織《はったんおり》の座布団を二枚、文机の前にすっと置き、無言で去っていく。

乾いているといっても、泥の跡や土埃《つちぼこり》がついているのには違いない。遠慮を覚えながらも礼以の誘いを断り切れず、苑子はおずおずと座った。

女学校を卒業しているようだと行田夫人から聞いていたが、確かに礼以は二十《はたち》か、それより手前に見える。ふと、丹邨夫人の若々しさが思い出された。ほんとうの母親だとしたら、まさか三十そこそこではないだろう。しかし丹邨夫人の年齢や、後妻かどうかを訊くのは無礼な気がして、苑子は掘り下げるのを諦《あきら》めた。

まだ気になったことがある。これなら尋ねても差し支えはないだろう。

「礼以さん……でっか。その喋《しゃべ》り方、東京かどこぞで長《なご》う暮らしてはったんでっか。丹邨夫人は大阪のことばやさかい、礼以さんもそうやとばかり」

礼以はああ、と眉を下げた。

「女学生のときは、東京にいたの。お父様のお眼鏡にかなう学校が大阪にはなかったみたいで……。それで卒業と同時に、芦屋に越していたお父様たちのところへ戻ってきたのよ。震災の少し前だったかしら」

礼以の学友のことに思い至り、苑子は何も言えなくなった。しかし幸い親しい者にひどい被害はなかったのか、礼以は沈んだ顔を見せるでもなく苑子のほうへ身を傾けた。

「そんなことよりも、今日は絵のお道具は持ってきていないの。私の分はすぐお母様に頼むつもりだけれど」

「何を教ぇるか分からんかったもんで……。明日、大阪から持ってきますわ。そやけどしばらくは、画用紙を綴《と》じたもんと、鉛筆があれば充分でおます」

苑子が絵を習ったのは実家にいた頃だったから、絵の道具は親に捨てられているだろう。帰ったら急いで用意しなくてはならない。

「じゃあ、私の集めたものをご覧になって。きっと教えるときの参考になるわ」

言うが早いか、礼以は手文庫の中を探って、紙の束を取り出した。乙女らしく少女雑誌の挿絵を切り抜いたものや、美人画の添えられた広告がほとんどだ。

「こういうものが描けたら素敵だと思うの。どうかしら」

「わてのやる日本画とは違いますけんど……美人画でしたら、教ぇて差し上げられます」

礼以は嬉《うれ》しそうに唇をほころばせた。

「そうね、広告になるような絵がいいわ。丹邨製薬の広告って、少し味気ないと思うのよ。化粧品でさえ、瓶の絵と文だけだったりすることもあるし……。美しい絵を添えたら、きっと皆の目を惹くのではないかしらと思って。でも私、絵はからきしなものだから」

考えていたのとはかなり違う要望が来て、苑子は面食らうのと同時に感心した。資産家の娘であれば趣味で絵を嗜《たしな》むくらいだと思っていたのが、会社のために役立つ技術を求めているとは。ただの箱入り娘ではない、と考えていると、礼以が出し抜けに訊いてきた。

「ねぇ、ところで、女学生は化粧をするの？　もしするのなら、女学生向けの広告も考えたいのだけれど」

苑子は思わず怪訝《けげん》な顔をしそうになった。礼以自身も数年前まで女学生だったのだから、知っていそうなものだが。

「そうでんな……女学生は薄化粧をしますけんど、学校によっては華美やいうて禁止してはるところもおます」

答えると、礼以は目を見開いた。

「あら、そうだったの。私の学校では化粧をしてはいけないと言われていたから、ほかの学校はどうなのかと思って」

それならば説明はつく。卒業後芦屋で父親の仕事を見ているうちに、化粧への関心が湧いてきたのだろう。

考えているうちに、礼以が苑子に向かい膝《ひざ》を寄せてきた。

「苑子さん。今日は絵の道具がないのなら、外のことを教えてくださらないかしら。私はこの家にこもりきりだけれど、苑子さんは働いていらっしゃるのだから、きっと世間のことを色々とご存じよね」

苑子が承知すると、礼以はいかにも嬉しそうな声をあげた。

礼以の質問は日々の行事や街を歩く人々の身なりといったちょっとしたことから、商業の動きまで多岐にわたった。婦人記者なりに世情には詳しいが、特に政治や商業に関して明るいと不自然だろうし、かといって何も知らないというのも格好がつかない。口に出す前に、いちいち答えを熟慮しなければならなかった。

問いかけは尽きるところを知らず、苑子が困りかけてきたとき、喉《のど》の奥からふいに突き上げるものがあった。

袖で口を押さえるのと同時に、止めようもなく咳が出る。礼以から顔を背け、片手を畳につく。礼以は悲鳴のような声を立てて、苑子の背をさすった。

「どうなさったの。何かお身体の具合でも」

「大事おまへん」また咳が出る。「持病のようなもんで。大阪の煙で、肺を悪うしとるさかいに」

礼以はそれを聞くと、「少し待っていて」と言い、部屋から飛び出していった。数分もしなかっただろう、足音が戻ってきて、脇に礼以が座る気配がした。硝子が触れ合い、水が注がれる音がする。薄目を開けると、盆の上に水の入ったコップと水差しが置かれていた。

うずくまったまま咳に耐えているうちに、礼以の手がふいに視界に入った。丸薬らしきものが一粒、掌に載っている。

不思議な見た目だった。真珠のように白く、虹《にじ》色じみた光沢がある。

「丹邨製薬の咳止め薬なの。まだ試作なのだけれど、効き目は確かだから、お飲みになって」

試作の品というのに不安を覚えなくもなかったが、咳の苦しさに襲われている今、断ることはできなかった。それに丹邨製薬には日本中に知れ渡るほどの実績がある。苑子は丸薬を受け取り、コップの水で飲み下した。

しばらく軽い咳が出たが、数分後には咳が治まっていた。喉から胸元にかけて触ってみる。あの不快な感触が嘘のように消えていた。

「どう？」

礼以の細い手には、丸薬の入った小瓶が握られている。苑子は信じられない気持ちで、小瓶の中身をまじまじと見つめた。

「喉から肺から、洗われたような心持ちですわ。こんな薬を丹邨製薬が作っとったやなんて……」

礼以は胸を撫で下ろして、囁《ささや》き声で言った。

「よかった。ああ、ほかのひとには内緒よ。いずれ大いに売り出すつもりなのだもの」

「それはもちろん、秘密にしますわ」

ようやく事態が収まり、しばらく話していると、女中が声をかけてきた。夕食の用意ができたらしい。

「もうそんな時間なの。苑子さん、ご一緒してくださいな」

礼以が袖を引いてきて誘う。夕食の席ならば、丹邨孝太郎は来るだろうか。手紙通りの様子なら自室で食べるかもしれないが、一家の様子を窺《うかが》うには良い機会だ。

「そんなら、ご相伴にあずかります。えろうおおきに」

答えると礼以は嬉しそうに苑子の手を引いたまま、廊下を渡り、階段を下りた。

食堂は青い絨毯にテーブル、凝った透かし細工の施されたシャンデリアという、洋風のしつらえだった。南側に面しており、仏蘭西《フランス》窓からは籐《とう》椅子の置かれた日光室《サンルーム》が見える。

訪問記で洋風建築の家を訪ねたことはあるが、食事にまで呼ばれたことは滅多にない。思わず見回しながら案内された席に着く。礼以と丹邨夫人も座ると、女中が料理を運んできた。腸詰《ソーセージ》と卵の前菜、豆類のチャウダー、サヨリの揚げ物に人参とピーマンのサラダ、パン。女中はひとりしかいないようだから、あらかじめ一人前多く用意させたのだろう。苑子の採用が決まったときから、食事をともにする段取りだったに違いない。

「主人は仕事で大阪に行っとるさかい、今日は遅うなるやろう。冷めへんうちに食べましょか」

「あら、孝太郎さんがまだよ」

孝太郎、という名前に、苑子の心臓が軽く跳ねた。丹邨夫人は礼以の言葉に一瞬固まると、困ったように眉を下げて、

「今日は熱を出しとるそうや。女中に食事を持っていかせるよって、安心しとくなはれ」

とやや早口で言った。

「そう、熱を。ちゃんと食べるか心配だわ。あの子は食が細いから」

礼以が独りごちるように返し、匙《さじ》を手に取った。苑子は何も知らないふうを装って、

「孝太郎さん……はここの息子さんでっか。熱を出してはるやなんて、心配でんな」と探りを入れてみた。

「弟なの。中学生なのだけれど、学校にも行かないで部屋に閉じこもっているのよ」スープの皿に目を落としたまま、礼以が答えた。「大きな病気はないから、苑子さんは心配しないで」

その口調にどこか冷たい壁のようなものを感じ、苑子は質問を重ねられなかった。それでも、全く何も分からないよりかはましだろう。

食事がてら話をしている間に、丹邨夫人は登世《とよ》という名なのだと知った。一家の主人である光将とは、彼が店を立ち上げた翌年に結婚をしたのだという。丹邨堂の創立は今から二十三年前のことだ。

「わてはこう見えて数えで四十五を過ぎとりますけんど」登世の口調に自慢げなものが混じる。「三十より若《わこ》うにも見える、てよう言われますねや。皆うまいこと言わはりますわ」
四十五、というのに苑子は驚きを覚えたが、おべっかを求められていることも分かる。
「ほんに、三十より手前に見えまっせ。肌も髪も、そんじょそこらのご婦人ではかないまへんわ」

登世は満足げに紅を塗った唇の端を上げ、小さな笑い声を漏らした。操や行田夫人の言っていたのはこういうことか、と考えていると、登世がこちらをじっと見ているのに気付いた。どこかじっとりとした、絡みつくような視線だった。

「新波さんは、おいくつなんでっか」

唐突に年齢を訊かれた戸惑いと、無礼ではないかという怒りが一瞬湧いたが、顔に出るのをすんでのところで抑える。「数えで二十三です」と素直に答えると、登世はますます粘ついた眼差《まなざ》しを送ってきた。

「さよか、二十三……。大阪の女は二十でもう老けるいいますけんど、新波さんはおきれいでんな」

お世辞とも、素直な褒め言葉とも取りかねる、妙な口調だった。苑子はどうにか、

「はぁ、あの、それほどでも……」

と返すことしかできなかった。

登世の視線に耐えかね、助けを求めて礼以のほうを向くと、礼以は皿の上にある腸詰をしげしげと眺めていた。

「お母様。これは腸詰……よね」

我に返ったかのように、登世は苑子から目を離して答えた。

「さいでおます。牛や豚の腸に、挽肉《ひきにく》を詰めたもんで」

礼以は腸詰を切ってフォークで刺し、あらゆる方向から見つめ始めた。観察している、といってもいいほどだった。苑子が怪訝に思っていると、やがて礼以の口から、途切れ途切れに言葉が聞こえてきた。

「肉……動物性蛋白質《たんぱく》……人体に重要な……消化吸収率は……」

何かの分析をしている学者のような、乾いた口調だった。

ひとしきりつぶやきを終えると、礼以は腸詰を食べ、何度も咀嚼《そしゃく》していた。おいしいとも、まずいとも思っていなさそうだった。

登世は慣れているのか、礼以の振る舞いに驚いた様子もない。ただ取り繕うように、苑子に向かって、

「腸詰が出たのは久しぶりやさかいなぁ」

とだけ言った。

食事が終わると、登世と礼以はわざわざ苑子を玄関まで見送りに来た。ふたりが食堂で見せた妙な素振りはもうどこにもない。ただ美しい親子が、広いホールを背にしてにこやかに立っているだけだ。

「ところで苑子さんは、週にどのくらい教えにいらっしゃるの。私は何日でも構わないのだけれど」

ふいに訊かれ、苑子はとっさに答えた。

「週に二日ほどやと、どないでっしゃろ。ほかに教ぇる家はおまへんけんど……」

「あら、じゃあ毎日でもよくってよ。私は暇を持て余しているんだもの」

新聞社での仕事も考えると、さすがに毎日は難しい。押し問答の末、週三日、午後に訪れることになった。これなら午前中や丹邨家への訪問がない日には会社に行ける。登世が礼以の背後で頷いた。

「ほんなら、明日から娘をよろしゅう」

はい、と登世に答え、すっかり雨の乾いた前庭に踏み出す。小雨を降らせていた雲は薄くなり、暗くなった空を覆っていた。

その日、芦屋から大阪に帰り、新聞社で行田夫人の訪問記を書いている間にも、退勤後に心斎橋で絵の道具や少女雑誌を買い、帰宅してからも、咳は一回も出なかった。

三

翌日、編集長に今回の化け込みは長くなりそうだ、と告げると、案の定眉をひそめられた。

「普通化け込みは一日、長うて三日ほどやというんに、どんくらいおるつもりや」

「まだはっきりとは言えしまへん。三日よりは長うなるんと違いますやろか。家庭の内情をようよう調べんとあきまへんさかいに」

渋い顔をしたままの編集長に、それでも化け込みがないときは社に来て仕事をする、と言って押し切った。

まだ記事にとりかかる段階ではない。苑子は自分の机に戻り、手帳と銅《あかがね》色の万年筆を取り出した。

紫がかった赤い革表紙の手帳は、入社当時、偶然店で見かけたときからの気に入りだった。ページが埋め尽くされるたびに、ずっと同じものを買っている。色合いや紙の書きやすさもさることながら、男性記者のよく使う黒い手帳と取り違えることがないのも、愛用している理由のひとつだった。

昨日の丹邨邸で見聞きしたことを手帳に書く。結局、孝太郎には会えなかった。とはいえ、学校に行かず部屋にこもっていること、大病を患ってはいないことを聞けたのは収穫だろう。

気にかかることを反故紙の裏に記し、机の引き出しに入れる。化け込みの期間は長くなりそうだ。

午後に丹邨邸を訪れ、礼以の部屋に通されると、待ちかねていたように礼以が駆け寄ってきた。

「ずいぶん待たせて、ひどい人ね。お入りになって。道具はこれで充分かしら」

文机の上を見てみると、昨日苑子が言った通りに、画用紙を綴じた写生帳と鉛筆が何本か置かれていた。

「そんなら、一度鉛筆で美人画か挿絵を模写してみなはれ。線を真似るだけで充分でおます。好きな絵でも構いまへんし、私も少女雑誌を買《こ》うてきましたさかいに」

それなら、と礼以は手文庫から少女雑誌の切り抜きをいくつか取り出してきた。海を背景に、籐椅子に座る令嬢を描いた絵を手本と決めて、写生帳を広げる。

横で見ていると、手つきは拙《つたな》いものの、集中して取り組んでおり、どうにか時間をかけて人物の線を描き上げた。背景は薄い線でぼんやり描くのが精一杯だったが、細かい着物の柄でさえ途中で投げだそうとはしなかった。

礼以が鉛筆を置くと、苑子はすかさず褒めてみせた。

「よう描けてはりますわ。からきしやなんて昨日は嘘言わはって。女学校でも図画はようできてはったんと違いますのん」

描き上げた絵を厳しい目で見ていた礼以が、ふと苑子に視線を移し、「図画……」とつぶやいた。

「国語や裁縫に比べたら少ないですけんど、図画の授業はおましたやろ」

苑子に言われて、礼以はああ、と声を出した。

「そうね、良くもなし悪くもなし、だったかしら」

礼以はそれだけで女学校での図画の話は切り上げ、苑子に写生帳を渡した。

「悪いところは遠慮なくおっしゃって。褒めてくださったのは嬉しいけれど、まるでなっていないことは自分でも分かっているわ」

苑子も褒めてはみたものの、身体の部位や目鼻の均整はとれておらず、骨格のずれも目に付く。機嫌を損ねないようにと柔らかく指摘すると、礼以はすんなりと受け入れた。

「こうしてお手本を見るとできるように思えるものだけれど、案外難しいのね」

「慣れてきたら外へスケッチに行くのも気持ちのええもんでっせ。山やとか、海やとか。この家からやと海のほうが近いですけんど」

礼以は小首を傾げ、

「海は確かにすぐそこだけれど。家にずっと閉じこもっているから、ひどく遠く思えるわ」

○4○

踏み込んでいいのか一瞬迷ったが、ただ絵の先生のふりばかりしているわけにもいかない。思い切って尋ねてみる。

「礼以さんは、その……お身体に何か」

「そういうことじゃないの。ただ外に出るのが怖い気がするだけ。お母様がよくお客や婦人記者を家に入れるのだけれど、あれも苦手なの。だからそういうときは、私は部屋から出ないのよ」

人目を避けたい、という性格なのだろうか。行田夫人が礼以を見かけたのは、稀《まれ》な偶然だったらしい。

「そんなら、なんでわてを雇ってくれはったんでっか」

「広告のために絵の勉強はしたかったし……」礼以ははにかんで、「お母様から若いご婦人だと聞いて。私には弟しかいないし、お姉様のような方だったら素敵だと思ったの」

どう答えていいか分からず、苑子は曖昧な声を出して礼以から視線を逸らした。女学生のとき、生徒同士で姉妹のような関係を築いたことはあるが、卒業してからもそのようなことを言われるとは思いもしなかった。

別の話題を探して部屋を見回しているうち、ふと床の間に飾られている藪椿が目に入った。昨日はそうとは気付かなかったが、花びらの端がやや茶色くなってめくれ、枯れかけている。

「礼以さん。あの藪椿……」おずおずと声をかける。「差し出がましいようですけんど、取り替えたほうがよろしいんやないかと……」

礼以は床の間に顔を向け、ああ、と声を出した。

「あれはいいのよ。そのままでいいの」

どういうことなのか、と訊く前に、礼以が続けた。

「枯れていくのを見たいの」

礼以は赤と茶色の入り混じる藪椿を眺め、口の端を上げた。瞬《まばた》きもせず、ただ枯れかけた花を凝視している。いつか、恐らく数日後に、花がぽとりと落ちるのを心待ちにしているかのように。

苑子が何と言っていいのか迷っているうちに、ふいに襖の外から女中が、

「旦那《だんな》様のお帰りです」

と声をかけてきた。礼以がぱっと立ち上がって襖を開ける。苑子は礼以に気取られないよう、静かに息を吐いた。なぜだか胸が早鐘を打っていた。

「今日はお早いのね。取引がうまくまとまったのかしら」

苑子をちらと振り返ると、礼以はまた女中に向き直った。

「ねぇ、夕食を少しばかり早くしてくれない。昨日の夕食ではお父様がいらっしゃらなかったから、苑子さんも一緒にお食事をしていただきたいの」

女中は戸惑い気味に眉を下げて、

「早くですか」

「そう。いけない？」

段取りが狂うことに女中は困惑を隠せなかったが、無理だとは言えないのだろう。「かしこまりました」と答えると、足早に廊下を歩いていった。

女中には気の毒だが、丹邨家の事情を知るためには主人である丹邨光将に顔を売る必要がある。苑子はあえて遠慮の言葉を口にしなかった。

礼以は当たり前のように苑子の手を取り、部屋の外に連れ出した。

「お父様が帰ってきたら、一家でお出迎えするのよ。孝太郎さんは出てこないだろうけれど……。苑子さんも先にご挨拶しましょう」

階段を下りると、長く広いホールの突き当たり、玄関の近くで、洋服を着た初老の男性が登世に出迎えられていた。

礼以は早歩きで両親のもとに近付き、ふたりに微笑みかけた。

「お父様、今日は早いお帰りで嬉しいわ。お待たせしてしまってごめんなさい」

「かまへん、わしこそいつも遅うてすまんな」

そう言って目尻に皺を寄せる初老の男性――光将は、苑子が写真で見るより良くいえば親しげ、悪くいえば大企業の社長とは思えないほど平凡な雰囲気だった。背もさほど高くなく、威厳を示す点といえば口髭と恰幅《かっぷく》の良さくらいだろうか。

礼以が苑子を自分の斜め前に立たせて、背中に手を添えた。

「お父様、この方は昨日から私に絵を教えてくださることになった新波苑子さん。苑子さん、こちらはお父様の丹邨光将。ご存じかもしれないけれど」

「ええ。お噂はかねがね伺っとります」

苑子が言うと、光将は気恥ずかしそうに笑った。

「さよか。一介の薬種商のつもりが、いつの間にか名が知れてもうて。化粧品も売っとるいうんに、社をまとめとるんがこんな髭面でえろうすんまへん。娘をよろしゅうお頼み申します」

気さくな口調に、登世と礼以が笑みをこぼす。仲の良い一家というふうだが、やはり孝太郎の姿はない。

光将の後ろには背の高い、洋装の男性が姿勢良く立っていた。西洋風の顔立ちとでもいおうか、彫りが深く鼻筋が通り、やや垂れた目は茶色みを帯びている。髪は軽く鏝を当てたように緩やかな曲線を描き、丁寧に撫でつけられていた。街を歩いていても振り返られそうな容姿だ。年は三十手前に見えるが、顔立ちのせいではっきりとしない。もっと若いかもしれなかった。

苑子の視線に気付いたのか、光将が一歩脇に退く。

「ああ、これはわしの秘書で、白潟譲《しらかたゆずる》いいますねや。良うでける男でっせ」

苑子が挨拶をすると、白潟は一言、

「よろしくお願いします」

とだけ言った。

目を合わせたその一瞬、白潟の様子に、何か妙なものが感じられた。

わずかに眉をひそめ、目の奥まで覗き込むような視線で射貫《いぬ》いてくる。できれば心臓を摑み取り、人間のものなのか確かめたい、というほどの、深い疑いがひしひしと伝わってきた。少なくとも、初めて会った絵の教師に向けるような眼差しではなかった。

動けもせず、言葉も発せられないでいる間に、礼以が急に苑子の袖にすがりついてきた。

「お父様、せっかく早くに帰ってこられたのだから、お食事の用意を急がせたのよ。苑子さんとご一緒しましょう。とても良い先生なのよ」

白潟がわずかに口角を上げた。先ほどまでの険しい様子は微塵《みじん》も感じられない。

「二日でずいぶん仲がよろしくなったようで。お嬢様にしてはめずらしい」

からかわれていると取ったのか、礼以はわざとらしくしかめっ面を作った。

「ひどいことをおっしゃるわね。私だって外の方と仲良くすることもあるわ」

光将が苦笑しながら頭を掻いた。

「娘がこれほど懐くいうんは、何にせよめずらしいこっちゃな。そやけど、わしは少し白潟との仕事が残っとるさかい……」

「だめなの？」

礼以が短く言う。光将は頭に指をやったまま、少しの間固まった。

「いや……あかんいうほどでは……」

「付き合ったらよろしいやないの」登世が口を挟んだ。「可愛い礼以の言うことやないの。仕事で忙しい分、たまには埋め合わせをしたらどない」

光将がちらりと白潟を見る。白潟は抑揚のない声で、

「仕事はこちらで引き受けます。夕食は僕の部屋に運ぶようにしてくだされば」

と言った。光将が申し訳なさと安堵《あんど》の混じった顔をする。

「さよか、そんならすまんけど、頼むわ。分からへんことはあとで訊きに来たらええ」

頷くと白潟は光将の鞄《かばん》を受け取り、誰にともなく一礼するとホールを歩いていった。白潟に向けられた眼差しが気になり、思わず苑子はその背中を見送った。長身が踊り場を抜け、二階へと消えていくまで、なぜだか目が離せなかった。

気のせいかもしれない、と強いて階段から視線を逸らしたとき、喉の奥にいつもの感覚が走った。止めるに止められず、咳が続けて出た。「すんまへん」と言う間もなく、また咳をする。

礼以が慌てた様子で苑子の背中を撫で始めた。立ちすくんでいる光将に説明する。

「大阪の煙害で肺を痛めていらっしゃるの。昨日、お薬を差し上げたのだけれど。ほら、あの試作の品よ。すぐ取りに行ってくるわ」

言うなり礼以は小走りでホールを駆けていった。女中に向かってか、「水を」という指示が聞こえてくる。

じき礼以が小瓶を持ってきて、丸薬を一粒苑子に渡した。飲んでみると、昨日と同じように数分経った頃には、咳が治まっていた。

「えろうすんまへん、貴重な試作の品を」

「いや……。そんなことはかまへん」光将は気の毒そうに苑子を見つめた。「そやけど難儀なこっちゃな。あの薬は一日しか効能がもたへんのや。それ以上はどないしても延ばされへん。大阪の煙害ばかりはなんともならへんさかいな、せめて薬で世の役に立とう思うたところが、肺ごと治す、いうわけにはどないしても……」

「いえ、一日治まるだけでも助かります」

光将はああ言ったが、苑子は薬の効き目に驚いてすらいた。市販の咳止め薬をいくつも試してきたが、これほど効くものはなかった。

「早《はよ》う世に出れば、きっと仰山のひとが助かりますわ」

「ええ」小瓶を手に、礼以が微笑んだ。「ほんとうに」

ふと、視界の端で何かが動くのが見えた。笑みを浮かべたままの礼以の背後、長いホールの端にある階段の踊り場から、十四、五歳ほどの少年がこちらを覗いている。

丹邨孝太郎に違いなかった。

真っ青な顔をしていることが、ホールからでも見てとれた。孝太郎は礼以の背中に、そして苑子に視線を寄越し、やがて静かに階段を下りて、手洗いのほうへ消えていった。

苑子を囲む丹邨家の誰ひとりとして、孝太郎に気付きはしなかった。


少し経って、食事の準備ができたと女中が告げてきた。食堂には登世と孝太郎がおらず、光将、礼以、苑子の三人で食事が始まった。

夕食は昨日と同じ洋食だった。前菜はサーディンが二尾とオリーヴが品良く盛り付けられたものだ。

五分ほど経った頃、登世も姿を現わして席に着いた。女中がすかさず登世の前菜を運んでくる。

「遅れてすんまへんな。友人への手紙を書くつもりが、つい筆が乗ってしもうて」

そう軽く詫《わ》びてナイフとフォークを取る。年齢は手に出るものだが、登世の白く艶やかな手はやはり四十代半ばには見えない。

白潟の存在は気にかかったが、やはり自室で食事を摂《と》るのだろう。孝太郎はどうだろうか、と考えていると、苑子たちの前菜の皿が下げられたのと同時に、ほとんど音もなく食堂に入ってきた。ホールで見たときにどことなく分かっていたが、普通の中学生より痩《や》せ気味で、顔色も良くない。

「あら、遅かったわね」

礼以の声色は優しかったが、孝太郎はびくりとして姉のほうも見ず、おずおずと苑子の向かいに座った。苑子たちにはコンソメが運ばれてき、孝太郎の前には前菜と、ほかの者と同じスープが並べられた。

　何の変哲もない一家の食事だった。光将が取引の首尾について上機嫌に話し、登世は頷きつつも商売のことは分からないのか、やんわりと近所の夫人たちとの交流について話を運んでいく。今日は礼以も、出された料理の分析をする気配がない。

　その中で、孝太郎だけがどうも気にかかった。食事の進みが遅く、コンソメすら無理に口にしているように見える。家族の会話に加わることもなく、誰かの話に反応すらしない。熱が出ていたと昨日登世が言っていたから、病み上がりで調子が悪いのだろうか。

　牛肉の煮込み、トマトサラダと続き、デザートに苺《いちご》と珈琲《コーヒー》が出される。この二日で引っかかることはいくつかあったが、考えがまとまらないと思いながら苺を口に運んでいると、礼以がふいに言った。

「孝太郎さん、食欲がないの？」

　その言葉に孝太郎だけでなく、登世も、光将さえもびくりとしたのが、苑子にもはっきり分かった。孝太郎はまだ牛肉すら食べきっておらず、トマトサラダと苺には手がつけられていない。

「心配だわ。ちゃんと食べないとだめよ」

　姉の気遣い、のはずだった。しかし何かが違う。声は硬く、冷たく、食堂の空気を凍らせていく。

　突然、孝太郎の隣に座っていた登世が焦りを露《あら》わにして叫んだ。

「食べ。早う食べ。まだ肉もサラダもこんなに残っとるやないの」

それでもナイフとフォークを持ったまま縮こまっている孝太郎にしびれを切らしたのか、登世は孝太郎の手からフォークを奪い取り、薄切りの肉を孝太郎の口に突っ込んだ。うぐ、という声が孝太郎の喉から漏れ、ブラウンソースがテーブルに飛び散る。

「噛《か》み。噛んで飲み込み。早う。早う」

孝太郎の顎《あご》に手を当て、無理やり噛ませてはまた残った肉を食べさせる。うめき声をあげながら孝太郎がどうにか煮込みを食べきるのと同時に、トマトが口の中にねじ込まれる。一切れ。二切れ。

涙が孝太郎の目に浮かび、胸が痙攣《けいれん》した途端、半ば潰《つぶ》れたトマトがテーブルの上に吐き出された。光将が孝太郎のもとに駆け寄り、吐き出されたトマトを両手ですくうと、孝太郎の口に押し込んだ。赤い汁が唇から垂れ、しゃっくりのような音が聞こえてくる。

「孝太郎、早う食べ。わての、お母はんの言うことがきかれへんのか」

「礼以に心配させるんやない。わしの息子なんやさかい、このくらい食べられへんでどないするんや」

怒鳴りながら息子に食事を詰め込んでいる父母を、苑子はただ呆然《ぼうぜん》と見ていた。口の周りがトマトの汁にまみれ、吐き気を抑えている孝太郎の顔。必死の形相で水を飲ませようとする登世。苺の皿を手に、しきりに息子を急き立てる光将。

ゆっくりと視線を横にずらすと、礼以は食堂の騒ぎなど起こっていないかのように、珈琲を飲んでいた。

この娘の言葉が発端だ。

思い返してみると、光将も登世も、表向きは普通だが、常に礼以の機嫌を窺っていた。ホールでも光将は仕事があると言っていたのに、礼以の一言で夕食に付き合うことにしたし、登世も礼以の味方をしていた。

愛娘《まなむすめ》に弱い、というには度を越している。

珈琲を喉に流し込まれた孝太郎は、咳き込みながらテーブルに突っ伏しかけたが、どうにかこらえて席を立った。顔を拭《ぬぐ》うこともせず、よろよろと、しかし逃げるように食堂を出ていく。

登世は額の脂汗をハンカチで拭うと、残ったサラダに手をつけ始めた。光将も席に戻り、ぬるくなった珈琲で口を湿す。礼以は苺をかじり、咀嚼しているが、その顔には何の感情も浮かんでいない。

誰もが一言も発さない食堂の中、食器の触れ合う音だけが、苑子の頭の中でいやに響く。

丹邨家は、歪《ゆが》んでいる。

四

翌日の午後、苑子はひとつの計画を胸に丹邨邸を訪れた。

出迎えた礼以はやはり物腰が柔らかで、あれほど両親に気を遣われている人間とは思えない。

礼以が座布団に座って言う。

「今日も同じ絵で模写をしたいわ。次はもっと上手に描けそうなの」

「よろしおます。その意気でっせ」

写生帳の新しいページをめくり、模写をする。今度は人物だけでなく、背景にも手をつけていた。人間の顔や骨格の不自然さは変わりようがないが、海が陽を反射する光の具合や濃淡が、そこだけ色でもついているかのように繊細で、際だっている。

「礼以さん、海を描くのが達者でんな」

言われて初めて自覚したのか、礼以は絵を持ち上げ、全体を眺めた。

「……ほんとうね。きっと東京に住んでいたときに、よく鎌倉《かまくら》や大磯《おおいそ》の海に連れていってもらっていたから、見慣れているのだわ」

褒められたというのに、礼以はさほど嬉しそうではなかった。むしろ絵を見たまま眉をひそめている。

「でも不思議なこと。人間も見慣れているのに、うまく描けている気がしないのよ」

「人間をうまいこと描こう思うたら、山ほど勉強することがおます。そやけど、海かて簡単なもんやおまへん。初めてでこれほどいうんは、たいしたもんでっせ」

苑子の言葉はお世辞も混じってはいたが、半分以上は本気だった。もし苑子が本物の絵の先生ならば、礼以の望むのが人物画であるのを惜しく思っただろう。

ともあれ、絵に褒めるところができて、苑子は内心安堵していた。ひとしきり褒めそやしたあと、苑子は礼以に向かい、わずかに膝を寄せた。

「礼以さん。少しお願い事がおますのやけど、聞いてくれますやろか」

身構えるでもなく、礼以はわずかに首を傾げた。

「何かしら。苑子さんのおっしゃることなら、できるだけは叶《かな》えて差し上げたいけれど」

「実はわて、孝太郎さんのお世話をしたい思うてますねや」

礼以は下手な冗談でも聞いたかのように苦笑した。

「孝太郎さんは病人ではなくてよ。苑子さんに付添婦の真似をさせるほどじゃないわ」

「そやけど、顔色も良うないこってすし、お食事も……あまり食欲がないんと違いますやろか。あのままやと、ほんまにお身体を壊しはるんやないかと」

慎重に言葉を選び、苑子は言った。礼以の反応を窺うと、頬に掌を当てて、迷っているように見える。

「孝太郎さんは丹邨家の長男でっしゃろ。この大事な若い時期にご病気になってまう前に、誰ぞ世話をするもんが入り用なんやないかと」

礼以はしばらく黙っていたが、ふいに苑子の顔を覗き込んだ。

「お世話ということは、苑子さん、この家に住み込みになるのかしら」

「お嫌やったら、通いでも」

住み込みになるのが目的なのだが、苑子はわざと引いてみせた。

「嫌だなんてとんでもない。苑子さんが住み込みになってくださったら、とても嬉しいわ」

弾んだ声で答えてから、付け足すように、

「……そうね、苑子さんから見て孝太郎さんがそんなに悪く見えるのなら、誰かがついているといいかもしれないわ」と言う。すかさず苑子は、遠慮がちな声を作った。

「どうでっしゃろ。一度、奥様に持ちかけてくれまへんやろか」

不安がないでもなかったが、礼以は思いのほかあっさりと頷いた。

「よろしくてよ。早速お母様にお話ししましょう。きっと分かってくださるわ」

言うが早いか、礼以は襖を開けて廊下に出ていった。襖のすぐ向こうで礼以が母親を呼ぶ声がする。昨日見た登世たちの礼以への態度からして、彼女が頼めば断られることはあるまい。

目論見《もくろみ》通り、数分して帰ってきた礼以はにこりとして苑子の手を取った。

「お許しが出たわ。孝太郎さんをよろしくと」

ほぼ分かっていた結果とはいえ、苑子はそっと安堵の息を吐いた。

「ああ良かった。礼以さん、口利きしてもろて、えろうおおきに。よう尽くしますさかいに、よろしゅうお願いします」

「こちらこそ。……でも、孝太郎さんのお相手は難しいのではないかと思って、心配だわ」

苑子の手を離さないまま、耳打ちするように礼以は囁いた。

「難《むつか》しい、いうんは」

問いに対して、礼以は目をを伏せて口ごもった。

「孝太郎さんは神経過敏、とでもいうのかしら。部屋に閉じこもっているとは前に言ったと思うけれど、ひどく怯《おび》えているようなのよ。私やお母様も、ほとんど部屋に入れてくれないし……。だから実を言うとね、お母様のお許しは得たけれど、孝太郎さんがあなたを傍に置いてくれるかは分からないのよ」

ごめんなさい、とつぶやくと、礼以は苑子の手を握り直した。

「だけど、もしかしたら……家族が無理だとしても、苑子さんなら受け入れてくれるかもしれないわ。かえって血の繋《つな》がりのない方のほうが、気が楽ということもあるでしょうから」

重ねていた掌からふと視線を上げると、礼以は真っ直ぐに苑子の目を見た。

「これは私からのお願いね。孝太郎さんをよく見てあげて。何かおかしなことを言ったとしても、うろたえないであげて」

礼以の言い分を素直に受け取っていいのか、苑子は迷った。食堂での出来事を思い出す。あのような扱いを受ける生活を送っていては、家族を信用できなくなるのも当然のことだ。しかし詩のことも気にかかる。あの文面が歪まされた精神から来たものではないと、どうしていえるだろうか。

内心ためらいながらも、苑子は真剣な顔を作って頷いた。

案内をするから、と言われ、礼以に連れられて廊下に出る。階段の傍、北側の部屋が孝太郎の寝室ということだった。扉の前で礼以が声をかけるが、中からは何の反応もない。

「やはりだめね」礼以がため息をつく。「苑子さんも、決まってすぐに孝太郎さんと向き合うのは気が引けるでしょう。住み込みになるのだから、その部屋をご覧に入れるわ」

そう言って階段に背を向ける。左側に部屋が三つ並んでいるうち、いちばん奥の扉を礼以は開けた。青を基調にした洋室で、家具といえば寝台と机、台電燈《スタンド》と水差しを置いた卓、椅子があるだけだった。南向きなだけあって日当たりは良く、掃除は行き届いているようだが、どこか生活の匂いがない。

「ここはお客様用の寝室なのだけれど」礼以が説明した。「苑子さんにあてがうわ。ご入り用のものがあったら、なんでもおっしゃって。そうね、鏡台が必要かしら」

ほかにもあれこれと必要なものを挙げる礼以の背後で、苑子はふと隣の部屋に目をやった。

「真ん中の部屋のほうが、孝太郎さんのお世話をするのに便利がええのと違いますやろか」

そう言うと、礼以はああ、と声をあげて短く答えた。

「あれは秘書の部屋なの」

苑子は秘書と聞いて、昨日初めて会った男を思い出した。白潟といっただろうか。あの鋭い眼差しがよみがえって、苑子は胸が曇るような気がした。隣室となると、顔を合わせることもこれからありそうだ。

「今日から毎日お食事をご一緒できるわね。楽しみだわ」

礼以が嬉しそうに言う。住み込みの決まったその日から、苑子を家に置くつもりだったらしい。

苑子は慌てて答えた。

「いいえ、今日は大阪に帰らせてもろて、着るもんやら何やら持ってこんと……」

手帳は常に風呂敷包みに入れているが、ここで生活するとなると必要なものはいくらでもある。

「そうなの？　わざわざお帰りにならなくても取り寄せるのに」

「そういうわけには……丹邨家にそんなご負担をかけるやなんて申し訳のうて」

礼以は苑子が遠慮する理由をいまいち理解しきれていないらしいが、ともかくも頷いた。

「なら、必要そうな家具を考えておくわ。寝台のカバーも替えたいし……ああ、そうそう」

何を思いついたのか、礼以は自分の部屋に戻っていった。ついていっていいものか、と迷っていると、すぐに四方をつまんで絞った形にした懐紙を持ってきた。手渡されて広げてみると、あの白い丸薬が一粒入っていた。

「きっと大阪に帰る頃には必要になるわ」

礼以は苑子の手に載っている懐紙をそっと元の形に戻すと、掌を柔らかく被《かぶ》せた。

煤煙《ばいえん》と土埃の舞う大阪に帰ってきた途端、苑子は喉がいがらっぽくなるのを感じた。心なしか、以前より喉が敏感になっているような気がする。案の定、市電に乗り家に帰る途中で、咳が出始めた。

下宿の六畳間に戻るなり、懐紙で包まれていた薬を口に含む。水を入れたコップに触れたところで、折悪しく咳が出た。コップが倒れ、水が卓から畳にこぼれ落ちる。

幸い、薬を吐き出してはいない。口の中で苦い味がし、鼻に覚えのある独特のにおいが抜けていった。

漢方の薬だ、とすぐに分かった。苦みを隠すための白い表面が、口中で溶けてしまったのだろう。

水を入れ直し、薬を流し込む。しばらくすると咳は止まり、苑子は胸を撫で下ろした。

落ち着いたところで荷造りにかかる。必要なものは色々とあるが、どのくらい丹邨家にいることになるのか。まさか夏まではいないだろうと思って、絽《ろ》の着物は入れずにおく。もし必要になれば取りに帰れば済むだけだ。

衣服や化粧品、ほかに入り用なものを大きな手提げ鞄に詰めてから、苑子は戸棚から咳止め薬の瓶を取り出してしばらく眺めた。薬なら丹邨家のもので事足りるだろうが、万が一ということもある。効果はさほど望めないものの、鞄に入れておいた。

少し気は進まなかったが、再び市電に乗って新聞社に向かう。編集室の中では、変わらず男性記者たちが鉛筆を走らせている。編集長に声をかけると、苑子を一瞥《いちべつ》したきり、また原稿に目を戻した。

「今度は何や」

反応を見ながら事情を説明する。住み込み、という言葉が出たところで、編集長は座ったまま苑子を見上げた。眉根に皺が寄っている。

「男が一刻を争う記事を書いとる間に、資産家のぼんちの世話かいな」

「記事のためですがな」苑子はあくまで言い張った。「丹邨家はわてが考えとったんより、事情が込み入っとります。こうでもせんと丹邨孝太郎本人から話が聞かれへんと……」

「もうええ、もうええ」編集長は苑子の言葉を遮った。「何とでも好きにしぃ。そやけど、あんまし長いことぶらぶらしとったら、おまはんの席は片付けてまうさかいな」

ぶらぶらするつもりなどない、と反論したかったが、編集長は男性記者のひとりを大声で呼んだ。話は終わり、ということなのだろう。

自分の席に戻るときに、会話を聞きつけたらしい男性記者が囃《はや》し立ててきた。

「婦人記者が社を辞めて、付添婦になるらしいで」

「ああそりゃええなあ。そっちのほうが似合いやわ」

苑子は声のしたほうを睨むと、席に着いて溜《た》まった仕事を片付け始めた。化け込み以外の務めを放り出すつもりはないが、孝太郎の世話をするという立場上、どれほど社に来られるか分からない。

洋服の手入れについての原稿を一本、丹邨夫人が食堂で喋っていたことから仕入れた、化粧品の色合いや美顔法の流行を扱った記事を一本書き上げ、編集長の机に置いた。編集長は原稿をちらと見たきり、その上に眼鏡を置いて眉間を揉《も》み始めた。

　気に入りの万年筆で、丹邨家に関する新たな覚え書きを反故紙の裏に付け加える。気になることといえば、両親を支配しているかのような礼以の存在だろうか。秘書の白潟にも引っかかるところがあるが、どう表現すればいいのか分からず、書き留めるのはよしておいた。

　社を出た頃には陽は西に傾き、茜《あかね》色の空を地に瓦屋根の群れとビルディングが薄青い影を纏ってぼんやりと浮かび上がっていた。市電や車の音に加えて、仕事場から帰る勤め人の足音がせわしなく響く。明日からは、この見慣れた風景を離れて、芦屋の洋館で日々を過ごすことになるのだろう。

　停留所で足を止めて市電を待つ。暮れなずむ空に浮かぶ夕陽が、苑子の頬を赤々と照らしていた。

第二章　かたち人に似て

一

昨日よりもやや暖かい日だった。葡萄鼠《ぶどうねずみ》のセルを着、荷物をふたつも持って大阪から芦屋まで来た苑子は、丹邨邸に着いた頃には薄い化粧の額に少し汗をかいていた。

女中はもう話を聞いていたらしく、昨日案内されたのと同じ、二階南側の寝室に苑子を導いた。荷物を置き、登世に改めて挨拶《あいさつ》をしようとして廊下に出ると、足音を聞きつけたのか礼以が自室から駆け寄ってきた。

「あら、待ちくたびれたわ、苑子さん。早速だけれども、お母様と細かい取り決めをしていただきたいの」

言うなり苑子の手を引いて、登世の寝室に声をかける。返事が聞こえると、礼以は扉を開け、にこやかな顔で苑子を中に通した。礼以自身は取り決めの内容に立ち入る気はないらしく、部屋には入らないで扉を閉める。広い洋室には寝台が二台あり、丹邨夫妻の寝室であることが窺《うかが》えた。

登世との話では、週三日、午後数時間は礼以に絵を教え、あとは孝太郎の世話をしてもらいたいが、落ち着いているようなら自室に戻っても構わない。ただ食事だけはきっちり食べさせ、睡眠も取らせるように、とのことだった。

　苑子が了承すると、登世は給金のことも告げた。新聞社の安い月給より金払いが良い。

「三度のお食事と、寝床も貰《もろ》うて、そんなに頂くやなんて……」

「構やしまへん。娘の上に息子の面倒まで見てもろて、金の払いが良うないいうたら、丹邨も所《しよ》詮《せん》ケチな成金やいうことになりますよってな。いえ、給金のことをあんたはんが言いふらすとは思わしまへん。こちらの気が済むかどうかいう話や」

　丹邨製薬は確かに光将が一代で育て上げたものだ。芦屋には古くからの商人も移り住んできている。登世はそういった家に対して、負けん気があるのだろう。そこまで言われると、苑子は承諾するほかなかった。

「孝太郎は難《むつか》しい子ですけんど、よろしゅう頼んます」

　難しい子、というようなことは礼以も言っていた。問題は孝太郎以外の一家にもあるように思えたが、苑子は分かりました、とだけ言って部屋を辞そうとした。もう必要な話は終わったはずだ。

「ああ、待っとくなはれ」

　扉に向かいかけた苑子を、登世が呼び止めた。

「あんたはん、化粧水は何を使《つこ》うとるんや。クリームは。化粧品は」

　唐突に訊《き》かれ、苑子は面食らった。仕事と何の関係があるというのか。分からないながらも、どうにか答える。

「け、化粧水は初名堂《はつな》のフルール液で、クリームと白粉《おしろい》はひとつになったもんを使うてます。朝は忙しいもんで、時間がかからんさかい……」

返事を聞くなり、登世の顔がにわかに険しくなった。ゆっくりと苑子に歩み寄ってくる。

「安もんでんな……手間もかけんと……」

「丹邨製薬の化粧品は、わての稼ぎではとても手が届きまへんのや。お気に障ったならすんまへんけども……」

夫の経営する会社の商品を使っていないのに不快を覚えたのか、と慌てて言い訳するも、登世の苛立《いらだ》ちの原因はそこにはないようだった。すぐ傍まで来たかと思うと、苑子の頬を両手で触る。この屋敷に初めて来た日、夕食のときと同じ視線。粘つき、絡みついてくるような目に、苑子の身体が固まった。

「安もん使うて、手ぇ抜いて、この肌の艶《つや》」

血走った目が、苑子を捉《とら》える。爪が苑子の頬に食い込む。

「若いのはええなぁ。若いのは。わてかて……わてかてもう少し、若《わこ》うなれれば……せめてあと五歳。できれば十歳。そしたら、わてかてもっときれいに……」

「奥様かて、年の割に充分若う見え……」

爪がさらに突き刺さり、苑子は口を閉じた。鼻先が触れんばかりに、登世が顔を近付けてくる。頬を引っ掻《か》き、顔に傷をつけてやりたいと、そう考えているのがひしひしと伝わってきた。

「憎たらしい。憎たらしいなぁ」

登世が唸《うな》りのような低い声を出す。爪が肌をゆっくりと掻き、苑子が小さな声をあげるのと同時に、背後で扉が開いた。

「お母様。何をしていらっしゃるの」

礼以がわずかに眉《まゆ》をひそめ、戸口に立っていた。登世がさっと手を引っ込め、一歩退く。

「ああ、礼以さん。その……新波さんの肌があんまりきれいやさかい、よう見せてもらおうかと」

登世が取り繕うのにも構わず、礼以は苑子の手を取って扉の外へと引き寄せた。

「今日から苑子さんはここで暮らすことになるのよ。怖がらせないでちょうだい」

冷たく言い放ち、礼以は扉を閉めた。部屋の中から登世の謝る声が聞こえてきたが、意に介する様子もない。苑子を見、

「まぁ、頰に爪痕《つめあと》が……なんてこと」と、登世の部屋を睨《にら》む。

「お母様の嫉妬《しっと》深さにも困ったものだわ。十五も若く見えて、まだ満足しないのかしら」

「わて……わては大事おまへんよって」

どうにか言葉を絞り出す。頰に触れると、へこみがはっきりと残っていたが、血は出ていなかった。とはいえ、礼以が止めなければ何をされていたか分からない。今さらのようにうなじに寒気が走る。

「そのうち治ります。心配するほどのことやおまへん」

「ならいいけれど……。お母様がごめんなさいね」

礼以はすまなさそうな顔をし、苑子の手を握り直した。

「それで……お母様とお仕事の話はちゃんとついたのかしら」

「ええ、そのあたりはきちんと」

「ああ、良かった」眉を下げていた礼以の表情がさっと晴れた。「じゃあ、孝太郎さんに改めて引

き合わせるわね。あの子ったら、苑子さんにろくに挨拶もしていないでしょう」

「いえ、わてひとりで行きます」苑子はとっさに答えた。「家族が訪ねても戸を開けてくれへんのやったら、礼以さんが声をかけるより、わてだけのほうがええんやないかと」

礼以は一瞬不満げな顔を見せたが、渋々といった様子で苑子の手を離した。

「……そうね、では苑子さんにお任せするわ。孝太郎さんをよろしく」

と言ったものの、礼以は自室に帰るでもなく、苑子が孝太郎の部屋に向かう様子を窺っている。背中に視線を感じながら、苑子はあえて礼以のほうを見ずに、扉越しに声をかけた。

「あのう、孝太郎さん。失礼します。わて、新波苑子いいます」

ひとまず名乗ってみたが、何の反応もない。ひとつ深呼吸をして、言葉を選びながら切り出した。

「一昨日《おととい》、食堂でお目にかかった者《もん》です。孝太郎さんの具合が良うないように見えましたもんで、お世話を申し出まして」

中で布団がめくられるような音が聞こえたが、それきりだった。

「ここはまだ不慣れなもんで、ご迷惑おかけするかもしれまへんけど……」

衣擦《きぬず》れ、それから裸足《はだし》が畳を踏む足音。部屋に入れてくれるのだろうか、と期待したとき、扉のすぐ向こうから孝太郎が囁《ささや》いてきた。

「帰っとくなはれ」

かすれた、怯《おび》えを含んだ声だった。動く気配はないが、言葉が続くこともない。

「そない言われても……」

「礼以が来る」

苑子は思わず、礼以の部屋のほうを振り返った。もう廊下に姿はない。

「いやしまへんけど」

「礼以が来る。時間や。礼以が来る」

繰り返す声が震えを帯び、裏返る。

「来る。もうすぐ。来る。帰っとくなはれ。そやないと、あんたはんも」

孝太郎が言い終わらないうちに、激しい咳《せき》が扉越しに聞こえてきた。苑子は後ずさったが、すぐにノブに手をかけた。鍵《かぎ》がかかっている。

名前を呼びながら扉を叩《たた》いているうちにも、何度も咳の音が耳に入ってくる。これは、と苑子は直感した。

自分と同じ、煙害で肺を壊している。

足音がしたかと思うと、礼以が走り寄ってきた。事情を説明するまでもなく、咳がまた廊下まで響く。礼以は手に薬瓶とノートを抱え、扉の向こうに声をかけた。

「孝太郎さん。私よ。開けてちょうだい」

じきに扉が人ひとり入れるくらいに開けられ、礼以が身体を滑り込ませた。苑子も続こうとすると、礼以がすかさず振り返る。

「だめ。苑子さんは自分の部屋に戻って」

「そやかて、孝太郎さんのお世話をしにわてはここへ……」

わけが分からず、苑子は反論した。だが礼以は取り合わず、

「いいから、戻って。今は私に任せて」

そう言い放つなり、素早く扉を閉めた。次いでかちりと、鍵のかかる音がする。

歯がゆい思いをしながら、苑子は廊下を戻っていった。自室の寝台にぐったりと座る。この調子で、孝太郎と話す機会など作れるのだろうか。「帰っとくなはれ」という弱々しい声が、頭から離れない。

途方に暮れているうちに、ふとおかしなことに気が付いた。

まだ孝太郎の咳が止まっていない。壁を通して、かすかに聞こえてくる。

自分が薬を飲んだときは、数分で咳が止まったはずだ。礼以が持っていた薬の小瓶は、確かに苑子が前に目にしたものと同じだった。

十分ほど待ってもまだ事態が良くなっていないことに我慢しきれず、苑子は立ち上がった。孝太郎の部屋に向かい、扉を叩く。

「孝太郎さん、咳が止まりまへんのでっか」

扉越しに答えたのは、孝太郎ではなく礼以の声だった。

「静かにしてちょうだい。この薬は孝太郎さんには効きが悪いの。私が介抱しているから、苑子さんは心配しないで」

こらえきれず扉を開けようとしたが、鍵がかけられていることを思い出す。

いくら扉を叩いても、呼びかけても、もう反応はなかった。ただ孝太郎の咳、苦しげに息を吸う音が廊下に響き渡るだけだ。苑子は歯噛《が》みしながらも、部屋に戻るしかなかった。

咳は一時間半ほども続き、それきりぴたりと止まった。

礼以らしき足音を聞きつけ、苑子はすかさず廊下に出た。行く手を阻むように立ち、鋭く言う。

「孝太郎さんは家族を部屋に入れへん、て言うてはったやないでっか。あれは嘘なんでっか」

「ほとんど、って言ったじゃない。薬のときは別よ。この瓶は私しか持っていないのだもの」

苑子は薬の入った瓶に目をやった。白い丸薬は、まだ半分以上ある。

「その薬、孝太郎さんの部屋に分けて置いといたらどないです。あない長《なご》う咳が続くんは、ただごとやおまへん。もし咳が出たときに、礼以さんがたまたま近くにおらんかったら……」

礼以はきっぱりと首を横に振った。

「だめなの。これは一日に一粒と決まっているのよ。それ以上飲んだら毒になるから、孝太郎さんの傍には置けないわ」

「孝太郎さんはもう中学生でっせ。薬の量くらい、言うたら分かります」

苑子の反駁《はんばく》にもかかわらず、礼以は譲らなかった。睨むように苑子を見据える。

「どう言われても、孝太郎さんには私から薬を渡すわ。苑子さん、あなたにもよ。試作の品なのだから、そうやすやすと外の人間に何粒も渡すわけにはいかないもの。お分かりになって」

苑子がどう返そうか考えているうちに、礼以は苑子の脇をすり抜けて自室へと帰っていった。

しばらく廊下に立ち尽くしていたが、はっと顔を上げると、急ぎ足で孝太郎の部屋に向かった。咳の苦しさは自分も知っている。それが一時間半も続いたとなれば、治まったあとも相当に体力を消耗しているはずだ。話すのは無理だとしても、何かできることがあるかもしれない。

部屋の前で、「孝太郎さん」と声をかける。返事はないが、鍵は開いているようだった。少しためらったのち、苑子は「入りまっせ」と扉をそっと開けた。

中は畳敷きで、本棚がずらりと並んでいるのが目に付いた。小説や文芸の同人誌が多いが、詩集も相当数ある。萩原朔太郎《はぎわらさくたろう》、西條八十《さいじょうやそ》、野口雨情《のぐちうじょう》。その本棚の脇に敷かれた布団の上で、孝太郎はぐったりと横たわっていた。掛け布団はめくられ、咳の苦しさのために握りしめられたのか、あちこちに皺《しわ》が寄っている。

苑子が足音を潜めて布団の脇に座しても、孝太郎は首を向けることもなく、ただゆっくりと息をしていた。

「お身体の具合は」

苑子の問いに答えもせず、ただ視線だけ寄越してくる。瞼《まぶた》は半ば閉じられ、唇に色味すらない。

今話しかけたところで、答える気力も体力もないだろう。換気がされていないのかひどく空気がこもっているのに気付き、苑子は立ち上がって傍の窓を開けた。曇硝子《ガラス》で和らげられていた昼の陽がさっと畳を照らす。外を見下ろすと、生け垣として植えられている、枸橘《からたち》の白い花が微風に揺れていた。近くに寄れば、花からは想像もつかない枝先の鋭い棘がよく見えることだろう。

北側にも曇硝子の窓がある。苑子がそちらの窓も開けようとすると、ふいに背後から弱々しくも切羽詰まった声がした。

「北の窓はあかん」

振り返ると、孝太郎が身をよじって布団に手をついていた。慌てて駆け寄り、孝太郎を支えて上半身を起こさせる。

「窓の外に、何《なん》ぞあるんでっか」

孝太郎はしばらく胸をさすり、呼吸を整えていたが、一分ほどしてぼそりとつぶやいた。

「に、にわ」

それきり口を噤《つぐ》む。確かに北側の窓は庭に面しているはずだ。なぜそんなに庭を恐れるのか見当もつかないが、今の孝太郎に訊いて答えてくれるとは思えなかった。

とはいえ、先刻ほどの拒絶は感じられない。話してほしいことは山ほどあるものの、その前に自らの身分を明らかにしたほうがいい。危険はあるが、それで信頼が得られるのなら、打ち明ける価値はある。

「孝太郎さん」苑子は声を低めた。「詩がお好きなんでっしゃろ」

本棚を一瞥《いちべつ》すると、孝太郎はおずおずと頷《うなず》いた。

「それで、ああいった手紙を？」

孝太郎の様子が明らかに変わった。目を見開き、苑子の顔を凝視する。

「手紙……手紙」青白い唇から言葉がこぼれる。「私は……溺《おぼ》れております……」

「青い家の中で朽ちていきます」

苑子は詩の続きを諳《そら》んじた。孝太郎がわずかに身を乗り出す。

「あんたはん……は……身上《みのうえ》相談の……」

「大阪実法新聞の、新波苑子です。孝太郎さんからの手紙を三通、受け取りました」少しためらい、「文面も妙でしたけんど、封筒の底に一度開けたような跡が。それでただ事やあらへんと」

苑子の言葉を聞いて、孝太郎は唇を噛んだ。

「やっぱり、見られとったんか……」

そうつぶやいて、掛け布団を握りしめる。

「手紙を盗み見されとることを疑って、詩の形を取ったんでっか」

孝太郎は息を呑《の》んだが、すぐに顔を背けた。

「あれは、あれは戯れに書いただけで……」

「ほんまでっか」苑子は孝太郎のほうへ膝《ひざ》を寄せた。「ここに化け込んで分かりました。丹邨家には、おかしいとこがある。孝太郎さん、一昨日無理に食事を食べさせられてましたやろ。あれはいつものことなんと違《ちゃ》いますか。ほかにも何か、ひどいことを……」

「やめとくなはれ」

苑子は身を退《ひ》いた。孝太郎の身体も、声も震え、腕を神経質そうに何度もさすっている。

「僕はもう、手遅れなんです。手遅れにさせられた。この家から逃げられへん身にさせられてしもうた」

家を出る胆力が少し前の自分にあったら、と孝太郎は独りごち、苑子のほうに顔を向けた。

「そやけど、あんたはんは違う。まだ間に合います」

その言葉の真意を問うより先に、孝太郎は続けた。

「新波さん。逃げとくなはれ。……僕みたいになる前に」

夜が更けても、苑子は寝付けなかった。柔らかい布団にも慣れないし、何より昼間交わした孝太郎とのやり取りが、頭から離れなかった。

逃げろという警告には、切羽詰まったものがあった。苑子の身を真剣に案じていることは分かる。

しかし孝太郎は、自分のことを諦《あきら》めきっているようには見えなかった。苑子が手紙を受け取っていたと知ったとき、見開いた目の奥によみがえった生気。わずかに身を乗り出した仕草。孝太郎は、心の底では助けを求めているはずだ。だとしたら、この家を素直に去るわけにはいかない。ここで帰ったら、孝太郎を見捨てることになってしまう。

これからどう動けばいいのか。天井を見ながら思案に暮れているとき、廊下からかすかな物音が聞こえてきた。苑子の部屋から遠く、ほとんど聞こえなかったが、襖《ふすま》を開ける音のようだった。襖を通って寝室を出入りするのは礼以だけだ。手洗いだろうかと思っていたが、しばらく待っても帰ってくる気配がない。

気になってそっと寝台から降り、扉に耳を当てる。こんな真夜中に、礼以はどこで何をしているのか。

今は少しでも情報が欲しい。そっと廊下に出、辺りを窺う。もし礼以か誰かに見つかったら、手洗いに行こうとしていたと答えればいい。

廊下はほとんど真っ暗闇といってよかった。手探りをしながら歩き、それぞれの部屋に耳をそばだてる。もしかしたら、誰かと密談でも交わしているのかもしれない。

まず夫婦の寝室を当たってみたが、何の話し声もしない。白潟と、孝太郎の部屋も同じことだった。聞き間違いだろうか、と廊下を戻り、念のために礼以の部屋にも耳を澄ませてみたが、中はしんとしている。

諦めて自室に戻り、台電燈《スタンド》をつける。青いシェードのせいで、卓の周りがぼんやりと海中のように浮かび上がった。持ってきていた腕時計を見ると、午前零時を少し過ぎていた。

カーテンの隙間からは、薄く雲のかかった空が覗《のぞ》いている。明日は雨やろうか、とつぶやき、苑子は台電燈を消した。

翌朝目覚めると、思っていた通り強い雨音がした。身なりを整えて食堂に向かうと、既に登世と光将が席に着いていた。

「ああ、おはようさん」光将が気軽に声をかけてきた。「昨日な、礼以から新波さんに買《こ》うてやりたいいうもんの一覧を渡されたんや。足りへんのがあれば言うとくなはれ」

光将から紙を受け取り、目を通す。鏡台のことは聞いていたが、簞笥《たんす》もあるのには面食らった。化粧品はやはりというべきか丹邨製薬の商品ばかりだが、色の指定までしてある。春、夏ものの着尺《きじやく》は、女中に着物を縫わせるつもりだろうか。ほかにも生活に必要そうなものが並べ立てられている。

苑子は自分の顔がこわばっているのが分かった。いったい、礼以はいつまで苑子をこの家に置くつもりなのか。光将に作り笑いを投げかける。

「あの、ありがたいこってすけど、わて自分で持ってきとるもんもおますよってに、少しこの紙預かってよろしおますか。もうあるもんは消してお返しします」

「いや、遠慮することあらへん。礼以は新波さんがここに住むんが嬉《うれ》しゅうて舞い上がっとるんやな。若い娘のことや思うて、受け取っとくなはれ」

好々爺《こうこうや》らしい笑みを浮かべて光将は答えたが、目の奥には礼以からの頼み事は余さず叶《かな》えなければならない、という意思が読み取れる。苑子は諦めて紙をそのまま返した。

「そういえば、礼以さんと孝太郎さんと……白潟さんは」

苑子は扉のほうを振り向いた。三人が食堂にやってくる気配はまだない。

「礼以は寝坊することが多いさかい、皆より遅うに食べるんです。孝太郎は朝食にはほとんど来まへんな」

登世が答える。白潟については光将が、「あれは食事を摂《と》りながら書類を見直す言うて、朝はあまりけぇへんのや」と説明した。

その朝の食事はいつもより和やかに進んだ。礼以がいないせいだろうか、と勘ぐってしまう。

「新波さんには、孝太郎の世話を引き受けてもろたんやったな」光将がちぎったパンを手にして言う。

「調子はどないでした。わしは仕事で暇がないさかい、ろくに話もでけへんでな」

一瞬孝太郎からの警告が頭をよぎったが、正直に話すわけにはいかない。

「内気なおひとでしたけんど、話はいくらかできましたわ」内容を突っ込んで訊かれると厄介だと思い、とっさに付け加える。「と言うても、こちらがあれこれ話すばかりでしたけども。あと心配なんは、孝太郎さん、咳が出てしもうて」

登世も昨日の騒ぎを聞いていたなら、咳の話はしないほうが不自然だ。光将が眉を下げて頷く。

「あれも不憫《ふびん》な身でんな。同じ大阪に住んどったんに、孝太郎だけが肺をやられてもうて……。ああ、すんまへん、新波さんもでしたな」

「いえ、貰うてる薬のおかげで、助かっとります」

その薬が引っかかるのだが、苑子は強いて微笑みながら答えた。

朝食が終わるのとほとんど同時に、女中が部屋に入ってきた。皿を下げるだけかと思いきや、

光将のほうに寄り、

「内倉《うちくら》様からお電話です」と告げる。

光将の顔が険しくなった。無言で席を立ち、大股《おおまた》で食堂を出ていく。

「新波さんは気にせんといてください。単なる仕事の話やさかい」

登世が平坦《へいたん》な声で告げ、食堂を去る。女中は何を言うでもなく、淡々と皿を下げるだけだ。苑子は残っていた珈琲《コーヒー》を飲み干し、廊下に出た。

確か電話はホールの北側、階段横に取り付けられているはずだ。電話の内容は嫌でも耳に入るだろうが、仕事の話ならば有益な情報は手に入りそうにない。

だがホールに出た途端、雷のような大声が響いて苑子は身を固まらせた。

「何をしとるんやがな。あの商品は評判がええさかい、早《はよ》う生産量を増やせて言うといたやろ。そんなこともでけへんのか」

電話の相手が何か言い訳をしているようで、数秒黙っていたが、再び送話器に向かい怒鳴り立てる。

「交代で二十四時間工場を動かし。職工の数？　まだいくらでも寝室に詰め込めるやないか。農村にひとをやれ。貧乏人の子やったらただ同然に安う買えるやろ」

薄ら寒いものを感じ、苑子は半歩退いた。職工の悲惨な生活については苑子も知っている。だがそれは男性記者が書き立てたものを読んだだけだ。

記事の内容が頭をよぎる。油臭い米の食事。蚤《のみ》と虱《しらみ》。寝室に隙間なく敷かれた、垢《あか》じみた布団で寝る職工たち。

苑子は改めて、丹邨邸の広いホールを見回した。染みひとつない壁紙、嵌硝子《ステンドグラス》をはめた玄関扉、金色の支柱と腕木の光るシャンデリア。薄暗い雨の日の中、シャンデリアの光が届かないホールの隅に、形のない影が蠢《うごめ》いているような気がした。

最後に何かがなりたてると、光将は乱暴に受話器を戻した。そのまま階段に向かおうとし、苑子に気付く。眉根に寄った深い皺、歪《ゆが》んだ口がすっと元に戻り、困ったように笑いかけてきた。

「いや、えろうすんまへんな。最近の社員は鈍《どん》なことで参りますわ。ところで――」

その場で動けない苑子に近付いてくる。食堂にいたときのような、にこやかな表情で。

「新波さん、お知り合いで職に困っとるひとはおらへんやろか」

ぞわりとうなじの毛が立った。かろうじて首を横に振り、

「いいえ」

とだけ答える。光将は「さよか」とやや残念そうに言うと、階段を上っていった。

光将が踊り場から姿を消すのを待って、ゆっくりと息を吐き出す。指がかすかに震えていた。

苑子は胸にしこりを抱えたまま、重い足取りで二階に引き上げた。自室のドアノブに手をかけると同時に、隣の扉が開く。白潟が姿を現わし、苑子の姿を認めると、微笑んで礼だけの挨拶をしてきた。先ほど受けた動揺を隠し、愛想笑いで応《こた》える。

「日曜やいうんに、お仕事やなんて大変でんな。雨がひどいさかい、お気を付けて」

苑子は言いながら、初めて会ったときの、抉《えぐ》るような白潟の視線を頭から追いやろうとした。もしかしたら社長の秘書という職業上、外部の人間には敏感なのかもしれない。

白潟は微笑みを絶やさないまま答えた。

「ええ、そちらこそお身体にお気を付けて」少し間を置き、声を低めて付け足した。「昨晩も遅くまで起きていらっしゃったようですし」

丁寧な口調だったが、苑子を凍らせるには充分な言葉だった。

とぼける暇も与えず、白潟は笑みをふっと消して、苑子を見つめてきた。しかし、三日前のときのような、疑いの視線とは違う。何かが混ざってきている。迷い、といえばいいのか。少なくとも、あの険しい目つきとは異なっていた。

それも数秒のことで、白潟はまた唇の端を上げ、軽くお辞儀をすると階段のほうへ去っていった。

嫌な心臓の鼓動が静まるまで、苑子はその場で立ち尽くしていた。

二

女中から渡された食事の盆を持ち、部屋の中にいる孝太郎に声をかける。ややあって扉を開けた孝太郎の顔には、諦めと少しの苛立ちが浮かんでいた。

それでも苑子を招き入れ、扉を閉めるなり沈んだ声を出した。

「……逃げへん、いうことでっか」

「そうそうのことで逃げ出しとったら、婦人記者はできまへん」

小さなため息をつき、孝太郎は布団の上に正座した。苑子は朝食をその前に置き、座布団を自分で敷いて向かい合う。食べるよう勧めてみたが、黙って首を振るばかりだった。

「そんなら、食べきられへん分はわてが貰《もら》います」試しに苑子は持ちかけてみた。「この間のことからして、孝太郎さん、食事を摂らんとえらい目に遭わされるんでっしゃろ。それはわてとしても望まんこってす」

孝太郎はしばらく迷いを含んだ目で苑子を見つめていたが、やがてパンを半分にちぎってバターを塗り、もぞもぞと食べ始めた。進みは遅いが、どうにか食べきる。牛乳は割に飲みやすそうだった。空になったコップを盆に置くと、申し訳なさそうな顔で盆を苑子のほうへと寄せた。

やはり孝太郎の食が細いのが気にかかりながらも、苑子は残りのパンとスープを口にした。自分の分も食べているから少し腹が膨れたが、気持ち悪くなるほどでもない。

「お、おおきに」

孝太郎が口ごもりながら礼を言う。部屋に苑子を入れたときより、心なしか表情が和らいでいるように見えた。今なら、落ち着いて話ができるかもしれない。

「喉《のど》の調子は。咳は治まってますやろか」

「今のとこは……」喉元に手を当てる。「そやけど、昼になったらまた出ます。そしたら、礼以の薬に頼らな……」

その表情がひどく陰鬱《いんうつ》なことに気付いて、苑子は問いかけてみた。

「試作の薬以外のもんはないんでっか。市販の薬は」

孝太郎がゆっくりと頭《かぶり》を振る。

「何遍か、探してみたことはおます。けど、どこにも見当たらへんかった。お父《とう》はんもお母《かあ》はんも、ほかの薬はくれへん。もう礼以が与える薬しか、僕に飲めるもんはない」

そう言って、おずおずと苑子の顔を見た。

「……新波さんも、あの薬を飲んではるんでっしゃろ」

苑子がホールで薬を飲んだとき、孝太郎が階段から覗いていたことを思い出した。青白い顔色。怯えた表情。そのときと同じ面持ちをしていた。

「あれ……よう効きますやろ」

かすれた声の問いに、苑子は頷いた。

「驚きましたわ。今までどんなけ薬を試しても治まらんかったんが、ぴたりと」

「僕もはじめはそない思うてました。そやけど、飲んどるうちにおかしいことが」

孝太郎は扉の外に気配がないか確かめるようにちらりと目をやり、言葉を続けた。

「昨日、僕の咳を聞きはりましたやろ。薬を飲み始める前は、あれほどひどうなかったんです。せいぜい日に五、六回、咳が出るくらいで」

「……ここに来る前のわてより少し軽いくらいでんな」

「それが、薬が切れるたびにひどうなっていって……。薬を飲めば治まるんでっけど、それも一日のこってす。きちきちと時間通りに飲めばええもんを、礼以は時折薬を与えるのを遅らせるんです」

膝に置いた孝太郎の手が震えているのが、はっきりと分かった。

「そんなら昨日、孝太郎さんが一時間半も咳をしてはったのは、そのせいで」

孝太郎は答えなかったが、その沈黙は肯定と受け取れた。

苑子は、孝太郎が自分に逃げろと警告してきた意味が分かってきた。このまま薬を飲み続ければ、咳はもっとひどくなる。咳を鎮められるのは、礼以の持っている薬だけだ。理由も知らされず、薬を飲む時間を遅らされても、耐える以外の道はない。

そうして、そのうち逃げられなくなる。

昨日の、孝太郎の咳のひどさを思い出して、苑子の背に冷たいものが走った。呼吸さえままならないほどの、長く続く激しい咳。

「……そんな薬を飲まされとるということは」苑子はじわじわと、喉に何かが絡みつくような感覚に苛《さいな》まれながら言った。「被験者にされとるんかもしれません。孝太郎さんは。……それから、わても今まさにそうされとるんやろうな」

被験者。

孝太郎の顔が青ざめたのがはっきりと分かり、苑子はその言葉を口にしたことを後悔した。自分がそういった立場にあることを、孝太郎は意識したくなかったのだろう。

苑子は決して狭くない部屋の壁が四方から迫り、ふたりを閉じ込めるかのような感覚に陥った。いや、この部屋だけではない。最初は明るく、広く感じた館《やかた》全体が、ふたりの被験者を逃すまいとする檻《おり》であり、実験室に思えてくる。

恐れを抑え、理性を必死にたぐり寄せて考えた。まだ分からないことがある。

「……なんで、礼以さんが薬を持ってるんでっしゃろ。薬を作っとるのは、孝太郎さんのお父はん……光将さんの会社やないでっか。家を空けることが多いんやったら、順当に行けば、登世さんに預けるはずやないやろうか」

「分かりまへん」力なく孝太郎が答える。「そやけど、新波さんも気付いてはりますやろ。お父はんも、お母はんも、礼以に逆らわれへんのが。何か弱みを摑《つか》まれたから薬を渡したんかもしれへんけど、僕にはなんとも……」

　重い沈黙の中で、雨が窓に叩きつけられる音がことさら大きく響いた。

　苑子は初めて丹邨家を訪れた、小雨《こさめ》の降る日のことを改めて思い返した。家で最初に咳をしたのは、登世の前でだったはずだ。そのあと妙に待たされたが、あのときに登世が苑子の咳のことを礼以に伝えたのではないだろうか。そして丹邨家は苑子を「被験者」にすることにした。苑子は絵の先生だと身分を偽って化け込んだつもりが、逆に丹邨家に取り込まれたのか。

「……ほかに、薬について知ってはることはおますやろか。あれは漢方の薬やと思うんでっけど」

　丸薬の苦みやにおいについて孝太郎に話すと、小さく頷いてきた。

「僕もあれが漢方やとは気付いとりました。丹邨製薬は漢方の薬も作っとりますさかい、おかしいことではあらへんかと」

　言ったきり、孝太郎はうつむいた。薬について、もう話せることはないのだろう。苑子は話題を変えてみた。

「わては、食堂での騒ぎを見てから、礼以さんがご両親を操っとるもんやと思うとりました。そやけど、それだけやおまへん。登世さんはわての顔に尋常でない嫉妬《へんねし》を起こしてきましたし、光将さんも商売のこととなるとひとが変わったようや。孝太郎さんを除いた丹邨家全員に、どこかおかしなとこがおます。……この家は、前からそうやったんでっか」

　孝太郎は膝を抱えて、身体を縮こまらせた。

「違う」ぽつりとつぶやく。「昔はあんなんやなかった。昔は……まだ……」

顔をわずかに上げ、孝太郎は苑子に視線を向けた。

「……『踏み絵を見ろ』」

詩の一節を諳んじ、何か言いたげに唇を動かす。

「その言葉、やけに繰り返されとりましたな。何か意味が……」

「踏み絵は」ゆっくりと、孝太郎が囁く。「踏まれるもんです。証《あかし》を立てさせるもんです。踏み絵を探しとくなはれ。……これ以上は、僕の口からはよう言えしまへん」

そう告げるなり、孝太郎は会話を拒むように顔を伏せた。


あてがわれた部屋に戻り、苑子はすぐ風呂敷《ふろしき》包みから手帳を取り出した。孝太郎の言葉だけでは、「踏み絵」が何を意味しているのか分からない。念のためとは思っていたが、詩を書き写していたのがこんな形で役に立つとは。

万年筆も取り出そうとしたが、愛用の、銅《あかがね》色の万年筆がどうしても見当たらなかった。入社して一年目、給料を貯めて買ったものだ。大事にしていたのに、どこで落としたものか。部屋中を探しても見当たらない。仕方なく予備の、やや安物の万年筆を手に取る。

詩を読み返しているうちに、気付くことがあった。今朝見た、電話の相手に怒鳴る光将の姿は、「がなり立てる黄金《きん》の電話」に重なる。同じように考えれば、「錆《さ》びない時計の針」とは、異様な若々しさを維持する登世をさしているのではないか。

では、「熟眠《うまい》を知らぬ影」とは礼以なのか。昨夜聞いた、襖が開いた音のことを思い出す。礼以は深夜に何かをしていそうではあるが、推測する手がかりもない。今は「踏み絵」に集中したほうがよさそうだ。

踏み絵。クリスト教徒でないことを証明させるために踏ませた、マリアやクリストを刻んだ板。丹邨家がクリスト教徒だとは思えない。だとすると、孝太郎が言った「証を立てさせる」とは別のことをさしているのだろう。

「『踏み絵』……踏まれるもの……」

この家の床や絨毯《じゅうたん》に、絵を描いたものはなかったはずだ。だとすると、覆い隠されていると考えていい。苑子は今自分が踏んでいる、青い絨毯を見下ろした。恐る恐る部屋の端に近付いて、絨毯をめくってみる。家が建てられてすぐに敷かれたのか、ほとんど変色していない床板があるだけだ。扉近くまでめくってみたが、これといったものはない。

さっと立ち上がって、苑子は首を横に振った。

「当たり前や。ここのはずがあらへん」

丹邨家の誰もが踏まざるを得ない場所。部屋に閉じこもりがちな孝太郎ですら、足を踏み入れる部屋。

そっと扉を開け、苑子は一階に下りた。食堂の扉を通り過ぎ、向かいの台所とおぼしき部屋の前で聞き耳を立てる。中から物音はしなかった。女中はどこかの掃除でもしているのか。

廊下には女中が食堂の様子を窺うための、磨《す》り硝子でできた細長い窓があった。覗いてみるが、誰の影もない。食堂の扉を開け、静かに閉める。テーブルと椅子を中心にして、床の四分の三ほどを青い絨毯が覆っていた。

外に気配がないか確かめながら、絨毯を三寸ほど、ゆっくりとめくってみる。斜めに敷かれた床板が見えた。端から巻くようにして、さらにめくる。

心臓が早鐘を打ち始めたが、疑念も払えなかった。自分の推測は当たっているのか。こう這《は》いつくばって絨毯の下を探るなど、馬鹿げているのではないだろうか。それでも手は止まらず、椅子の近くまで絨毯がめくれ——。

紙、のようなものが目に入った。白黒で描かれた絵、いやこれは、
写真。

思わず手を離すと、巻いた絨毯が戻って苑子の膝に当たった。嫌な汗が背を伝う。見間違いだと願いながら、もう一度絨毯を巻き直したが、やはり写真だった。夫婦と、母親に抱かれている赤子の写真。

椅子をどけ、絨毯をさらに巻いていく。一枚だけではない。何枚、何十枚もの写真が、テーブルと椅子の下にびっしりと敷きつめられていた。

さらに別の椅子をどけて絨毯をめくる。やはり写真が隙間なく並べられ、床板を覆いつくしている。絨毯を押さえる手が震える。年齢こそ写真によって違うものの、いずれも三人の人物が写っていた。

光将。登世。そして孝太郎。

丹邨家の中で、礼以だけが写っていない。

白潟や女中の姿が写真にないのは当然だろう。だがなぜ礼以もいないのか。礼以はいつ頃東京にいたと言っていただろうか。記憶がよみがえらない。頭が混乱している。

ただ、思い浮かんだ言葉がある。

「踏み絵を……見ろ……」

呆然《ぼうぜん》とつぶやく。孝太郎の言ったことは、これをさしていたのか。家族が集う食卓の、床に敷かれた写真。礼以だけがいない写真。

丹邨家の人間は、ここで食事を摂っている。当たり前のように談笑をしながら。礼以の写っていない、家族の写真を踏みつけにしながら。

この踏み絵は、何の証なのか。何を誓うものなのか。

理由に思い当たったとき、苑子は嫌悪で自分の表情が歪んでいることに気付けなかった。

礼以がいない丹邨家を否定します。

礼以がいない丹邨家を忘れます。

礼以がいない丹邨家に、価値がないことを認めます。

これは、敷き詰められた「踏み絵」は、そう丹邨家の面々に証を立てさせるためのものだ。

そのようなことをさせるのは、礼以のほかにいない。

五月だというのに寒さを覚え、苑子は片手で腕をさすった。今朝自分が座っていた椅子の下にも、同じような写真が敷かれているのだろう。何も知らずに、「踏み絵」に足を載せながら、丹邨家の面々と食卓を囲んでいたのだ。

ゆっくりと息を吐き、落ち着きを取り戻そうとする。写真をつぶさに見れば、まだ何か分かるかもしれない。

先ほど見た夫婦と赤子の写真では、光将が四十にも満たないほど、登世は三十過ぎに見える。登世に抱かれている赤子が孝太郎ならば、彼の年からして十四年ほど前だろうか。登世の見た目は今とさほど変わらず、かしこまって椅子に座っていた。

真新しいビルディングの前で撮られた写真もある。この建物は確か、丹邨製薬の本社だったはずだ。わざわざここで家族の写真を撮っていることからして、本社のビルディングが落成した記念なのだろう。そうすると、十年前の写真となる。四、五歳ほどの孝太郎と、四十過ぎの光将。登世はというと、三十代半ばに見えた。

思わず首を傾げる。では登世のあの若々しさは、昔からではなかったのか。もっとあとに撮られた写真を探してみたが見当たらない。ここに敷かれているのは、十年前に撮影されたものが最後らしかった。

台所のほうから物音が聞こえ、苑子はびくりとして振り返った。女中が昼食の準備を始めたのだろう。あまり長居してはいけない。

絨毯と椅子を戻し、食堂からそっと出て自室に向かう。

ひとつの疑問が、二階の廊下を歩いている間にも苑子の頭の中で渦巻いていた。なぜ礼以だけがいない丹邨家の写真が、ああも多く存在するのか。写真には一枚たりとも破られた跡はなかった。礼以が写っている部分を破りとった、とは考えられない。

部屋の扉を閉めるのと同時に、さっきは引きずり出せなかった記憶がよみがえった。礼以は確かに、こう言っていた。

――女学生のときは、東京にいたの。

苑子はこめかみに指を当てた。やはりおかしい。礼以は震災の年に女学校を卒業して芦屋に住み始めたとも言っていたから、礼以は今数えで十九から二十一歳ということになる。孝太郎が赤子のとき、礼以はまだ数えでも六歳ほどで、東京にいるはずがない。見た限りいちばん新しい写真が撮られた十年前でも、学制上では尋常小学校に通っている年齢で、家族と暮らしていると考えるのが自然だ。

丹邨家の簡単な年表を書いて思考をまとめているうちに、いくつか推測が浮かんできた。単純に幼い頃から写真が嫌いだった。礼以が写っている写真もあるが、それをのけて絨毯の下に敷き詰めた。子どものときに「踏み絵」の案を思いつき、わざと家族とは一緒に写らなかった。

いや、もうひとつ思いつく説がある。

礼以はもともと、丹邨家の人間ではなかった。

食堂で見た、最も新しい写真が撮られたのは十年前。そのあとにこの家に入り込み、丹邨家を支配するようになった。

そこまで考えて、苑子はまた分からなくなった。丹邨家の生まれではなかった、というのはあり得る。単に何かの縁で養女となったのかもしれない。しかしどうやって、二十《はたち》そこそこの娘が大企業の社長の家で強権を振るえるようになったのか。

光将や登世に問うわけにはいかない。孝太郎も「踏み絵」を探せ、としか言わなかった以上、何も引き出せないだろう。白潟や女中は、とも考えたが、苑子は首を振った。まだふたりは信頼できない。

となると。

礼以しか持っていない丸薬。あれしか手がかりが思いつかない。薬を調べて何が分かるのかは不明だが、このまま丹邨家でじっとしているよりはましだ。

あれは漢方薬だということは分かっている。洋薬ならともかく、漢方ならば苑子にはひとつ案があった。危険だが、やってやれないことはない。今日は礼以に絵を教える日ではないから、時間はある。

手帳の一ページを破り、便箋《びんせん》の代わりにして手紙を書き始める。相手にしてもらいたいことははっきりしているのだが、自分の状況やどこにいるのかは伏せておいた。

孝太郎の手紙が検閲されていることは忘れていない。女中に出すよう頼もうものなら、苑子の手紙まで見られる可能性がある。誰にも手紙を出したと悟られず、返事も気付かれないように受け取る。これが失敗すれば、苑子の計画が破綻《はたん》するどころか、身の危険さえあるかもしれない。

書き終わった手紙を、やはり手帳から破りとった紙で作った封筒に入れる。手帳を閉じ、紫がかった赤い革の表紙を撫《な》でた。

手帳を風呂敷包みの奥底に戻し、カーテンを開けて窓の外を眺める。外出できないほどの強さではないが、雨粒がしきりに窓を叩いては雫《しずく》となって落ちていく。夕食後には、少しは雨がましになっているといいのだが。

昼食は孝太郎の部屋で摂ると言い、朝と同じように孝太郎が食べきれない分は引き取った。

食事のあと部屋にこもり、計画を練っているうちに、礼以の声が扉の外からした。開けてみると、片手に小瓶を持った礼以が、微笑みながら立っている。

「さあ苑子さん」白い、真珠のような丸薬を差し出す。「一粒」

一粒、という言葉に、不気味な抑揚があった。念押しのつもりなのだろう。苑子は受け取り、卓の上にある水差しからコップに水を注いだ。さりげなく礼以に背を向けながら、薬を口に入れるふりをし、そっと着物の袂《たもと》に滑り込ませる。水だけを飲んで振り返ったが、礼以が気付いているのかどうか、貼り付いたような微笑みからは読み取れない。

「いつもすんまへん」と何気なく言う。礼以がくすくすと笑ってみせた。

「それを言うなら、ありがとうでしょう。でも、こちらこそ悪い気がするわ。試作の薬を飲ませてしまって」

孝太郎の言葉がふいによみがえって、苑子は泥の中に引きずり込まれるような思いがした。

──薬が切れるたびにひどうなっていって……。

「いえ」声が震えていないことを願いながら答える。「咳は実際治まっとるんやさかい、ありがたいこってす」

足音が聞こえてきたかと思うと、女中が夕食の準備ができた、と声をかけてきた。礼以について食堂に入る。まだ登世の姿はなかった。

「奥様はどないしはったんです」

「ああ、お母様のことなら気にしないで」礼以は苦笑を浮かべて答えた。「お母様も社長夫人として色々とすることがあるから、食事に遅れるのはめずらしくないわ」

そうでっか、と答えながらも、絨毯を踏んだときから自分の足元、絨毯の下に何があるのかをどうしても思い出してしまう。表情が硬くならないよう努めながら、礼以とふたりきりの食事を始めた。

苑子が前菜を食べきったところで、登世が食堂に来た。光将と白潟は仕事だろうが、孝太郎も姿を見せない。何か言われる前に、

「わて、早う食事を済ませて孝太郎さんの分を運びますわ」と先回りをした。礼以はスープを口にして、

「きちんと食べさせてね」

言葉の裏に得体の知れないものを潜ませながら、微笑んだ。

急いで夕食を終え、孝太郎の分が載った盆を部屋に持っていく。孝太郎の前に盆を置くと、外の気配を窺いながら、

「すんまへんけど、できるだけ早う食べられるもんを選んで、それだけでも口にしとくなはれ。今回だけやと思うて……」

と頭を下げた。孝太郎は理由こそ分からないものの、何かを感じ取ったのか頷いて、蟹《かに》と玉葱《たまねぎ》の前菜、鶏《とり》のスープ、馬鈴薯《ばれいしよ》と独活《うど》のサラダ、パンの皿を取った。ビーフオムレツと桜桃の皿をおずおずと苑子のほうに寄せる。

苑子がオムレツと桜桃を急いで平らげたとき、孝太郎は前菜とスープ、サラダを口にし終わったところだった。孝太郎は残ったパンを取り、苑子を見上げるようにした。

「これは……ゆっくり食べます。よう分からへんけども、早う盆を下げなあかんのでっしゃろ」

申し訳なさが込み上げてきたが、急がなければいけないのは事実だった。薬を飲んでいないからには、いつ咳が出るか分からない。咳の音を礼以に聞かれたら、計画が失敗してしまう。

すんまへん、ともう一度謝り、苑子は盆を持って早歩きで台所に向かった。女中に不審がられる前に、

「ここに盆、置いときますさかい」

と声をかけ、まだ笊《ざる》やまな板が置いてある卓に盆を載せた。幸い女中は夕食の片付けに忙しいらしく、生返事しかしてこなかった。

部屋に戻り、鞄《かばん》の中から手紙の入った封筒を取り出す。袂に入れていた丸薬を懐紙に包み、同封する。

丹邨家の面々と出くわさないことを祈りながら、そっと部屋を出て階段を下り、ホールを抜ける。幸い、雨は先ほどよりは弱まっていた。傘を差して静かに玄関扉を閉め、前庭を通って門を潜る。

家の横手に回り込み、北に向かおうとしたところで、自動車の音が聞こえてきた。光将と白潟の乗る車なのか。分からないままに、思わず早足になっていた。

丹邨邸から充分離れたあと、裾《すそ》が濡《ぬ》れていることに気が付いたが、今さらどうしようもない。目的地に向かって歩き続ける。

ようやく目当ての家が煙る雨の中にぼんやりと見えたとき、大きな咳が出た。胸の底から押し上がってくるような咳が続く。よろめきながらも、一歩ずつ近付いていく。

行田家の女中は苑子を目にするなり、驚いた顔をして中に迎え入れた。前に応対してきたのと同じ女中だから、覚えられていたらしい。玄関で苑子を待たせると奥へ走っていき、やがて行田夫人とともに再び姿を現わした。女中は何枚か手拭《てぬぐ》いを携えている。

「新波さん、どないしはったん」

行田夫人もやや慌てた様子だったが、素早く後ろの女中に「その手拭いで拭《ふ》いてもろうて。あと、新しい足袋《たび》があったやろ。あれ持ってき」と命じた。

しのぎ切れなかった雨で濡れた肩と足を拭き、足袋も礼を言いながら受け取って履き替える。

客間に通されると、女中が気を回して暖炉に火をつけた。

暖炉の近くで身体を暖め、服を乾かすと、ようやく人心地がついた。向かいに座った行田夫人が顔を覗き込んでくる。

「芦屋にいやはるいうことは、丹邨家にまだ化け込んどったんでっか」

ばれて逃げ出してきたのだろうか、と行田夫人が考えているのがどことなく分かった。女中が運んできた紅茶に口をつけて、ようやく唇が動く。

「まだ化け込んどります。住み込みで、息子さんの世話もするいう話で」

「無茶しはるなぁ」行田夫人が呆《あき》れ半分、心配半分に言う。「それで、こんな雨の中、いったいどないしはったん」

苑子は懐から手紙を取り出した。幸い、中の丸薬は砕けていないようだ。

「これを、ここから送ってもらいたい思いまして」

「ここから？」

行田夫人は怪訝《けげん》そうな顔をしたものの、手紙を受け取った。表書を確認し、苑子にちらりと目をやる。

「聞いたことのある名前やな……。新波さん、出すかどうか決める前に、わけを話してもらえまへんやろか。わても名のある家の人間やさかい、何も知らされずにことの片棒を担ぐことはできまへんのや」

それはもっともな要求だ。ハンカチで口を軽く押さえながら、苑子は説明した。

「封筒の中には、薬が入っとります。咳の薬なんでっけど」邪魔をするように、咳が何度も出る。

行田夫人が立ち上がりかけたのを、手で制して続けた。

「その薬が、なんやおかしゅうて……。薬を送る先は、前に仕事で訪ねたことのある漢方医の先生です。成分を分析してもらおう思うて」

「漢方医……。ああ、そういえば新聞に名前が出てはったな」手紙を見ながら、なおも行田夫人の疑問は全て晴れていないようだった。「そやけど、なんで丹邨家から直接送らへんのでっか」

「手紙が……」また咳をして、「家の人間に見られとるかもしれへんからです」

目を見開いて苑子をしばらく見つめると、行田夫人は声を潜めた。

「……確信があるんやな。わざわざここまで、雨の中来たんやさかい」

苑子は頷いて、話を進めた。

「せやさかい、先生から返事を受け取るときも、丹邨家に送ってもらうわけにはいかんのです。こんなお願いするのも気が引けるんでっけど、行田夫人のとこに一旦《いったん》返事を送ってもろて、丹邨家でこっそりわてに渡してもらうことはできますやろか」

行田夫人はそれを聞くと、考え込む素振りを見せた。

「難しい、いうんが正直なとこです。丹邨夫人はようひとを招かはるわりに、客に家をうろつかれるのはお嫌いなんですわ。おはばかりに行くときも、女中をつけてきやはるくらいで」

計画の一端が崩されて、苑子は咳のせいではなく喉が苦しくなった。せっかく薬を分析してもらっても、結果が分からなければ意味がない。

しばらく黙っていた行田夫人が、ふと苑子に問いかけた。

「あんさんは、家の中では自由に動けますやろか」

「ある程度は。そやけど、孝太郎さん……息子さんの世話と、娘さんに絵を教《おせ》える仕事がおますさかい、いつでもとは」

「厳しいなぁ……」口元に指をやりながら、「そんなら、丹邨家のおひとの目を掻い潜って、あんさんがちょっとした客に応対でけるときはおますやろか」

苑子は丹邨家の動きを思い返してみた。光将と白潟は、曜日にかかわらず仕事に出ていることが多いから、予測がつかない。ふたりのうち、最初に客を出迎えるとしたら白潟だろうが。礼以は一日中家にいるが、自ら応対することはないだろう。そして登世と、いちばん客を出迎えそうな女中の手が空いていないときといえば……。

「夕食の前、やろか」苑子は自信を持ちきれないまま答えた。「五時から六時頃でんな。女中は食事の支度をしとりますし、奥様も何やらやることが多いそうで部屋にこもってはるさかい」

行田夫人はそれを聞くと、ひとつ頷いた。

「それやったら、わてに考えがおます。あんさん、その時間にはなるべく一階にいて、来る客を迎えとくなはれ」

「はあ……あの、その客て」

行田夫人は口の端を上げた。

「どんな客か分かっとったら、あんさんの態度に出ますやろ。勘付かれへんためや。なに、まぁわてに任しとくなはれ」

苑子の不安を和らげようとしているのか、余裕を装っているのか分からないが、行田夫人の態度に流され、はあ、と気が付けば答えていた。

雨は弱まっていたが、まだ歩けば足元が濡れそうだった。行田家の車に乗せて近くまで送っていく、という夫人の申し出はありがたかった。

丹邨家に近付きすぎない程度のところまで送ってもらい、運転手に礼を言って車を降りる。雨の中を歩いていると、裾をたくし上げていても、また冷たい布が足にまとわりつくのを感じる。

丹邨家の前でしばらく様子を窺い、そっと扉を開ける。幸い、ホールには誰もいない。足音を立てないよう、慎重に階段を上り、廊下を渡る。

ゆっくりと自室の扉を閉め、誰にも見られず帰ってこられたことに安堵《あんど》した途端、咳が出始めた。ひとが駆けつけようものなら、外に出たことが一目で分かる。手拭いで身体を拭き、急いで寝巻に着替える。その間にも、次第に咳がひどくなってきていた。

ハンカチを口にあてがい、床に膝をつき寝床に顔を押し当て、咳の音を聞こえさせまいとする。喉がいたぶられる。臓器が軋《きし》む。知らず知らずのうちに涙が滲《にじ》む。

この苦しみが、一日続くのか。

薬を飲まなかったことを誤魔化せるのか。具合が悪いと言って部屋に閉じこもったところで、隠し通せるのか。

嗄《か》れた声が出る。肋骨《ろっこつ》が痛む。肺が悲鳴をあげている。

無理だ。

寝台のカバーが涙を吸い込み、染みができる。咳が続く。二度。三度。

扉の開く音がした。

とっさに顔を上げようとしたが、それほどの力もない。寝台に頭を乗せたまま、かろうじて扉のほうを向く。

滲む視界の中で、薄青い着物が揺れている。長い黒髪が、両肩から垂れている。

「薬を飲まなかったの」

礼以の声が、静かに、部屋に響いた。

答える気力も起こらない。ただ咳がひたすらに続く。

「何がそんなに怖いというのかしら。この間まで喜んで飲んでいたじゃないの」

苑子の言葉など待っていないかのように、礼以が続ける。ひときわ大きな咳が出た。肺が喉から押し出されるほどの咳。

「苑子さん」

涙が止まらない。何の涙なのか、もう苑子には分からない。

「苑子さん」

礼以が繰り返す。夜の海を凝《こご》らせたような、真っ黒な声。

「あなた、死んでしまうわよ」

言い返すこともできず、喉から、ひゅ、という音だけが出る。

ひゅ、ひゅ、ひゅ。

この音が自分の喉から出ている気がしない。ただ頭の中で反響している。息がうまくできない。溺れているかのようだ。

ああ、と苑子は、曖昧《あいまい》な意識の中で思い出した。

孝太郎からの一通目の手紙。

――私は溺れております
彼が書き付けた文は、この咳の苦しみをさしていたのか。

礼以の笑い声が聞こえてきた。あまりに場違いな、無邪気な笑い。

「冗談よ。まだ一粒飲み損ねたくらいで、死にはしないわ」

死にはしないけれども、ねぇ。

礼以は付け加えて、苑子に背を向けた。扉を閉める前に、少しばかり振り返る。

「おやすみなさい」

その顔が微笑んでいたのかどうか、苑子にはよく見えなかった。


礼以が去ってから、どれほどの時間が経ったのか分からない。

寝台に横たわる気力もなく、ただ上半身を柔らかい布団に埋《うず》め、発作に怯えるうち、何者かが部屋に忍び込んでくる気配がした。

また礼以だろうか、とびくりとしたが、扉のほうを向くことすら身体が許さない。ほとんど足音も立てず、誰かが苑子に近付く。

「咳の薬は」

耳元で囁き声がする。低く、滑らかな声。

白瀉だ、と気付いたものの、逃げるべきなのどうかも今の苑子には判断がつかなかった。それ以前に、ろくな身動きもできない。

危害を加えるつもりならとっくにそうしているだろう。苑子は布団に両頬を交互に押し付けるように首を振った。

「白い丸薬じゃない」平坦な声が続ける。「咳が前々から出ていたのでしょう。なら、手持ちの薬があるのでは」

言われて初めて思い出す。咳に追い立てられて頭から抜けていたが、確か鞄に下宿から持ってきていた薬が入っているはずだ。

腕をなんとか動かし、部屋の隅にある鞄を指さす。無言のまま、白潟がそちらに向かうのがどことなく分かる。「失礼」と小さな声がしたかと思うと、鞄を漁《あさ》る物音が聞こえてきた。

やがて水差しから水が注がれ、次いで瓶と錠剤が触れ合う音がする。再び気配が寝台に近付いたかと思うと、「起き上がれますか」と問いかけられた。

また咳の発作が起こり、胸が痙攣《けいれん》を起こしたように震える。寝台に突っ伏したまま首を振ると、大きな手が苑子の頭を抱えて、半ば無理やり横を向かせた。

途切れ途切れの呼吸の合間に、白潟が薬を口の中に押し込んでくるのが分かった。次いで唇にコップの縁を当てられる。

白潟がコップをゆっくり傾けると、水の半ば以上は寝台のカバーに吸い込まれていったが、それでも薬を飲むのに充分な量が口内に流れ込む。指で顎《あご》を閉じられ、苑子は喉を動かして薬を飲み込んだ。

「あの薬に比べれば、気休めでしょうが」白潟の声には、相変わらず感情が読み取れるほどの抑揚がなかった。「それでも何もしないよりましでしょう」

そう言い残したきり立ち去ろうとする白瀉の服を、気が付くと摑んでいた。

「あんたはん……」咳のしすぎで、声がかすれていた。「何……考えて……」

白瀉は弱々しく服を摑む指をゆっくり引き離すと、苑子を見下ろして言った。

「敵ではないと分かったので、こうしたまでで」

言葉に続きがあるような妙な沈黙があったが、白瀉は口を噤んだまま、灯《あか》りを消して部屋を出ていった。

気休めと白瀉が言った通り、咳はやはり続いた。ただ手持ちの薬を飲む前よりは回数が減り、息苦しさもましになっている。重い身体を引きずり、ようやく寝台に潜り込むと、苑子は頭から布団を被《かぶ》り、ひたすらに肺と喉を責める咳に耐えた。

三

翌日、朝食の時間を知らせに来た女中に、食事に出るのは無理だと言い、礼以に絵を教える仕事を休むと言伝《ことづて》を頼んだ。女中に伝えられるまでもなく礼以は分かっているだろうが、表向きは取り繕っておいたほうがいい。

一家の朝食が終わった頃に女中が食事を持ってきたものの、手をつける気になれない。日が高くなっても咳に苛まれ続け、昼食も断る。女中は残されたままの朝食をちらりと見ると盆を下げ、それきり部屋には来なくなった。

咳は登世や、もしかしたら孝太郎の耳にも届いているのかもしれないが、誰かが部屋を訪れる気配はなかった。光将と白潟は仕事で出ているのだろう。孝太郎は大丈夫だろうか、また無理に食べさせられていないだろうか、と気にかかるも、身動きが取れない以上どうしようもなかった。

白潟の振る舞いが、奇妙なものに感じられてならなかった。最初からずっとそうだ。初めて会ったときの視線。苑子が夜中に一家の部屋を嗅《か》ぎ回ったことに気付いていたのに、深追いしない態度。

敵ではないと分かった、と白潟は言った。昨夜看病をしてきたことからして、その言葉はほんとうなのだろう。しかし苑子をどうするつもりなのかは摑めない。味方にしたいのか、利用したいのか。

浅い息のせいで、思考が朦朧《もうろう》とする。灯《あか》りもつけず、日が傾いていくのを、ただ窓から差し込む陽の明るさで推し量るしかない。

ひときわ大きい咳が続き、肺が軋む。もし礼以が今日薬をくれなければ、という考えがよぎり、全身が総毛立った。今日も。明日も薬を貰えなければ。

寝台から降りようとし、足に力が入らず床に崩れ落ちた。孝太郎の警告は頭に残っている。あの白い丸薬は、飲めば飲むほど危険だということも分かっている。それでも、今この焼けるような喉の痛みと、肺の疼《うず》きには勝てない。勝ちようがない。

身を起こすこともできず、ほとんど四つん這いになりながら床を進む。ひどく扉が遠いように思える。

どうにか膝立ちになり、扉のノブに手をかけたとき、ノブが勝手に回った。

とっさに身を退くのと同時に、青地に黒い蔦《つた》模様の裾が目に入った。

「どこへ行こうというの」

礼以が灯りをつけ、膝立ちになったままの苑子を見下ろした。左手に持っていた瓶を掲げてみせる。

「せっかくあなたの望むものを持ってきたのに」

苑子は思わず手を伸ばしかけ、しかしその前に立ち上がろうとした。この姿勢のまま、施しのように薬を与えられてなるものか。せめて立って、受け取らなければ。

壁を支えにして、膝に力を込める。もう何日も歩いていなかったかのように足が震えた。均衡を失い、倒れかけた身体を礼以が支える。

「赤ん坊はこんなふうに立つことを覚えるんですってね。あなた、それにそっくりよ」

礼以に手を引かれ、寝台の前で軽く肩を突かれると、あっけなく苑子の身体が倒れた。上半身を起こそうとしたが、どうしても力が入らない。

「一度しか言わなくてよ。ねぇ、口を開けて」

優しげな声で礼以が囁く。ほかにできることはない。言われた通り口を開けると、丸薬の甘い味が口中に広がった。

薬さえ飲み込んでしまえば、と苑子が舌を動かそうとする前に、何かが唇をこじ開けてきた。生ぬるいものが口を満たし、喉に入り込んでこようとする。水差しから直接水を流し込まれているのだと気付くのに数秒かかった。

仰向けになったままの喉が、突然侵入してきた水を拒絶する。唇の両端から水が流れる。吐き出しそうになる前に、礼以が水差しをのけ、ハンカチで苑子の口と鼻を覆った。

「水がなきゃ薬が飲めないじゃないの。我慢して。ほら。良い子だから」

発作ではなく、気道に入った水のせいで咳が出る。口から鼻に水が流れるのが分かる。吐き出した水で濡れたハンカチをきつく当てられ、呼吸さえできない。頭の中が霞《かす》む。視界が揺らぐ。柔らかい、優しい、なだめるような声が、膜を通したようにぼんやりと聞こえる。

「我慢して。我慢して。我慢してちょうだい。良い子だから……」

意識が途切れる一瞬前に、礼以がハンカチを苑子の顔から外した。反射的に大きく息を吸い込む。

苑子が息を整えるまで、礼以はじっと寝台に座って待っていた。

「咳は治まった？」

何事もなかったかのように礼以が訊いてくる。苑子は黙って礼以を睨みつけた。

「そんな顔をしないでちょうだい。私もやりたくてやったのではないのよ。苑子さんが悪いの。薬をおとなしく飲まないから……」

軽やかに立ち上がって、礼以はにこりと笑いかけた。

「これからはちゃんと飲んでくれるわよね。ねぇ、約束してちょうだい」

奥歯を噛みしめながら、苑子はわずかに頷いた。心から嬉しそうな顔をして、礼以は扉の向こうに姿を消した。

咳は治まったものの、内心は少しも穏やかにならなかった。ひとつ幸いだったのは、薬を行田夫人に預けたことがばれなかったらしい、ということだ。

となれば、薬の分析結果を待ちつつ、家の中を密《ひそ》かに探るしか苑子にできることはない。

小ぶりのシャンデリアが、青で統一された寝台のカバー、カーテン、椅子の座面を照らしている。そういえば、礼以は青い地や模様の着物をよく纏《まと》っていた。孝太郎の書いた「青い家」――丹邨家のしつらえは、礼以の好みだったのか。嫌悪が背を走り、灯りを消す。一日着ていた寝巻を別のものに着替え、椅子に座り、時間が過ぎるのを待つ。

午前零時になる少し前、待ち望んでいたものが聞こえてきた。襖を開ける音、かすかな足音。一昨日は礼以が誰かの部屋に入っていったものだとばかり思っていたが、ひとつ、見落としていた箇所がある。

充分な間を置いて、苑子は慎重に部屋を出た。礼以と登世の部屋に挟まれた廊下を渡る。窓からの月明かりも届かず、床に手を当て、四つん這いの姿勢で進んでいく。やがて床が抜けているかのような感触を指先が捉えた。下の階に続く階段だ。

礼以はここを下りて、一階へ向かったのだ。

心音がうるさいほどに耳に響いた。ここで礼以に鉢合わせしたら、言い逃れはできない。暗闇の中を、後ろ向きに這うようにして下りる。やがて足の感覚が、急な階段の終わりを伝えてきた。

暗さで自分が一階のどこにいるのか瞬時には摑めなかったが、礼以たちの部屋の下となると、食堂の脇辺りだろうか。目が慣れてくると、思った通り食堂の壁にはめ込まれた磨り硝子の窓が見えた。

礼以らしきものの姿も、灯りも見えない。どこに行ったのだろうか。食堂に気配はない。いちばん手近な台所の扉に耳を当ててみるが、物音や話し声はしない。

こういう屋敷では、女中部屋が台所の近くにあることが多い。音を立てないよう、ゆっくりと扉を開ける。

台所の西側には月の光が差す窓があるおかげで、かすかに周りが見えた。すぐ右に飾り気のない扉がある。これが女中部屋だろう。中からは何も聞こえてこない。

わずかな光を頼りに台所を進んでいくうち、奥に扉が見えてきた。位置からして、庭に通じているらしい。庭に用などあるものだろうか、と思いながらもノブをひねろうとしたとき、ふと気付くことがあった。

もし礼以が、苑子がたどってきたのと同じ経路を通れば、自室から最短の距離で庭に行ける。前を通る部屋といえば丹邨夫妻の寝室だが、彼らは礼以の思うままだ。足音を聞かれようと気にすることはない。女中も、もし礼以の支配下にあるのなら、女中部屋の前も遠慮なく通れる。

庭に出たい礼以にとって都合のいい家。あの階段の存在を考えれば、最初からそういうふうに設計されたと思えてくる。

不確かな推測だと分かっていたが、一度そう考えると庭に出る勇気がしぼんでいく。腰を屈《かが》めて、そっと北側の窓に近付く。かろうじて外が覗けるほどに頭を上げ、庭の様子を窺う。

視界に何か、ぼんやりとした光が映った。地面に置いてあるらしい、カンテラの灯りのように見える。

心臓が跳ねる。素早く頭を下げ、窓からそろそろと遠ざかった。

礼以は庭にいる。何のためかは想像もつかないが、確かに。

礼以がいつ、庭での用を済ませて戻ってくるか分からない。息を潜め、足音を殺して台所から抜け出す。

自分の部屋に戻り、寝床に入ったところで、とても眠気が来そうになかった。礼以はこんな真夜中に、庭で何をしているのか。丹邨家の歪みや、試作の薬と関係があるのか。

答えが出ないまま思案しているうち、いつしかカーテンの隙間を通して朝日が淡く苑子の頬を照らした。眠れない苛立ちで、掛け布団を跳ね上げるようにして上体を起こす。

カーテンと窓を開けると、春の日が薄紫色をした夜の名残を霞ませていくのが見える。早朝の清浄な空気を吸っているうち、思考がまとまり、やるべきことがはっきりしてくる。

礼以が庭で何をしていたのかを探る。突き止められなくとも、手がかりだけでもほしい。

真夜中に見たあの庭には、苑子は出たことがなかった。ホールの奥にある窓からちらりと目にしたことはあるが、純日本式の庭園らしい、というほかは何も知らない。

礼以は寝坊をすることが多いと登世から聞いたことがある。今の時間ならば、礼以の目に触れることなく庭を調べることができるかもしれない。

ショールを羽織って、忍び足で階段を下り、玄関で草履を履く。遠回りにはなるが、今あの裏階段を使う気にはなれない。

屋敷よりも広い庭は、思っていた通り、西洋風の家にはそぐわない昔ながらの造りだった。背の高いイロハモミジが目立つが、丸く刈り込まれた犬柘植《いぬつげ》が石灯籠《どうろう》に被さるように植えられており、馬酔木《あせび》の白い花が盛りを過ぎかけている。

いちばん目を引いたのは、庭の半分以上を占める大きな池だった。石の護岸に囲まれており、屋敷の近くから見ても整備されていることが分かる。

庭を探る前に振り返り、屋敷の二階を見上げる。礼以の部屋からは、ちょうど庭の全体が見えるはずだ。

しかし窓はぴったりと閉められており、曇硝子には人影も映っていない。孝太郎の部屋も同じだった。一階や踊り場の窓にもひとの姿はない。

ひとまず、今は誰にも見られていない。庭を調べる良い機会だ。

闇雲に探索をすれば少し時間がかかりそうだったが、苑子には目当てがあった。台所の窓から庭を窺ったとき、見えたカンテラらしき灯り。あれは池の前だったのではないか。

池に近付いて観察してみる。いやに殺風景な池だ、という印象を受けた。庭全体に比べて周りに植えられている木も少なく、橋ひとつかかっていない。

護岸の平らな石にしゃがみ込む。鯉や鮒《ふな》といった魚が一匹も見当たらない。観賞のために飼っていてもおかしくなさそうなものだが。

不審に思い、手で水をすくってみた。覚えのあるべたつきが指に残る。試しに指を舐《な》めてみると、塩辛さが舌に貼り付いた。

この池の水は、海水でできている。

思わず立ち上がり、池から退いていた。

礼以はこの池に何の用があるのだろうか。海に棲《す》む魚を飼っているのか。

池を一周してみたが、やはり魚の気配はない。しかしこの池の奥深くに、得体の知れないものが潜んでいるという妄想が拭えなかった。

ほかに手がかりはないものだろうか、と池を覗き込んでいるとき、ふいに後ろから腕を摑まれた。

「何をしている」

耳元で怒気を含んだ男の声がする。振り返る間もなく無理やり手を引っ張られ、庭の端に連れていかれた。石灯籠と犬柘植に囲まれ、屋敷からは見えそうにない。

苑子は手を振り払うと、白潟の顔を睨んだ。口を開く前に、白潟が繰り返す。

「何を、している」

その顔には今までと違い、明確な苛立ちが表われていた。

「庭を歩くこともでけへんのでっか、この家は」

「こんな朝早くに？」

「それやったら、あんたはんも同じことやないでっか」

白潟はため息をついた。

「起きて仕事の準備をしようとしたとき、車に書類を置き忘れたことに気付いた。一階に下りようとしたら、階段の窓からあなたが庭をうろうろしているのが見えた。それだけです」

嘘かほんとうか分からないが、白潟の目が「こちらは事情を言った。そちらの番だ」と言っている。

「……単に、眠られへんかったさかい」

こんな弁明で疑いが晴れたとは、とても思えなかった。追及される前に言い返す。

「そんで、わてが庭におるのがそんなに気に入らんかったんでっか」

白潟の表情から苛立ちがわずかに薄れる。苑子から視線を外し、唇をゆっくりと動かす。

「……あなたは、この家で動きすぎている」

眉をひそめたままでいるが、それがどういう感情から来るものなのか、苑子には窺い知れなかった。

「昨日、礼以から薬を渡されたとき、何かされませんでしたか」

言い当てられて、腕の皮膚が粟立《あわだ》った。窒息させられた記憶を身体が思い出し、息が苦しくなる。

苑子の様子を見ていた白潟は、やはり、というように数秒瞼を閉じた。

「あなたがこの家で何を探ろうとしているのか、僕は知りません。けれども、礼以に目をつけられたことは分かる」

苑子を真正面から睨む。目の中に、今まで白潟に見出《みいだ》したことのない揺らぎが映った。

「だから、下手に動かないほうがいい。あれは……」

言葉を続ける前に、奥歯が強く嚙みしめられたのが分かった。

「ひとの命を奪うことに、一切のためらいがない。そういう者です」

四

それからの日々は、緩やかに地獄へと引きずり込まれていくようなものだった。

絵の授業でも、食事の席でも、礼以は苑子を窒息死寸前まで追いやったことなどすっかり忘れたかのように振る舞っていた。苑子が何も知らなかったときと全く同じ調子で人物画を模写し、講評を求める。苑子は怯えを見せまいとしながら絵を褒めたり、少しの注意を加えたりする。

表向きは単なる絵の先生と教え子だった。しかし夕方、丸薬を渡されるたびに、自分の命は礼以に握られているのだと実感せざるを得なかった。

白潟の警告は気にかかったものの、漢方医からの返事を丹邨家の誰かに見られてしまっては全てが無に帰す。行田夫人に言われた通り、夕食の前、五時から六時頃には、苑子は必ず一階にいるようにした。日光室《サンルーム》や居間で本を読んだり、ときには絵の先生らしく写生帳を持って、家の前庭や室内を描いたりしていた。といっても読書や写生は言い訳にすぎないから、本にも、絵にもまるで集中していない。ただ玄関に誰かが訪ねてくるのを、ひたすら待っていた。

この時間には登世が招く客は来なかった。近所の夫人が訪ねてくるのはたいてい午前中や昼で、客間から賑《にぎ》やかな話し声が聞こえてきても、四時前には客は辞してしまう。

だから苑子が一階にいる間には、誰も来ない日が続いた。薬が届かなかったのでは、漢方医が無視したのでは、行田夫人の手はずがうまくいかなかったのでは、と不安を覚え始めた頃、苑子が薬を預けてから九日後に、玄関で誰かが声を立てた。

待ち望んでいた来訪かと思い、慌てて居間を出た。台所から女中が駆けつけようとするのを、さりげなく止める。

「あんたはんは今忙しいでっしゃろ。わてが出ますさかい」

夕食の準備を邪魔されて明らかに不機嫌だった女中が、それなら、と素直に引っ込むのを見て、内心胸を撫で下ろす。

玄関の扉を開けると、大きな風呂敷包みを背負った、みすぼらしい女が立っていた。見るからに行商人だと分かった。

「奥様でっか」

まだ三十代のようだが、無遠慮なしゃがれ声で言う。

「いえ、わては単なる住み込みで……」

服装を見れば分かるだろうと呆れながらもそう答えるが、行商人の女は構わず風呂敷を広げる。化粧品や小間物がごちゃごちゃと入っていた。

「奥様のお顔の色でしたら、ちょうどええのがおますよってなぁ。きっと気に入りはると思いますわ」

と、一本の口紅を押し付けてくる。仕方なく、少しだけ付き合って追い返すかと口紅の蓋《ふた》を開けようとしたとき、荒れた手がそっと押しとどめた。

「おひとりで開けとくなはれ」

小さな声に何か含むものがあるのを感じ取り、苑子は行商人の顔を眺めた。どこかで会った気がする。色黒で、三十代くらい。しゃがれ声の……。

消えかけていた記憶が掘り起こされた。行田夫人の家を訪ねたとき、出迎えてきた女中だ。

苑子の反応を読み取ったらしい行商人――行田家の女中――は、にこりと笑った。

「お代はいりまへんさかいな。気に入りはったらまた、次のときに」

女中はそう言うと、風呂敷を包み直し、また背負うと、頭を下げて玄関を出ていった。

苑子はしばらく呆然としていたが、慌てて口紅を袂に隠した。

それにしても、女中に行商人のふりをさせるとは、どこでそんな案を思いついたのだろう。

ホールを渡りながら考えてふと気付き、状況も忘れて思わず笑いそうになった。婦人記者の化け込みで、行商人だと偽ることはままあった。行田夫人は新聞でそれを読んだか、家の内情を暴かれたことがあるのかもしれない。その化け込みと同じような手を、婦人記者である苑子に用いてきたのだ。

しかしあの女中の目的はもちろん、別のところにある。苑子は自室に戻ると、早速口紅の蓋を開けた。思った通り中身は口紅ではなく、縦に折られ、きつく巻かれた紙だった。

紙を取り出して広げると、和紙にびっしりと筆文字が書かれていた。すぐ丸まろうとする紙の端を押さえながら読み始める。

老年の漢方医らしく、達筆の上、専門の用語もたびたび入り読みにくかったが、内容はこのようなものだった。

——成分のほとんどは既存の生薬である。麦門冬《ばくもんどう》、杏仁《きょうにん》、貝母《ばいも》といった生薬は鎮咳《ちんがい》、去痰《きょたん》の効果があり、山梔子《さんしし》、黄芩《おうごん》は消炎に使われる。全体として、清肺湯《せいはいとう》という薬と成分が似ている。ただ一種類だけ、不明な成分が含まれていた。竜骨に近いものの、化石となった痕跡《こんせき》が見られず、そもそも竜骨は咳の薬に使われるものではない。骨であることは間違いがない。あえて言うなら人間の骨に近いが、人間の骨とは異なる。何の動物の骨かは不明。

苑子は内容が頭の中に染み込んでくるまで、何度も手紙を読み直した。咳の薬であるのは納得がいく。しかし最後の数行が、否応《いやおう》なく不安を掻き立てる。

人間の骨に近いが、人間の骨とは異なる。

骨。

何の動物の骨かは不明。

手紙の端から指を離すと、紙が自然に巻かれていく。我知らず、胸から腹をそろそろと撫でていた。

自分はいったい、何を飲まされているのか。

人間の頭の黒焼きが咳に効く、という話を聞いたことがある。そのときは単なる流言だと笑い飛ばせていたが、今の苑子はそんな気持ちになれなかった。

夕食の時間になり、苑子が食堂に入ると、先にいた礼以が苑子に微笑みかけてきた。小瓶から丸薬を一粒出す。

「苑子さん、どうぞ」

柔らかな声で手を出すよう促してくる。先ほどの手紙の内容がよみがえり、舌が、胃が本能的に拒絶を示す。しかしためらいを見せるわけにはいかない。

何も知らないかのように薬を受け取り、水で飲み下す。丸薬が喉を、食道を通っていく感触が、はっきりと分かる。異物を飲んだときの感覚だ。

おおきに、という言葉が震えていないことを苑子は祈った。

間もなく登世と、めずらしく孝太郎も食堂に姿を現わした。女中が食事を運んでくる。

礼以と登世は言葉を交わしながらパンやスープを口に運び、孝太郎は食の細さが改善しており、どうにか最後まで食べきっていた。

食事が終わり、部屋に戻ってもまだ、腹の中に得体の知れないものが入っている、という気味悪さが消えない。

漢方医からの手紙にある清肺湯なら、苑子も飲んだことがある。洋薬、漢方薬問わずほぼあらゆる薬を試したといってもいいくらいだ。清肺湯は一か月ほど飲み続けたが、咳は多少治まったものの、礼以の持っている薬ほどの効果はなかった。咳をものの数分で止める薬など、聞いたことすらない。それに服用をやめたとき、あの丸薬を飲む前より、はるかに咳が悪化したのも気にかかる。

つまり、漢方医のいう骨の成分が、咳をただちに止め、同時に身体を蝕《むしば》んでいることになる。

孝太郎は、薬のことは漢方だと「気付いとりました」と言っていた。つまり、自分でそうと分かっただけで、どういった薬か聞かされたのではないということだ。成分についてまで知っているとは思えない。漢方医でも分からなかった以上、薬の成分に関して調べられることはもうないだろう。

そうすると、今の自分が探れるのは礼以が深夜に起こす不審な行動と、池の意味だろう。池で得体の知れない生物を飼っていて、その骨を薬の材料にしているのかもしれない。どんな生物なのか想像もつかないが、それを制御できるのが礼以だけだとしたら、光将や登世が礼以の機嫌を取る理由も説明がつく。

手帳にあらゆる出来事や考えを記しながら、真夜中を待つ。今まで午前零時近くまで起きていたときは、必ず礼以が部屋を出る気配がした。ならば、今夜も外に出ていくはずだ。

時計の針が十一時半をさした辺りで、部屋の灯りも、卓上の台電燈も消す。満月は過ぎたものの、まだ膨らみのある月が部屋を薄く照らしている。

しばらく外の様子に注意をはらっていると、やはり襖が開く音がかすかに聞こえてきた。焦りを抑えて、礼以が外に出る頃合いまで待つ。

白濁との会話で改めて意識したが、踊り場の窓からも庭が見渡せる。少なくとも、庭に出て礼以の行動を見張るより安全だろう。階段をそろりそろりと下り、踊り場の窓から外を覗く。

いつでも頭を引っ込められるよう膝に手をつき、中腰になる。犬槙《いぬまき》や背の高い椿にやや遮られて池の全体は見えないが、踊り場という高さのおかげでそれほど気にならない。

礼以の灯りはすぐに見付かった。池の端、護岸の平たい岩の上にあるが、肝心の礼以の姿が見当たらない。

灯りだけを置いて暗い庭をうろつき回るものだろうか。カンテラの光が、護岸の岩だけでなく、わずかに波打つ池の表面をも襞《ひだ》のように浮かび上がらせている。

苑子は硝子に額を押し付けんばかりに近寄った。やはりあの池には魚がいるのだろうか。しかし礼以がその世話をしているのならば、礼以はどこにいるのだろう。

ふいに池の真ん中で、何かが跳ねるような水の動きがあった。鯉ほどの大きさの魚が水面に身体の一部を出したとは思えない。もっと大きな、たとえば――。

三日月状の波紋が、ゆっくりと灯りのある護岸へと近付いていく。ときに遊ぶように蛇行しながら、ときに尾鰭《おびれ》のようなものを水面で跳ねさせながら。

波紋はやがて護岸のすぐ近くにたどり着き、光の襞がいっそう大きく水面を掻き乱す。

灯りに照らされ、何かが護岸の上に現われる。透けるほどに白く、細い、あれは。

人間の腕だ。

次いで水面から、黒い髪に覆われた頭が覗く。護岸に手をかけ、水から上がろうとするその顔は、遠くからでも見間違いようがない。

一糸纏わぬ礼以の肩から胸、腹が、灯りに照らし出される。水に濡れた白皙《はくせき》の肌と、艶やかな髪は作り物じみているようでいて、やはりほんのりと上気した頬や胸は生きている者特有の生命力を帯びている。

ふいに、護岸に手をついた礼以の体勢が、がくりと崩れた。上半身が右に傾き、片肘《ひじ》から先を護岸に載せてかろうじて体重を支えている。まるで背骨が重力に負け、耐えられないかのようだ。

それでもさらに礼以が下半身を引き上げたとき、苑子はもう少しで声をあげそうになった。

礼以の腰から下は、人間のそれではなかった。両の足がひとつになり、鱗《うろこ》に覆われている。青《せい》藍《らん》に藤色と金が霊妙に混じり合い、残照の最後の一筋を追いやる夜の空を思い起こさせた。次いで引き上げられた、本来ならば爪先がある部分には、代わりに薄青色の尾鰭があった。

人魚。

頭の中にその言葉が浮かびながら、まだ苑子は自分が見たものを信じきれなかった。見間違いをする原因はいくらでもある。遠くからだから。月とカンテラの光があるとはいえ、夜で暗いから。

礼以は両手を少しずつ動かしながら、池のほうを向いて護岸に座ろうとしているらしかった。

だが背骨は身体を支えきれず、危うげに揺らいでいる。ままならない身体に苛立ちを覚えたのか、礼以が歯を剝《む》き出した。

カンテラの光に照らし出された礼以の歯は、鋸《のこぎり》の刃のような形をしていた。

ようやく礼以は護岸に座り込んだが、背中は右に曲がり、ほとんど寝そべっているような体勢だった。人間の上半身と、不可思議な色合いをした下半身の境目がはっきりと視界に入る。見れば見るほど、苑子の中で見間違い、という望みのようなものが打ち砕かれていく。遠くからでも、尾鰭の先まで神経が通っていることがありありと分かる。カンテラの灯りが、青藍の鱗を否定しようもないほど鮮やかに照らし出す。そしてあの、明らかに人間のものではない歯。

礼以はしばらくそのままじっとしていたが、やがて護岸の縁に這い寄り、池の中に潜っていった。

驚きに打たれたまま、移動する波紋をじっと眺めていたが、はっと窓から遠ざかる。今見たものは、恐らく丹邨家の最大の秘密のひとつだ。

足音を殺して階段を上り、部屋へと戻る。ほとんど無意識のうちに、卓上の台電燈をつけ、手帳に今しがた見たことを書き付ける。あり得ないはずの光景を目の当たりにした衝撃を、何かに落とし込まずにはいられなかった。

万年筆が幾度も紙に引っかかり、黒い染みを作る。書き上げたものを読んでみると、動揺の代わりに、ひたひたと悪寒が足元から忍び寄ってきた。シェードの作り出す青い光が、海の中にいるような息苦しさを感じさせる。

落ち着くために記したつもりの文字が、苑子に現実を突きつけてくる。ふいに、孝太郎の手紙が頭の中によみがえった。

――歯のこまかな影だけは見るな

あれは礼以を意味していたのか。孝太郎の世話をし始めた日、庭に面した曇硝子の窓を開けないよう懇願してきた、あのときの怯えた顔を思い出す。真夜中の池で泳ぐ礼以の姿を、孝太郎も見てしまったのだろう。

手帳を風呂敷の奥底にしまい、台電燈を消しても、まだ苑子の脳裏には窓から見た、あり得ざるものの姿がこびりついて離れなかった。

五

苑子は賭《か》けに出ることにした。

翌朝の十時頃、遅い朝食を摂っている礼以の傍に座る。にこやかに挨拶をする様子からして、昨夜苑子に池での姿を見られたことには気付いていないようだった。

「少し、大阪に帰ってよろしおますか。夕方までには帰ってきますよって」

礼以がパンをちぎっていた手を止める。ゆっくりと苑子のほうを向くその顔には、微笑みの裏にわずかな警戒が滲んでいた。

「どうなさったの、ご入り用のものがあるのかしら」

「それが、姉が嫁入りするいう話が前々からありまして。嫁入り道具やらの用意は家に任せてあるんでそこは心配いらんのでっけど、いっぺん嫁ぐ前に会っておきたいと」

苑子に妹はいるが、姉などいない。一から十まで作り話だったが、物が欲しいと言えば取り寄せると返されるのは分かりきっている。苑子自身が行かなくてはならない、という理由をでっち上げる必要があった。

「遠くへ嫁《か》されるの？」

「長崎のほうへ」

用意していた答えを返す。礼以は少し首を傾けて思案顔をしていたが、やがて目を細めて苑子を見た。

「よろしくてよ。でも、夕方にはきっと帰っていらしてね」

礼以に確信があるのが、苑子には分かった。薬のために、必ず夕方までに帰ってくると。

「ええ、少し別れを惜しむだけですよって」

部屋の風呂敷包みを取り、家の外へ出る。門に続く道の半ばでふと視線を感じて振り向くと、食堂の窓から礼以が顔に笑みを貼り付かせながら、ゆっくりと手を振っていた。

屋敷が見えなくなるまでゆったりと歩いていたが、丹邨邸から離れるやいなや早足に切り替える。芦屋駅に真っ直ぐ向かわず、やや北西へと向かう。やがて覚えのある、黒い瓦《かわら》屋根が見えてきた。

行田邸の玄関前で声をあげると、昨日会ったばかりの女中が出迎えてきた。苑子を見るなり破顔する。

「どないでっか、うまいこといきましたやろ」

「その節はえろうおおきに。まさか行商人に化けてくるやなんて、思いも寄りませんでしたわ」

「奥様はああ見えて洒落《しゃれ》っ気のあるおひとでっからな。待っとくなはれ、今奥様を呼びますよって」

女中が足早に奥へと消える。じきに行田夫人がやってきて、苑子の手を取らんばかりに身を乗り出した。

「新波さん、手紙がうまいこと届いたようで何よりですわ。……それで、今日はどないしはったん」

慇懃《いんぎん》に礼を述べてから、苑子は早口で要件を告げた。

「行田さんとこのお電話を、貸してもらえまへんやろか」

理由を説明しようにも、どう言いつくろえばいいのか。そのもどかしさを汲《く》み取ったのか、行田夫人は何も問わず苑子についてくるよう促した。

玄関から続く長い廊下を歩き、左に曲がったところに共電式の壁掛電話機が据え付けられていた。ラッパのような形の受話器を取り、交換手に番号を告げてしばらく待つ。男性の声が答えた。

「大阪蛍真《けいしん》女学校でっか。ええ。新波苑子いいます。五年の新波栄衣《さかえ》の姉です。呼んできてくれまへんやろか。授業中……分かっとりますがな。急な用で……。はい。お願いします」

男性が渋々電話口を離れ、五、六分待たされたのちに、弾《はじ》けるような声が聞こえてきた。

「お姉さん？　ちょっとあんまりやないの、下宿に行ってももぬけの殻やさかいひとが心配しとるとこに、いきなり学校まで電話かけてきて！　今どこにおるん、何してんの？」

相変わらずかしましいのに懐かしささえ感じるが、それどころではない。

「栄衣、えろうすまんけど、学校なんとか抜け出してわての下宿まで来てくれへんやろか。いや、その前に家やな。できれば持ってきてほしい本がある」

「まず答えてからもの言ってほしいわぁ……」少し沈黙があり、「急ぐ話なん？」

「そや。わけは下宿で話すわ。わては一時間半くらいでそっち着くさかいに」

「……何の本が要るん」

「人魚について書いてある本。あんた、そういうの好きなんやろ」

人魚ぉ、という、うわずった声が返ってきた。

「お姉さん、わて何が何やら分からへんわ。いきなりどっか行くわ、急に電話寄越すわ、人魚やなんや言うわ……。けんど、お姉さんのことやさかいなぁ。理由のあらへんことせんからなぁ……。ええけど、ちゃんと話してや」

「分かっとる」

ほんとうのことは話せない、とはとても言えない。苑子は受話器を元に戻して、振り返った。さっきまでいたはずの行田夫人がいない。

廊下を引き返すと、夫人は玄関で待っていた。電話の内容を聞くまいと気を利かせてくれたのだろう。苑子は頭を下げた。

「突然こんなお願いして、えろうすんまへん。おおきに」

「ちっとも構いまへん。こっちも暇しとるさかいに」

実業家の夫人が暇なはずはないのだが、行田夫人は鷹揚《おうよう》に片手を振った。にやりとして、

「まぁそのうち、主人の会社で売っとる商品の広告を、ど～んとな。大阪実法新聞さんに出してくれるよう口利きしとくなはれ。それで手を打ちまひょ」

冗談か本気かは分からないが、承諾して、行田邸を辞する。北に歩を進めると、しばらくして芦屋駅が見えてきた。

阪神電気鉄道で大阪に向かう。阪神電車前から市電に乗り、下宿の最寄り駅で降りる。

下宿に着くと、大家である老婆が顔を出す前に、どたばたと騒がしい足音が階段を下りてきた。

「お姉さん！　遅いやないの」

栄衣の怒ったような声とは裏腹に、緩んだ口元には安堵が見える。

「電車の乗り換えがうまいことといかんで……。それで、本は無事持ってこれたん？」

「せわしないなぁ」遅いと自分で言ったことも棚に上げて、臙脂《えんじ》色の袴《はかま》を穿《は》いた腰に手を当てる。

「お母はんに早退がばれへんよう持ってくるの、えらい難儀してんで。あとで善哉《ぜんざい》でも奢《おご》ってや」

妹がねだることは叶えてやりたいが、夕方という刻限が苑子の身体にはつきまとっている。

「善哉は今度な」栄衣の頭を撫でて、階段を上る。二階の自室に入ると、文机《ふづくえ》の上には本が一冊置かれていた。

栄衣の話も聞きたかったが、その前にすることがあった。戸棚から咳の薬を出してくる。以前、丸薬を漢方医に送って咳に苛まれたとき、市販の薬も多少は効いた。何かのきっかけで礼以から薬を与えられなくなることも考えられる。既に一瓶持ってはいるが、用心を重ねるに越したことはない。

「咳は相変わらずなんやな。そやのに、どこに行っとるん」

「記事の取材で、ここんとこ遅うまで帰られへんのや。この薬は念のためやさかい、安心してええ」

それより、と文机に向かい、風呂敷包みの中に薬を入れて、代わりに手帳と万年筆を取り出した。前日に書いた内容が栄衣に見えないよう、新しいページをめくる。

「あれ、いつもの万年筆はどないしたん。銅色で、金色の飾りがついた」

肩を寄せながら、めざとく栄衣が問いかけてくる。

「なくしてしもうたんや。……それで、人魚について手短に教ぇてくれへんか。本を読む暇があらへんのや。あんたの知識が要る」

「手短に、なんてよう簡単に言うてくれるわ」

栄衣が片眉を上げて、首を傾げる。

「ええと、人魚のもとになったもんのひとつは、西洋のセイレンやな。海に棲んで、水夫を惑わす呪いの声を持っとるていわれとる」

苑子は西洋という言葉が出た時点で、万年筆を止めていた。

「日本の話をしてや」

「我が儘《まま》やなぁ」

栄衣は頬を膨らませながらも、顎に指を当てて話し始めた。

「今わてらが考えとる人魚、いうのは上半身が人間で下半身が魚やろ。あれは、昔からそうやったんと違うんや。最初は人間でも魚でもあらへん、名前も分からへん、くらいのもんやった」

「それ、人魚ていえるんかいな」

「どうやろか……」栄衣は首をひねり、「魚と人間の混じった何か、いう点ではそうなんと違うか。確か『人魚』て呼ばれるもんが出てきたんは、平安時代やったかな。身体は魚やけど頭は人間で、小さい子みたいな声で啼《な》く、ていう」

苑子は栄衣の挙げた人魚の特徴を反故《ほご》紙に書き留めた。昨夜見たものとは、かなり違う。

「上半身が人間、いうふうになったんはいつからなん」

「ちょっと待って、順々に思い出しとるとこやねん」

栄衣は目をつぶって少しの間黙っていたが、ややあって瞼を開けた。

「しばらくは頭が人間、身体が魚、いうのが多かったように思う。口は猿に似とるとか、腹に四本足があるとか、細かいとこは違うんやけど。そんで、腰から上が人間になったんは、江戸時代に入ってからやろか」

そう言って栄衣は、机に置いてあった本を苑子に見せた。

「この本は江戸時代からの人魚の記述をまとめたもんや。たとえば肌が青白くて髪の薄赤い、女の半人半魚の話がある」

苑子の見たものに、だいぶ近付いてきている気がする。急いで反故紙にその人魚の外見と、自分の見た礼以の姿との比較を記す。栄衣は話をするのに夢中で、苑子が何を書いているのか気に留めないまま語り続ける。

「和漢三才図会《わかんさんさいずえ》ていう、いわゆる百科事典には、わてらの知っとる人魚とよう似た絵が載っとる。ほら、ここ見てみぃ」

めくられたページを覗いてみる。確かに上半身が黒髪の女で、下半身が魚の生物の絵が描かれていた。

「わてが持ってきた本に書かれとる人魚はだいたいの姿は一緒でも、全く同じ、とはなってへん。まぁ、時代によってこんなけ違うことやし、わてらのお父はんお母はんの若い頃くらいまでは実際におるもんやと思われとったけんど、水に棲むいろんな動物を見間違《みまちご》うたんやろうな」

栄衣はこともなげに言うが、苑子は絵を見てから、息が浅くなるのが自分でも分かっていた。

昨夜、丹邨邸の池で目にしたものは、和漢三才図会から引いてきた人魚の絵と確かに似通っていたからだ。

もちろん、栄衣が挙げたほぼ全ての話は、水中に棲む何らかの生物を見間違えたか、脚色したものなのだろう。だが、ならば苑子がこの目で確かに捉えたものは何なのか。人間の肌と腰から下を覆う青藍の鱗、鋸のような歯を持ったあの生き物は。

あり得ない、と苑子は言えない。自分が見たものを真実とする記者として、いくら想像上の存在と見なされたものでも、今や否定ができない。

「人魚といえば、外見以外にもいろんな話があるんや」

栄衣は苑子の動揺を汲み取ることなく続けた。

「まずは油やな。『南総里見八犬伝』には、人魚の油を燈火《ともしび》に使うと雨風にも消えへんし、お天道《てんと》さんみたいに明るうなる、てある。それから肉。さっき話した、猿みたいな口を持った人魚は、浦人が食べたらしい。そやけど食べたとこで、浦人の身体には何も起こらんかった。ただ、『あぢはひことによかりけるとぞ』――美味《うま》かった、いうことや」

そこでもったいぶるように言葉を切ると、苑子をちらりと見た。

「けんど、お姉さんも知っとるやろ。人魚の肉には不老の効果がある、て。人魚の肉を食べたばかりに年をとらんようになった八百比丘尼《やおびくに》の話もあるし。なんでも名前の通り、八百年生きたとか……」

苑子は栄衣の話を聞くにつれ、胸にぞわりとしたものを感じた。人魚の肉を食べた者が尋常でない長寿を得るというのなら、人魚自身はどれほどの時を生きるのか。

栄衣が本をめくりながら、あ、と声をあげた。

「こういう話もある。人魚の骨は妙薬として使われるて」

苑子の心臓が大きく跳ねた。

「……薬、て？」

「和漢三才図会には、オランダ人はこの薬を倍以之牟礼《ヘイシムレ》いうて、解毒に神効があるとしとる。百年、二百年前には西洋人は人魚の骨をえらい珍重しとったらしい。そやけど人魚の骨やなんて、日本の庶民には手が届かへんさかいな。代わりに人魚の絵を疫病除けにしとったいう話や」

栄衣が本に指を置いて示した「倍以之牟礼」という言葉を苑子は書き写したが、字が震えないようにするので精一杯だった。頭の中に、嫌でも漢方医から寄せられた薬の分析結果がよみがえる。

——あえて言うなら人間の骨に近いが、人間の骨とは異なる。何の動物の骨かは不明。

「……お姉さん？」

ひとしきり人魚の話を終えた栄衣が、苑子の顔を覗き込んだ。鏡を見なくとも、蒼白《そうはく》になっていることは分かる。

「大事ない。ただ、人魚の骨が薬になる、いうことについてもっと知っとることはないん？」

ほんとうは肩を摑んで訊きたいほどだったが、あくまでさりげなく促す。栄衣はしばらく本をめくり、思い出そうともしていたが、やがて首を横に振った。

「ほかには特に……」短く答えてから、苑子の袖《そで》を引く。「なぁお姉さん。こんなけ色々話してんから、お姉さんもわけを言うてや。なんで急に人魚のことを調べ始めたん」

栄衣の真剣な眼差《まなざ》しにたじろぐ。女学生の妹相手に、思わず全てをぶちまけたくなった。丹邨家のこと、礼以のこと、薬への疑念すら。

大きく息を吸い、吐く。栄衣に向かい合い、顔を近付ける。

「しゃあない。ほんまのことを言うしかあらへんな」

ことさらに声を潜める。

「わて、人魚を見たんや」

栄衣がぽかりと口を開け、そのまま数秒固まる。

「ど……」裏返った声が栄衣の喉から出たかと思うと、苑子の腕を痛いくらいに摑んできた。

「どこで？　いつ？　どんな姿してた？　きれいやった？　化け物《もん》みたいやった？」

激しく揺さぶられながら、苑子は作り笑いを浮かべた。

「堂島川《どうじまがわ》」

矢継ぎ早の問いがぴたりと止まる。無邪気に輝いていた栄衣の目が元に戻り、口を尖《とが》らせて苑子から手を離した。

「なんや、もう……あんな大阪の街の真ん中に人魚が来るもんかいな。からかうやなんて、ひどいなぁ」

相手が夢見がちな栄衣ならば、下手な嘘をこしらえるより、わざと「見た」と言ってあとでがっかりさせるほうがうまく誤魔化せるだろうという算段はあった。明らかに拗《す》ねている栄衣を見ていると申し訳なくは思ったが、今の自分の状況を話すことはとてもできない。

「仕方ないやないの、そういう記事を書け、て言われたさかいに……。それに分からんで、街中でも狸は化けるやないの」

「狸は化けても、人魚は出る気せんなぁ……」

そっぽを向いてぶつぶつとつぶやいていた栄衣が、ふと苑子に視線を戻した。

「どないしたん」

「お姉さん、もしほんとうに人魚を見たらな、気を付けなあかんで。人魚は疫病除けの伝承もあるけんど、凶兆とされることもあるさかいな」

きっと意趣返しのつもりだったのだろう。苑子は微笑んで受け流そうとしたが、うまく笑えているかどうか分からなかった。

第三章　災《わざわい》祟《たたり》

一

夕食前、礼以がいつものように微笑みながら丸薬を渡してくる。苑子も何気ない素振りで受け取り、口に含む。喉《のど》が一瞬嚥下《えんげ》を拒否したが、水で無理に流し込んだ。

「薬を飲んでから、おかしなことは起こってへんか。いわゆる副作用いうやつやけど」

仕事が早く終わり、食堂で席に着いていた光将が問いかける。

「ええ」苑子は短く答えた。「特には」

同席していた白潟には、そのときも食事中も、あえて話しかけるようなことはしなかった。向こうも視線ひとつ投げかけてこない。

ただ、苑子には白潟に訊《き》きたいこと、話したいことがある。

部屋で、栄衣から聞いた人魚の話を手帳にまとめながら時を待つ。礼以が常にいるこの丹邨邸で、苑子が礼以の目を盗める時間は限られていた。

真夜中、灯《あか》りを消して神経を研ぎ澄ませている苑子の耳に、待ち望んでいた音が聞こえてきた。襖《ふすま》が開き、静かに閉められる。聞こえるか聞こえないかという足音が遠ざかり、五分ほど待ってから、苑子は自室を出た。

手探りで壁伝いに歩き、隣の部屋のノブに手をかける。鍵《かぎ》はかかっていなかった。扉を開けようとすると、ぎ、という妙な音とともに、何かがつっかえているような感触が指に伝わってきた。

「どなたでしょう」

囁《ささや》き声が、扉の向こうから聞こえてくる。苑子も声を潜めて答えた。

「新波苑子です」

ややあって、扉がわずかに開いた。苑子を素早く部屋に引き入れ、扉を閉める。

「失礼。お待ちを」

白瀉は直角に組み合わせた木の板を、扉と床の隙間を塞《ふさ》ぐように置いた。さっきはこれが扉を開ける邪魔をしたらしい。振り返って苑子に苦笑いを見せる。

「隙間からは灯りが漏れますからね。真夜中は寝ているふりをしていないと、まずいでしょう。……何かと」

その口ぶりには、確かに含みがあった。その真意を確かめる前に、卓の向こう側にある椅子に座るよう促される。

白瀉の部屋もまた、青色を基調としていたが、苑子の部屋とは違って鏡台の代わりに本棚があり、仕事の書類であろう紙束が机の上に積まれている。

「彼女が……」苑子は一瞬ためらい、顔を上げた。「礼以が部屋に戻ってくるまで、どんくらい時間があるんかご存じでっか」

「たいてい、一時間ほど」白潟は苑子の向かいに座って答えた。苑子を見る目には、わずかな同情と、自分の忠告を無視した者への苛立《いらだ》ちが滲《にじ》み出ていた。

「そんな問いをするからには、あなたは見てしまったようですね。礼以が夜中、庭で何をしているのか。どんな姿をしているのか」

苑子はわずかに頷《うなず》いた。

「あんたはんも、知ってはったんやな」

「あの姿を見ているかどうかにかかわらず、礼以が人魚であることは丹邨家では公然の秘密なのです」白潟が答えた。「光将や登世はもちろん知っている。孝太郎さんは恐らく、池にいる礼以の姿を思いがけず見てしまったのでしょう。女中も知っているでしょうね。女中自身が人魚かどうかは摑《つか》めていませんが……」

「その可能性は、あると……」苑子はつっかえながら言った。

「少なくとも、礼以に逆らえない立場にはあるでしょう」

人魚という存在と同じ家に暮らしている一家。その事実をどう処理すればいいのか分からないでいるうちに、白潟が問いかけた。

「ところで、礼以の正体を知ったなどと、認めてよかったのですか。僕も礼以の支配下にあって、鎌をかけたのかもしれませんよ」

試すような口調に一瞬ひるんだが、苑子は白潟の視線を真っ直ぐに受け止めた。

「確かに分かることならおます。あんたはんはわてを危ない目に遭わせようとは考えてはらへん。わてが咳《せき》に苦しんどったとき、介抱してくれはった。それに、わてのことを『敵ではないと分かった』とも言ってはりましたな」

「あなたを利用するために助けたのかもしれません。『敵ではない』というのは、あくまで僕があなたをそう考えているだけです」

「それだけやおまへん」苑子は言いつのった。「あんたはんは池を調べとったわてに、忠告をしてくれはった。そんとき、言わはりましたな。『あれは、ひとの命を奪うことに、一切のためらいがない』て。普通、自分が従う相手を『あれ』と呼びますやろか。そない呼ぶからには、表向きはどうあれ、腹では憎く思うてはるんやないでっか」

憎く思う、という苑子の言葉に、白潟の眉《まゆ》がぴくりと動いた。

苑子は静かながら、芯《しん》の通った声で続けた。

「わてが試作の薬や礼以について調べるとしたら、まともに話がでけるのは白潟さんだけやと思いました。あの夫婦には探りなんて入れられへん。孝太郎さんも、礼以に怯《おび》えてはる。そやけど、白潟さんはわてを二度も助けてくれはった。その上礼以を憎く思うてはる。そんなら、この家で協力を仰げるんは白潟さんだけやないかと」

苑子の言葉を聞き終わると、白潟は少し考え、負けた、とでもいうように片手を上げた。

「いいでしょう。試すような真似をしてすみませんでした。あなたが根拠もなく僕を信じるようなお人好《よ》しなら、僕もあなたを信頼できなかったものですから」

先ほどと比べて、柔らかな口調だった。それで、と卓の上で手を組む。

「あなたは、なぜ丹邨家に来たのですか。まさかほんとうの絵の教師ではないでしょう」

問われて、苑子は今までの経緯をかいつまんで話した。新聞記者であること。孝太郎からの手紙に不審を覚え、身分を偽って丹邨家に潜り込んだこと。より情報を得るために、住み込みでの孝太郎の世話を申し出たこと。

話し終えると、白濁は得心がいった、というように軽く頷いた。すまなさそうに目を伏せがちにする。

「実は最初に会ったとき、僕はあなたを警戒していました。滅多に人前にも出ない礼以が、絵の教師を急につけるなんて考えられませんでしたから。礼以の仲間が家に来たのかもしれない、と勘ぐっていたのです」

「……疑いが晴れたのは、わてが薬の被験者にされとると知ったからなんでっしゃろ」

白濁は首肯した。「あなたが被害に遭うまで、僕は疑いのために何もできなかった。お詫《わ》びをしたいところだが、僕もかなり危ない橋を渡っている。下手に忠告をして、もしあなたが礼以の仲間だったとしたらどうなるか……」

言葉尻《じり》を濁しているものの、眉根に刻まれた深い皺《しわ》に後悔がありありと読み取れた。苦い感情を払い落とすように首を振り、苑子に向き直る。

「新波さん。あなたが今飲んでいる薬が、どのようなものかご存じですか」

唐突に訊かれ、苑子は口ごもった。頭の中にある仮説に、確証などない。けれども、礼以という人魚の姿をこの目で見てしまった以上、あり得ないとは言い切れなかった。

「……へ、へイシムレ」

人魚の骨から作られる霊薬。その名を聞いただけで、台電燈《スタンド》の青い光を受けた白濁の表情が、陰りを帯びた。

「礼以は人魚の骨を使《つこ》うて、あの薬を作らせとるんやないでしょうか。礼以はきっとあんたはんの言うた通り、命を奪うことに何のためらいもおまへん。同じ人魚を殺して骨を手に入れるなんてこと、なんとも思ってはおらんでしょう」

白潟は無言のまま、唇をわずかに歪《ゆが》ませた。苑子が続ける。

「そんで、わてがこの身で確かめさせられとるように、あの試作の薬は確かに、ほかのと比べ物《もん》にならへんほどの効能がおます。薬が完成すれば、きっと飛ぶように売れますやろな。大阪の煙害で、咳に苦しんどるおひとは仰山いはるさかい。そんで、丹邨製薬は莫大《ばくだい》な利益を得る。そやよって、丹邨家は礼以を手放されへん。礼以の思うままになる」

白潟は苑子の推測を聞き終わると、ふっと大きな息を吐いた。

「……概《おおむ》ね、その通りです」

概ね、という言葉に引っかかりながらも、苑子は独りごちるように言った。

「人魚は疫病除けになるとも、凶兆であるとも聞きましたけんど……。そんなん、凶兆どころか災いそのものやないでっか。同じ種族を食い物にして、自分のいいように人間を操って……」

苑子の言葉を遮って、突然、白潟が立ち上がった。口を引き結び、鋭い視線で苑子を見下ろしてくる。虚を突かれて、身動きひとつできなかった。

「災い？」

獣の唸《うな》りにも似た声を出す。

「人魚が災いですって？　あんなに冷酷で、無慈悲で、忌まわしいものが、人魚だと思っているのですか。人魚が皆、ああだとでも思っているのですか？」

たたみかける声が徐々に大きくなっているのに自分でも気付いたのだろう、白潟は口を噤《つぐ》み、椅子に座り直した。気まずい沈黙がしばらく続いたあと、白潟が「失礼しました」とつぶやく。

「……新波さん。さっき僕が言ったように、あなたの推測は概ね正しい。しかしひとつ、勘違いをしている」

「勘違い？」

「あなたは礼以が、同じ人魚を殺して骨を手に入れている、と言いましたね。しかし違う。人魚と一口にいっても、様々な種族がある。性質も生態も、五感も異なる。礼以が薬の材料としている人魚の骨は、彼女とは別の種族を殺して入手したものです」

五感と聞いて、苑子は初めて食事をともにしたときの、礼以の振る舞いに思い当たった。栄養素を分析するつぶやき。何も味わっていないかのような表情。

あれは、礼以の味覚が人間と異なるからではないだろうか。おいしいとも、まずいとも感じられない。材料と調理法、栄養の知識という面でしか、人間の食べ物を理解できない。

そこまで考えて、ふと苑子は白潟を見た。怒りはもうその表情にはない。ただ、ある種の決心が、瞳《ひとみ》に浮かんでいる。

「白潟さん」苑子は心臓が早鐘を打つのを感じながら、問いかけた。

「なんで、災いてわてが言うたとき、怒りはったんでっか。……なんで、人魚の種族について、そない詳しいんでっか」

答えはほとんど、苑子の中で出ていた。ただ、本人の口から聞きたかった。

海のような青い光を受けて、白潟が微笑んだ。

「僕も、人魚と呼ばれるものなのです」

二

苑子は何と答えていいのか分からず、ただ目の前の男を眺めていた。

「証拠をお求めで？」

こちらを試してくるような口調だった。はいともいいえとも言わないうちに、白潟が立ち上がる。

「尋常の事態なら、こんな真似はとてもできないのですが……」

ズボンをわずかにずり下ろし、シャツをめくる。青みがかった白い皮膚が見え、苑子は思わず目を逸《そ》らした。

「……こちらも恥を忍んでいるのですが」

ばつの悪そうな声が聞こえ、そろそろと視線を戻す。白潟は大きな呼吸を繰り返すと、何かに意識を集中させた。

「腰の辺りを、よくご覧になって」

低い声に促され、じっと見つめていると、やがて皮膚に変化が起こった。鱗《うろこ》のような凹凸が数枚分浮かび上がり、濃い紅色に染まっていく。光を反射するたびに、藤色がわずかに混ざる。

声すら出ず、腰の鱗から目が離せない。しかしそれも十数秒のことで、白潟が息をつくのと同時に、鱗は跡形もなく消えてしまった。

素早く服を着直すと、白潟は倒れ込むように腰かけた。額に汗が浮いている。

「今はこれが精一杯か……」

荒くなりかけていた白潟の呼吸が治まるのを待って、苑子は問いかけた。

「白潟さんの鱗……礼以のとは色が違《ちゃ》いましたな。別の種族いうのは、そういう……」

小さな頷きが返ってきた。それきり横を向いて、顔の上半分を片手で覆ったままの姿勢でいる。

「差し支えなければ、なぜあんたはんがここにいはるのか、聞かせてもらえまへんやろか」

白潟はしばらく黙っていたが、絞り出すように言った。

「礼以が薬の材料として使っているのは、僕の同胞の骨です。何百年もの長い年月をともに過ごしてきた僕の一族……家族とさえいえる者たちが、今もどこかで監禁され、解体されて、骨は薬となっている」

ぞわりと、苑子の身体に悪寒が走った。丸薬が喉を通るときの、異物を飲む感覚がよみがえる。

「僕は同胞を助けるために、丹邨家の秘書として潜り込んだ。結果、殺しても殺し足りないほど憎い相手と、二年も同じ屋根の下で暮らしている。表向きは秘書と社長令嬢として、にこやかに会話をし、時にあれの我が儘《まま》に応《こた》えながら」

白潟は苦々しげにそう語っていたが、片手を顔から外すと、ふいに目を細めて苑子を見た。

「あなたはもしかしたら、僕の親の骨を飲んでいるかもしれない。姉妹の骨を飲んでいるかもしれない。いとこや、友の骨を飲んでいるかもしれない」

微笑みが怖気《おぞけ》を誘う。苑子が黙ったままでいると、白潟の顔に同情がよぎった。

「すみません。あなたも被害者のひとりだということは分かっています。材料も知らされず薬を飲まされ、被験者としてここに縛り付けられている」

　気遣われているのに、慰めの言葉ひとつ思い浮かばない。ただ問うことしかできなかった。

「……白潟さんの同族は、海で捕られわれたんでっか」

　白潟は首を横に振った。

「陸地に住み始めてからです。その前は、僕たちは海を渡って暮らしていました」

　懐かしむような声音で話す白潟の表情は、どこか寂しさを滲ませていた。

「明治に入ったあとでしょうか。同胞の中から、陸に上がって暮らそうという意見が出始めました。見たこともない船、耳障りな音。そんなものが行き交う中、今まで通り暮らせないと。それで僕たちはある海沿いの廃村に住処《すみか》を得ました。三十人以上はいましたが、僕たちには寄り集まって生活する習慣が染みついていましたからね。網元の屋敷を修復して、そこに住んでいました。……厳密にいうと、僕以外は」

　そこまで話すと、白潟は少しの間、言いよどんだ。

「僕はある事情から、屋敷の離れに閉じ込められていました。獣道を登ってようやくたどり着く、小屋のようなものです。でも、家族や友も毎日のように会いに来て、必要なものを分けてくれました」

　隔離の理由が気になったが、「わけはあとで話しますから」と言われ、口を噤むしかなかった。

「ひとりで暮らすのは寂しくはありましたが、同胞が陸での生活に馴染《なじ》んで、静かに暮らしていけるのなら、僕はそれでもいいと思っていました。しかし――」

　白潟が唐突に言葉を切った。険しい顔つきになり、片手で口を押さえる素振りをする。

苑子は察して、息を潜めた。数秒もしないうちに、かすかな足音が聞こえてくる。礼以が庭から帰ってきた。

身動きもできないままじっと待っていると、やがて襖が開け閉めされる音がした。白潟は顔から手を離したが、厳しい目が、「もうしばらく待て」と言っている。

白潟はたっぷり五分も待ったかと思うと、ゆっくり口を開いた。

「このくらいの声ならいいでしょう」

卓を挟んで座っている苑子ですら、ようやく聞き取れるほどの声だった。黙って頷く。

「五年前、網元の屋敷に客人が訪れました。一晩泊まらせてくれと。めずらしい客に、知らせに来た妹の声が弾んでいたのを今でも覚えています。たくさん話が聞きたいと……」

言葉を紡ぎながら、白潟の目が伏せがちになった。

「その晩、僕の小屋に食事が届けられることはありませんでした。客と酒でも飲んで、自分のことは忘れてしまっているのだろうか。そう思って夜を過ごしました。けれども翌朝になっても誰も来ない。不安になって、僕は同胞から禁じられていた手段を使いました」

「禁じられた……？」

白潟は自分の喉を軽く押さえた。

「声です。僕は同胞の中で、唯一声にある種の力があった。普段話している分には問題がないのですが、そうと意識すれば、聞く者の精神を捻《ひね》り潰《つぶ》し、物を壊す声を出せる。先祖はその声を持っていたらしいのですが、時代が下るにつれ力は失われていったのだと。それがどういうわけか、数百年ぶりに僕がその力を授かった。……僕には、呪いのように思えますが」

「ちゅうことは、白潟さんが網元の屋敷から離されてたんは……」

「声のせいです。同胞は僕が呪いの声を出し、皆や屋敷に被害を及ぼすことを恐れた。かといって、先祖が有していた力には敬意を払わざるを得ない。そういう理由で隔離されていたのです。そして、あの日ばかりは声が役に立った」

自嘲《じちよう》にも似た笑みを浮かべて、白潟は話を続けた。

「小屋の中で、僕はあの声を出しました。板壁も、閂《かんぬき》のかかった扉も、鉄格子のはまった窓も、嵐に見舞われたように吹き飛んだ。屋根が崩れて左肩に怪我を負いましたが、どうにか獣道を下りました。網元の屋敷に着くと……」

白潟が下唇を噛《か》む。苑子は先を促さず、話の続きを待った。

「やけに静かだったのです。漁に出ているにしても、何人かは残っているはずです。屋敷を闇雲に歩いていると、大広間に、食べかけの食事や器、杯が散乱していました。それを見た瞬間、客人がこの惨状に関わっていると直感しました」

窓を叩《たた》く小さな音がした。雨が降ってきている、ということに、数秒経ってようやく苑子は気付いた。

「屋敷をくまなく探しているうちに、納戸の中に同胞がひとり隠れているのを見付けました。ひどく怯えて……。何があったのか、と訊くと、同胞は僕の袖《そで》を摑んで言いました」

――客人どもに毒を盛られた。死ぬほどの毒ではない。ただ、皆身体がいうことを聞かなくなった。連れ去られていく同胞を見たが、私は納戸に隠れるのが精一杯だった。

「探しに行こうにも、連れ去られたのは昨晩と聞いて、諦《あきら》めざるを得ませんでした。客人について尋ねると、男女が五、六人、中でも二十《はたち》ほどの女が目立った。長く艶《つや》やかな髪に青い着物。あとの者を従えているようだった、と」

「それは」話と記憶の中の姿が一致し、思わず口を挟んでいた。「もしかして、礼以なんと違いますか」

「はい。それを突き止めるのに三年かかりました。納戸に隠れていた同胞にも手伝ってほしかったのですが、あの一件で怯えてしまって、海に帰ると。僕は止められませんでした」

「そんで、丹邨家の秘書として潜り込んで……」

「最初は、人間の仕業だと思い込んでいて、あちこちの会社を探っていたんですよ。昔から人魚の効能に目をつける人間はいた。肉を食べれば長寿を得、油は燈油《とうゆ》に、骨は薬になる。調べ回った末に製薬会社、それも陸で過ごす人魚の住処を突き止められるほどの規模を持ったところに絞っていったのです。そしてたどり着いたのが、丹邨製薬でした」

雨が窓を打つ。ようやく天気の揺らぎに気付いたのか、白潟は窓に目をやった。

「丹邨家に入り込み、情報を探っていたところが……礼以の正体を知ったときには、愕然《がくぜん》としました。人魚が人間に利用された歴史は知っています。しかし礼以は違う。人魚が人魚の骨を薬にし、社長一家の中で権力を握っている。考えてみてください、新波さん。ひとが人間の骨を薬にして、それを売り出そうとしているとしたら」

苑子の頭に想像が浮かぶ。人間の身体がぶつ切りにされ、肉が骨から削《そ》ぎ落とされ、骨が砕かれ、粉となり薬となり、人間の口に入る。吐き気が込み上げてくるのを、無理に抑える。

「礼以は僕の同胞を、人魚とは見なしていないのでしょう。自分より下等な生物だと思っている。

ただ自分の利益のためだけに存在する、家畜と変わりのないものだと」

再び卓の上で組まれていた白潟の手には、指先に赤みが差すほど力が込められていた。少し言葉を切って、話を戻す。

「密《ひそ》かに調べているつもりでしたが、しばらくして礼以に勘付かれた。あれは言いました。『繁殖できるほどのつがいさえ残していれば、あとは殺しても構わない』と。微笑みながらね。……それで、僕は完全に監視のもとに置かれて、丹邨製薬の中枢にいながら、指一本動かせなかったわけです」

口調は静かなままだったが、溶岩のような怒りが底で渦巻いているのが、苑子には感じ取れた。

ふと思いついた疑問があり、苑子はおずおずと口を開いた。

「失礼な問いやとは分かっとりますけんど。なんで礼以は、あんたはんを殺さへんのでっしゃろ。丹邨家の中でやったら、事故とでもなんとでも口裏を合わせられる。同胞を盾にとって脅すより、簡単な気がしますけんど」

「それは、まぁ……」白潟は意味ありげににやりとした。「いつかは礼以に勘付かれるだろうと見越していましたから。秘書になって以来、あらゆる外部との会合、宴席、遊びの席に至るまで光将について回ったんですよ。だから多少は顔が広いんです。ありがたくも、僕を気に入ってくださっているお歴々やご夫人もいる。その繋《つな》がりがあっての取引も少なくはない。急に僕が死んだとなれば、損害を被るのは丹邨製薬です。それが分からない礼以ではない」

苑子はやや眉をひそめて、白潟の端整な顔立ちを改めて眺めた。

「あんたはん、意外としたたかでんな」

「必死なだけです。それに、礼以にとって僕はそれほどの脅威でもないのでしょう」

苦々しげに笑い、ふと真顔に戻る。

「とはいえ、このまま手をこまねいていると、同胞はもちろん僕の命も危ない。池の海水に入れないせいで、僕は人魚としての力を失いつつあるばかりか、身体そのものが弱っています。外の海に入ろうにも、外出先では常に光将についていなければならない。今の光将に正体を明かしたところで、海に入らせてくれるとも思えません」

白潟は卓に両肘《ひじ》をついて、指を軽く絡ませた。

「礼以の狙いはこんなところでしょう。僕がいずれ仕事もできなくなるほど弱った頃に、病気だと光将に吹き込んで丹邨製薬から解雇させる。そのあとは殺そうが、薬の材料にしようが、どうとでもできる」

雨が強まり、細かい雨粒が窓に叩きつけられるざっという音が響く。

「僕には時間がない。二年前は下半身全体を覆うほど鱗を出せたのに、さっきは四、五枚しかなかった。この分だと、あと半年ほどで衰弱して死ぬでしょう。それより前に、丹邨家の秘書として働けなくなった時点で、僕は礼以の手にかかる」

だから、と苑子の目を見た白潟の顔には、悲痛ささえ浮かんでいた。

「協力してくださる方が必要なのです。あなたは信頼できると僕は言いましたね。それに、うまくいけばあなたも助かる。礼以から、丹邨家から解放される」

知らず知らずのうちに、苑子は椅子に座ったまま身を退《ひ》いていた。

「わても、礼以をなんとかしたいのは同じです。そやけど、礼以がいなくなれば、あの丸薬が……

あれが何からできとるかは承知の上ですけんど、わても孝太郎さんも、薬がのうなったら……」

「それも解決します。礼以を排除したら、僕は責任を持って、光将とともにまっとうな薬の開発を急ぐとお約束します。今の光将は……商売の鬼のようですが、礼以にそそのかされてのことだと僕は考えている。礼以がいなくなれば、正気を取り戻せるはずです」

孝太郎も「昔はあんなんやなかった」と言っていた。礼以が丹邨夫妻を歪ませているのなら、白潟の言うことも事実なのだろう。

「あなたがたの身体にとっては厳しい戦いになるかもしれませんが、必ず助けます。少なくとも、今の薬を飲み続けるよりかはずっといい」

無理を言っているのは承知の上ですが、と前置きして、白潟は頭を下げた。

「どうか、力を貸してもらえませんか。僕と、同胞のために。そしてあなたと孝太郎さんのために」

大きくなるばかりの雨音の中で、苑子はしばらく、青い光に照らされた白潟を見ていた。わずかに震えているのが、茶色がかった髪の揺れで分かった。

「……分かりました」

白潟は承諾の返事に顔を上げると、苑子が今までに見たことのない表情を見せた。同胞と引き離されてから五年もの間さまよっていた暗闇の中で、初めて光を見出《みいだ》したという、そんな笑みだった。

三

いつものように絵の授業を終える。礼以の様子をさりげなく窺《うかが》ってはみたが、特に変わるところはない。昨夜、白潟との話を聞かれたのかどうかは結局摑めなかった。

自室に戻り、目当てのものを鞄《かばん》から探り出すと、孝太郎の部屋に向かった。寝床で起き上がった姿勢のまま、本に目を落としている。

孝太郎は苑子に気付くと本を閉じ、姿勢を正した。

「不思議でんな」孝太郎がぽつりと言った。「新波さんが来る前は食事もろくろく摂《と》られへんかったし、本なんて読む気にもなられへんかったんです。一日怯えて、寝てばっかしやった」

「気分が良うなったいうことでっか」

座りながら苑子が問うと、孝太郎は言葉を探すように首を傾げた。

「良うなった……いうわけやないんです。なんやろう、牢《ろう》の中にひとり放り込まれて震えとったのが、もうひとり同じ立場のひとが来た。そういう心持ちでんな」

苑子は苦笑しようとしたが、うまくいかなかった。孝太郎が首を振る。

「いや、言い方が良うない。僕には頼れるひともおらんかったし、友達もおらん。新聞社に手紙を出したのは、その……このまま家で死んでいくんかと思うたら、たまらんようになって、吐き出したかっただけなんです。誰も相手してくれんでもええ、そう思っとりました。でも新波さんが来てくれはった。それだけで僕はええんや。そやよって」

孝太郎は布団をのけ、正座をして苑子に向かい合い、頭を下げた。

「おおきに。そんで、それ以上に……すんまへん。全部僕のせいや。僕が手紙を出さへんかったら、新波さんもこんな目に遭うことはあらへんかった。僕が新波さんを牢に引きずり込んだも同然や。悔やんでも悔やみきられへん。僕はひとりで、ここにいるべきやった」

布団に水滴が落ち、染みを作るのを、苑子はしばらく黙って見ていた。鼻をすする音が収まってから、孝太郎の両肩を持ち、ゆっくりと頭を上げさせる。

「孝太郎さん。わてがここに来たんは、謝ってもらうためやおまへん」

そう言って、脇に置いていた小瓶を差し出す。中にはやや平べったい薬が、まだ半分以上入っていた。

「わての持ってきた咳止め薬です。いざというときのために。効き目はあの丸薬より劣るとは思いますけんど、持ってへんよりは助けになるかと」

孝太郎は薬瓶を持ち上げ、苑子に不安げな目を向けた。

「……新波さんの分は」

「もちろん、取ってありますがな」苑子は笑った。「いつ礼以が薬を与えへんようになるか、分かりまへんやろ。お守りやと思うて、見つからんような場所に隠しとくなはれ」

頷いて薬瓶を膝《ひざ》の上で握っていたが、孝太郎の視線は瓶と苑子を行き来していた。何か言われる前に、「ほな、失礼します」と苑子は立ち上がり、孝太郎の部屋を出ていった。

閉じた扉の前で、ひとつ息をつく。嘘は言っていない。一度下宿に戻ったときに、持ってきた市販の薬がある。

礼以を丹邨家から遠ざけるため、協力すると白潟に約束した。しかし、それを礼以に勘付かれたらどうなるか。白潟を脅すのに同胞の命を持ち出すような礼以の性格から考えて、孝太郎に薬を与えない、ということも起こりうる。そうなれば、試作の薬に身体を慣らされてきた孝太郎が、ほかに薬もなく生き残れるとは思えない。気休めに過ぎないと分かってはいたが、苑子が孝太郎にしてやれる精一杯のことだった。

自室に戻り、卓に向かって座る。昨夜の白潟との会話を手帳に記しているとき、ふいに咳が出た。

時計を見る。いつもより夕食の呼びかけが遅い。そろそろ薬を飲まなくてはいけない時間だ。礼以が薬を与えるのを忘れているだけであれば、と願いながら、廊下に出て、恐る恐る礼以の部屋に声をかける。返事はない。もう一度礼以の名を呼び、そっと襖を開けた。

誰もいない。

一階の居間にいるのだろうか、と踵《きびす》を返しかけ、ふと気が付いた。

文机《ふづくえ》の上に、何冊ものノートが積み上げられている。一冊は開いており、白っぽい紙に文字が記されているように見える。

咳を警戒し、袖で口を押さえながら、少し近付いてみる。もし見つかっても、「薬を貰《もら》いに来た」と言えば誤魔化せるかもしれない。

すぐ立ち上がれるよう膝立ちになり、文机のノートを覗《のぞ》き見る。記された数行の文字を読んで、苑子は身体が鎖で縛られたように固まるのを感じた。

――右記の如く、被験者ロが試作を摂取せざる場合の症状の悪化は、被験者イと比較し遥《はる》かに急速である。被験者ロが僅《わず》か五日で示した咳嗽《がいそう》、喘鳴《ぜんめい》、呼吸困難の程度は、被験者イが試作摂取開始後四か月時点での実験で示したものとほぼ同等と考えられる。急速な症状の悪化が被験者ロの特異なる体質に依《よ》る場合、被験者ロの試作摂取後の反応に関する詳細なる分析が求められる。

鉛筆の文字は、恐らく礼以のものだろう。「被験者イ」は孝太郎、「被験者ロ」は苑子をさしていることが窺える。

自分たちが「被験者」であることは苑子も気付いていた。しかし苑子は――恐らく白澙も――、礼以がやっていることは人魚の骨を丹邨製薬に与え、薬の製法を教えているだけかと思っていた。だがこのノートからして、礼以は薬の効能を記録し、被験者たちをその目で観察している。実験に関わる医師のように。

ページをぱらぱらとめくるうち、四月二十九日の日付が目に入る。苑子が初めて丹邨家に来、薬を飲まされた日だ。

――新たな被験者を確保す。女性、二十歳頃と推定。中肉。中背。虚弱と見られる兆候なし。被験者ロと名付く。被験者ロの試作摂取後、摂取開始当時の被験者イより速やか且つ強力な効能が見られた。被験者イとの比較の対象とし、更なる研究を重ねる。

『新たな被験者を確保す』

初めて会ったときの、人懐っこい礼以の態度を思い出す。あのときから、礼以は苑子を丹邨家に縛り付け、被験者にする算段を立てていたのか。

気が付けば、ページをさらに遡《さかのぼ》っていた。孝太郎に関する記述が続く。

——被験者イが手紙の投函《とうかん》を試みていた為、検閲を行なう。形式からして詩と思われる。理解不可能。

——試作の摂取開始当時と比較し、食事の量が減少す。体重の減少に依り記録の正確さが損なわれる恐れがある為、被験者イには食事の量を維持するよう強制す。

——実験二回目。試作の摂取を一時間遅延す。咳嗽、喘鳴に加え、今回は呼吸困難の兆候も見せた。次回は一時間半遅延し、症状を観察するこ——

「盗み見は良くないわね」

礼以の声が、背後から聞こえた。

ノートを読んでいた目が止まり、その先一文字も頭に入らなくなる。ノートに薄い影がさす。

苑子の脇から覗き込んでいるのだろう。朗らかな笑い声が聞こえた。

「あら、孝太郎さんの記述ばかり読んでどうするの。心配すべきはあなた自身のことでしょうに」

ようやく喉が声を絞り出す。

「……これは」

「日記よ。単なる日記。誰でも書くでしょう。でも私は、自分の飼っているものについて書くの」

脇に座る礼以の姿が、視界の端に映る。ノートからまだ目を離せない。苑子さん、と礼以が呼びかけてくる。

「日記はどこまで読んだ？　いちばん新しいページは読んだ？」

固まっていた筋肉を無理に動かし、わずかに首を横に振る。礼以が手を伸ばし、五月はじめの記述があるページを開いた。

「最後まで読んでみて。きっとおもしろくてよ」

糸で操られるように、右手が動く。見たくもないのに、ページをめくっていく。

「被験者というのはね」礼以が静かに言う。「貴重なの。だから苑子さんが来てくれたときは嬉《うれ》しかったわ。ごめんなさい、あなたが絵の先生でないことは、とっくに気付いていたの」

一日も欠かさずつけられている記録を、つかえながら読み進む。ひたすらに苑子と孝太郎、ふたりへの薬の効き目に関する所見が書かれている。

「別の製薬会社に頼まれた探偵？　新聞記者？　まぁ……なんでもいいわ。重要なのはあなたが肺を悪くしていたということ。薬の被験者になれるということ」

五月四日。五日。

五月十二日。十三日。

次が今日のページだ。

「苑子さん」

紙をめくる指が震える。息が喉の途中で止まり、うまく呼吸ができない。

「ごめんなさい」

礼以の声が笑いを含んでいた。

五月十四日。

——本日より被験者ロの実験を開始予定。薬の摂取を三十分遅延す。咳嗽、喘鳴、呼吸困難が予測できる。但し、以前被験者ロが試作の摂取を拒んだ際の症状を鑑みるに、被験者ロの症状は極めて悪化すると推測。

日記につられるように、咳が出る。二回、三回と続く。

礼以は時計を見て、平坦《へいたん》な声で告げた。

「あと二十一分後に薬を渡すわ。心配しないで、私もついていてあげる」

「実験の」喉が割れるような咳が出た。畳に片手をつく。「記録のため、やろ」

「意地悪を言ってはだめよ」

そう言いながらも机の上からノートと鉛筆を取り上げ、何かを書き付ける。苑子の症状を記録しているのだろう。

身体を引きずるようにして礼以の部屋を出ようとすると、礼以は無言で襖の前に座り直し、膝の上にノートを広げる。笑みはもう、顔から消えていた。

礼以を力尽《ず》くでどかそうと考えたが、身体がついていかなかった。咳をするたびに、程度が激しくなっていく。肋骨《ろっこつ》がひび割れたのかとさえ思える痛み。背骨まで貫通するような胸の激しい動き。

水中にいるかのように息が苦しくなる。体力がみるみる削られていくのが分かる。何度時計を見たか分からない。針の動きがひどく遅く思える。

ぴったり二十一分後に、礼以がノートを閉じた。

「興味深い」

そうつぶやくと、畳に頭をつけてうずくまったままの苑子を置いて立ち上がる。

せめて薬の場所を突き止めなければ。

顔を動かそうとすると、礼以はいち早く気付き、苑子を無理に立たせた。

「あら、少しは自分で歩こうとしてくれなきゃ困るわ。私は男の方ほど力が強くないのだもの」

そう言いながら苑子を引きずるようにして廊下を渡り、扉を開けたかと思うと、苑子を部屋の中へと突き飛ばした。

寝台の角に肩がぶつかり、うめいている間に、礼以が薬瓶を持ってきた。一粒掌《てのひら》に取り、コップに水を注ぐ。

コップと丸薬を渡され、むせそうになりながら薬を飲み干す。白潟の言葉がよみがえる。

——あなたはもしかしたら、僕の親の骨を飲んでいるかもしれない。姉妹の骨を飲んでいるかもしれない。いとこや、友の骨を飲んでいるかもしれない。

吐き出したいという衝動と、咳から逃れたいという本能が相争い、しかし薬は確実に、苑子の体内に吸収されていく。

「明日は一時間遅らせましょう」

そう静かに告げて、礼以は扉を閉めた。

殺される。

四

まだ続く喉や胸の痛みを感じながら、苑子は床に座り込んだまま動けないでいた。

この日は礼以が言った通り、薬の服用を一時間遅らされた。咳は回数を重ねるたびにひどくなっていき、肺が胸の底から押し上げられるような感覚が走る。やがて筋肉が疲れ切り、咳すら出なくなると、首を絞められているのかと思うほどうまく息ができなくなる。手足に力が入らなくなり、うずくまるほかなくなる。

礼以はただ、その様子を無言で記録していた。

あのノートを読んだことが知れた以上、礼以が自分をそう長く生かすとは思えなかった。日ごとに、容赦なく薬の時間を遅らされるのだろう。明日は一時間半。明後日《あさって》は二時間。どこまで耐えられるのか。苑子には一週間と生きられる自信がなかった。

今日はもしものときにと持参していた薬を前もって飲んでおいた。しかし丸薬の効果が切れたときの症状が激しすぎて、気休めにもならない。

孝太郎にも一瓶渡したというのに、いざというとき彼の役に立たないかもしれないのが、何より悔しく、心残りだった。

白潟は昨日の夜、帰ってこなかった。光将とともに出張に行っているのだと、部屋に食事を運んできた女中は言った。

恐らく礼以には、白瀉との繋がりも気付かれているのだろう。池で忠告されたとき、誰かに見られたのか。白瀉の部屋で話したとき、声が聞こえたのか。どちらにしろ、礼以が光将を操って丹邨家から白瀉を遠ざけているとしか思えなかった。

ならば、できることはひとつしかない。

力を振り絞って立ち上がる。手帳を一ページ破り、万年筆を走らせる。字が震えそうになるたびに、書くのをやめなければいけなかった。

零時が近付くのを待って灯りを消し、ただひたすら暗闇の中で過ごす。真夜中を過ぎ、零時半近くになっても、襖の開けられる音はしない。

今夜は池に出ないのか。

礼以は眠っているのだろうか。

苑子が立ち上がり、用意していたものを持ってノブに手をかけた瞬間、襖の開く音が聞こえてきた。ノブに電流でも走ったかのように手を離す。

鼓動の速まる胸を押さえながら、五分ほど待つ。扉をそっと開いて、暗い廊下を目の届く限り見渡した。誰もいない。

息をそっと吐き、廊下へ踏み出す。白瀉の部屋には鍵がかかっていた。

白瀉が中にいないのなら、あの直角に組み合わされた木の板もないはずだ。扉と床の隙間に、手帳から破り取った紙を滑り込ませる。

すり足で自室に戻ると、その場で膝から力が抜けた。どうにか持ちこたえ、風呂敷包みから帯を、鞄からは携帯用の裁縫道具を取り出す。

糸切り鋏《ばさみ》を動かす手が、時折意識もしないのに止まり、また急いで手を動かす。

ほんとうはもっとできることがあったのではないかという思いが、何度振り払ってもよみがえってくる。

もっと孝太郎と深く話し、情報を聞けていれば。

もっと早く白潟の意図を汲《く》み取り、協力できていれば。

いやそもそも、もっと早くに礼以の正体と企みを見抜いていれば。

また手が止まっていることに気付き、苑子は首を振った。今するべきことは後悔ではない。死が近いのは分かっている。その前にやれることをしなければ。

糸切り鋏を置き、机に置いたままの手帳を取り上げる。紫がかった赤い表紙を撫《な》でる。自分を奮い立たせるための儀式として、苑子は幾度も手帳の表紙を撫でてきた。革の感触が愛《いと》おしい。

もう二度と、この手帳に触れることは叶《かな》わないだろう。

幕間

京都から帰ってくる途中、光将はずっと上機嫌だった。白潟がハンドルを握っている間にも、十分と空けず話しかけてくる。

「白潟がいると、取引先との話の進みが違うわ。こら手放されへんな」

さっきも同じことを言っていた気がする。白潟は芦屋に近付きつつあることを意識しながら、

「こちらこそ、追い出されるまでいる気ですよ」といつもの返事をした。

取引自体がまとまったのはいいが、待合での話を白潟は好まない。光将は酒に強くないというのに飲もうとするし、芸者をあしらうのは面倒で、おまけにいつも、こうして帰りが遅くなる。暗い道を慎重に運転しながら、丹邨家を目指した。

車を停め、光将を寝室の前まで送る。登世はとっくに床に入っているようだった。

一週間もの出張への同行を命じられたとき、白潟には嫌な予感しかしなかった。礼以の差し金だろう、と疑ったものの、逆らうわけにもいかない。せめて出発前に苑子に会えれば、と考えていたが、急ぎ支度をするように言われ、その暇も取れずじまいだった。

自室の鍵《かぎ》を開け、中に入ると、床に紙らしきものが落ちているのが目に入った。

いつものように木の板で部屋の光が漏れるのを防いでから、灯《あか》りをつける。拾い上げてみて、手帳の一ページが破られたものだと分かった。

何行にも渡って、文が綴《つづ》られている。万年筆の筆跡は女文字だった。礼以とも、登世のものとも違う。一目見ただけで心臓が早鐘を打ち始める。読み進むにつれ、鼓動がますます速くなった。

急ぎ筆を執ります　礼以は薬の製造法を丹邨に教えるのみならず　私と孝太郎さんを薬の被験者とし逐一記録をしておりました　そして礼以は私への薬の実験を始めました　ここ二日薬を飲まされる時間を三十分ずつ遅らされております　礼以は私が命を落とすまで実験を続けるつもりでしょう

じき私は死にます

弱った身体がそう訴えております

私が丹邨家で見聞きした全てを貴方《あなた》に託します　私の寝台の裏に帯を糸でくくりつけておりま す　その帯の中に丹邨家での出来事を欠かさず記した手帳を入れております

手帳をお読みください　そしてできることならば手帳を新聞社に届けてください　信頼の置ける記者を貴方がご存じならばその方に　もしお心当たりがなければ私の勤める大阪実法新聞の楢操という婦人記者にお渡しください

貴方に協力するとお約束した矢先にこのような事態を招いたことをお詫《わ》び申し上げます

今や遺書代わりとなった手帳がお役に立つことを願っております

最後に　人魚を災いと呼んだことをお詫びいたします　あなたは災いではありません

丹邨家に巣くう災厄をあなたが払えることを祈ります

白瀉は部屋を飛び出しそうになり、危うく踏みとどまった。時計は十一時半をさしている。まだ礼以が池に行く時間ではない。

壁に耳を当て、隣の部屋の様子を探る。ほんの少しでも物音が聞こえれば、と願うが、ただ静けさだけが耳朶《じだ》に染みる。

悪い方向に考えまいと思いながら、鋏《はさみ》を取り出す。苑子がほんとうに手帳を隠しているのならば、必要になるだろう。

鋏を手にしながらも、自分に言い聞かせる。苑子はまだ生きている。身体が弱っていても、生きていれば、まだ取り返しが付く。

やがてふいに、襖《ふすま》の開く音が耳に入った。息を潜め、礼以が池に出る頃合いまでじっと待つ。木の板を外してそのまま脇に抱え、苑子の部屋へと向かう。ノブをひねると、あっさりと開いた。

扉を閉めて木の板を置き、灯りをつける。中に誰もいないことは一目で分かった。

奥歯を嚙《か》みしめながら、あらゆる可能性を考える。苑子はああ書いていたが、礼以にとっても、苑子は貴重な被験者のはずだ。そう簡単に死なせるはずがない。礼以が密《ひそ》かにどこかへ連れ去ったのか。

もし苑子がそういう場所にいるのだとしたら、今捜すのは得策ではない。「遺書代わり」という手紙の言葉を頭から振り払う。

床に這《は》いつくばり、寝台の下を覗《のぞ》く。真鍮《しんちゆう》の枠に、横半分に折られた縞《しま》模様の帯が指一本分の弛《ゆる》みもなく糸で固定されていた。

鋏を使い糸を切っていくと、帯がぱたりと落ちる。糸屑《くず》を丁寧に拾ってポケットに入れ、帯を抱えて扉に歩み寄った。

振り向いても誰もいないと分かっているのに、つい振り向いてしまう。そういえば、苑子の部屋に来るのは初めてだった。化粧品が置かれたままの鏡台を見ているうち、ふいに二度とこれが使われることはないのではという気がして、振り切るように木の板を拾い上げ、灯りを消す。

自室に戻り、椅子に腰かけて帯を改めて見てみる。一部だけ表面と裏面が赤い糸で縫い止められているのがすぐに分かった。縫い方もあえて目立たせるように粗い。触ってみると、赤い糸の近くに硬い感触があった。

鋏で赤い糸を切り、帯の中に手を差し込む。すぐに革の表紙と、紙のようなものに指が触れた。焦りを抑えながら中身を引きずり出す。紫がかった赤い表紙の、薄く小さい手帳だった。

丹邨家に来る直前に買い換えたらしく、一ページ目から几帳面《きちようめん》な文字で、詩が書かれていた。内容と苑子の話から察するに、孝太郎が書いたもの——苑子が受け取った、新聞社への手紙なのだろう。

時間を忘れて読みふける。白瀉が知っていること、苑子から聞いたこともあれば、知らなかったこともある。

読み終わった頃には、午前二時を回っていた。礼以はとっくに池から帰ってきていることだろう。

白潟は手帳を卓に置いたまま、額に手を当てた。

婦人記者が世間で低く見られていることは、白潟も知っている。しかしこれほど克明な新聞記者の記述であり、丹邨製薬の内部にいる自分がこれを新聞社に渡したとなれば、取り上げてもらえる可能性はある。さすがに人魚の骨から作られた薬のくだりは真に受けてくれないだろうが、飲み損ねれば症状を悪化させる薬を、しかもその不利益を説明せずに患者に飲ませていると世間が知れれば、薬の試作も中止に追い込めるかもしれない。

だが、どうやって届けるのか。検閲のことを考えると、家からはとても送れない。しかし白潟自身が新聞社か郵便局に届けようにも、仕事で外に出るときは常に光将に付き従っていなければいけない。どのような密談にも同席できるよう、努力してきたことが今裏目に出ている。

光将の目を盗めるだろうか。仕事で大阪に行く機会は頻繁にある。言い訳をつけて、届けに行く時間を作れるだろうか。

ひとまず、手帳は常に身につけておいたほうがいい。それから、心苦しいが、礼以に悟られる証拠は可能な限りなくすべきだ。

白潟は上着からマッチ箱を取り出し、卓にある硝子《ガラス》の灰皿を引き寄せた。マッチを擦り、苑子からの手紙の端に火を近付ける。

紙が、苑子の文字が黒く焦げながら消え、灰となっていく。これでいい、と自分に言い聞かせながら、灰皿の中で紙が燃え尽きるのを、白潟はじっと見つめていた。

「白潟、どないした」

大阪での取引の帰り、玄関に入るなり、光将がそう訊《き》いてきた。肩に降りかかった雨を払う手が止まる。

「どうした、とは」

「今日の席で、えらい上の空やったやないか。顔色も良うないし」

「元から血色は良くないですよ。不注意があったのは……お詫び申し上げます。出張の疲れが出たのかもしれません」

ふむ、と光将が髭《ひげ》を撫《な》でる。

「一週間もあちこち連れ回したさかいな。そやけど、わしがおまはんくらいの頃は、それこそ休みいうたら盆と正月だけやった。今もやしな。そない若いうんに、弱音を吐いてどないするつもりや」

深く頭を下げて詫びるが、内心はそれどころではなかった。

手帳を届ける隙がない。今日も大阪まで行ったというのに、ついに取引を抜け出すことができなかった。

光将をいつものように寝室まで送る。違う案を練るべきだろうか。このままでは、いつまで経っても手帳は世に出ないままだ。

暗澹《あんたん》とした気分のまま自室に向かおうとしたとき、後ろから声がかかった。

礼以が襖から顔を出し、首をこころもち傾けて微笑んでいる。

「白潟さん。お話があるの。付き合ってくださらない」

上着の内側にしまってある手帳が、にわかに白潟の意識に上る。

「僕などに、お嬢様が何のご用で」

礼以は答えず廊下を歩き、白潟の部屋の斜め前に立つ。

「鍵を開けて」

命令し慣れた者の口調。断れば不自然になる。白潟は黙って扉を開け、礼以を招き入れた。

礼以は青いシェードの台電燈《スタンド》をつけ、卓に向かって座る。

「どうしたの、あなたの部屋じゃないの。おかけになって」

「いいえ」白潟は扉を閉めた。「このままで」

礼以は「そう」と答えると、紅を引いた唇に笑みを浮かべた。

「ここに探し物があるはずなの。白潟さんが素直に出してくださったら、手間が省けるのだけれど」

白潟も笑みを返す。

「お嬢様がお探しになるものを、一介の秘書が持っているとでも？」

礼以が目を覗き込んでくる。その視線を真っ直ぐに受け止める。

恐れてはいけない。

恐れを見せてはいけない。

この女は、それを望んでいる。

礼以は白潟の顔を見つめたまま、口だけを動かして告げた。

「新波苑子は死んだ」

白潟は驚きの表情を作ってみせた。単なる絵の教師が死んだ、という事実を知らされたような顔。

揺さぶりに過ぎない。礼以はこのくらいの嘘は平気でつく。

「……肺が悪化したのですか？　それとも事故で」

「新波苑子が死んだのならば」白潟の言葉を無視して、礼以が続ける。「あなたには何かを残しているはず。公表されたら私が困るもの。丹邨製薬にとって不利益になるもの。光将や登世に渡しても握りつぶされる。孝太郎に渡したところで、あの子にはどうにもできない。新波苑子にとって、何かを託せるのはあなただけ。私はそれを消したい。私の言うことが分かるかしら」

礼以が口の端をつり上げる。青い光に照らされて、白い肌が海中にいるかのように染まっている。

「あなたなら、肌身離さず持っているはず。どこかで誰かに渡す機会を窺《うかが》っているけれど、それができないでいる。光将につきっきりでいなくちゃいけないのだもの。……というのはどう？　当たっている？」

鎌をかけているだけなのか、事実を知っていて推測のふりをしているのか。笑みからは何も読み取れない。数歩近付いて、逆に礼以の目を覗き込む。

「新波さんが亡くなったとしても、どうしてそんなものを僕に渡す必要があるのですか。郵便で送れば済む話では」

「あの女は、ここに来てから一度も、誰にも手紙を書かなかった」

礼以の声の温度が下がる。

「人間の女は、よく手紙を書くものだと知っているわ。登世だってそうだもの。けれども、あの女はそんなことはしなかった。恐らく、この家から出される手紙が私に読まれているのを知っていた。どうしてかは分からないけれど。だから、郵便には頼れない。誰かに直接渡す必要がある。それがあなた」

白潟が言葉を探しているうちに、礼以が立ち上がり、ゆっくり歩み寄ってきた。白潟の胸を人差し指でとん、と突く。

「いつかあなたに言ったわよね」

目を細めて囁《ささや》く。

「繁殖できるほどのつがいさえ残していれば、あとは殺しても構わない」

白潟の意識が止める間もなく、顔が、全身がこわばる。礼以は小さな笑い声を立てた。

「あなたにいくらか顔立ちの似ている人魚が何匹かいたわね。姉？　妹？　どちらを殺してほしい？　どちらも？　姉妹の骨が薬になって、小瓶に入っているところを見たい？」

礼以が白潟の上着のボタンを外し、内側のポケットをまさぐる。紫がかった赤い表紙の手帳を引っ張り出す。

「あなたの手帳ではないわね」

答えられない。指一本動かすことができない。

人形を引きずるように白潟を卓の近くに連れていくと、卓の上にある灰皿を指さす。

「燃やして」

手帳を白潟に差し出す。

「あなたが燃やして」

穏やかな声音を保ったまま、礼以が繰り返した。

「……どうしてご自分で燃やさないのです」

睨《にら》みつける白潟に向かい、礼以は慈愛にも似た微笑みを返した。

「あなたにとって大事なものを、あなた自身が灰にするところを見たいの」

白潟が顔を歪《ゆが》ませ、黙り込む。数分もの間、ふたりは見つめ合っていた。片方は殺気の滲《にじ》む目で、片方はこれから起こることが楽しみで仕方がないという目で。

白潟がゆっくりと手帳を受け取り、卓に置く。

震える手でマッチ箱を取り出し、マッチを擦る。

手帳の革表紙を持ち、火を近付ける。

紙が火に呑《の》まれ、灰色の燃えかすとなり落ちていく。

革表紙の端がうっすらと変色し、反り返る。

紙の燃えかすが積み重なり、灰皿の外にまで散らばる。

震えていた白潟の指が、手帳を離す。灰皿に落ちた革の表紙が、燃えかすを卓の端まで飛ばす。

礼以は表紙を手に取ると、中を開いた。紙のページはほぼ燃え尽き、背に近い部分が茶色くなって残されている。一文字たりとも読めるところがない。

「大事な手帳を燃やした気分はどうかしら」

ぱさり、と卓の上に表紙を落とす。

「ありがとう。次に薬にするのは、あなたになるべく似ていない人魚にするわ」

踵《きびす》を返す礼以に向かい、白潟は声を振り絞った。

「ひとつ訊きたいことがある」

眉《まゆ》をひそめて、礼以が振り返る。

「新波さんは、ほんとうに死んだのか」

数秒の間を置いて、礼以が笑い出した。今まで聞いたことのない哄笑《こうしょう》だった。とてつもなくおかしな冗談を聞いた子どものような。背をのけぞらせ、呼吸の合間に涙を拭《ぬぐ》う。

笑い声だけを残して、礼以は白潟の部屋を出ていった。

第四章　食スルニ堪ヘズ

一

「丹邨製薬の新しい白粉《おしろい》が売り出されたんやって」

曇天の下、授業から解放された女学生たちが、学校の玄関から次々と吐き出されていく。化粧品の話、校則への愚痴、友達の噂話。周りの生徒が話すことも、横で同級生が言っていることさえ、栄衣《さかえ》の耳には入っていなかった。

「紅色《にく》白粉をはたいたときの艶《つや》がまた、えらい評判やって。栄衣は知っとる？」

話を振られて、栄衣はびくりと目を見開いた。

「白粉……なぁ」曖昧《あいまい》に首を傾げる。「わて、あまり化粧せんからなぁ……」

「ああ、元がええいう話やろ」

同級生が肘《ひじ》で栄衣をつついてくる。違《ちゃ》うて、とかわしながら他愛のない話を続ける。帰り道が別れるところに差しかかると、同級生は曲がり角の手前で「ほなまた、新波《あらなみ》さん」と軽くお辞儀をした。

栄衣は笑顔で手を振っていたが、同級生の背が遠ざかるにつれ、知らず知らずのうちに表情が曇っていった。

姉の苑子が消息を絶って、半月が経つ。

五月半ばに会ってから一週間後、下宿を訪ねてみたが、大家が不在のため入れなかった。近隣の住民に訊《き》いてみても、ここ最近姿を見たことはないという。苑子は実家に来ることを禁じられているし、両親に許された手紙すらない。

仕事が忙しいのだ、と自分に言い聞かせても、胸の中にある染みは広がる一方だった。

ひとりとぼとぼと歩き、姫松《ひめまつ》駅前で曲がって西へ十五分ほど行くと、新波邸の蔵と、庭に植えられた楠《くすのき》が見えてくる。帝塚山《てづかやま》が住宅地になるかどうかというときに父親が建てさせた家だから、どことなく周りの家より造りが古めかしい。

瓦《かわら》屋根の門を潜り、敷石をたどって玄関に入ると、母親の声が聞こえてきた。いつにも増してとげとげしい口調だ。玄関に客のものらしき履き物はない。電話だな、と思って靴を脱ぎかけたとき、ふいに耳にした言葉に栄衣の心臓が跳ねた。

「……ええ、苑子はここには来てまへん。勘当したもんやさかい、金に困りでもせん限りおめおめと帰ってきますかいな。あんたはんのとこで、お給金たんまりあげてはるんやろ。……ああ、そない黙るとこ見るとそうやないんでっか。そらえろうすんまへんな。そやけど、どのみち家に来たとこで、苑子はもううちの娘やおまへんよってな。金輪際電話なんてせんといてください」

靴の紐《ひも》を解きかけたまま、栄衣の手が止まっていた。母親が電話を切ってなお、ぶつぶつ言っているのがかすかに聞こえてくる。我に返り靴を放り投げるように脱ぐと、廊下の奥へと駆けていった。

部屋に戻りかけていた母親が、栄衣の慌ただしい足音に振り向く。

「なんや、騒がしい。口ばっかりやのうて足までやかましい娘に育てた覚えはあらへんで」

「そんなことより、今の電話……」

ああ、と母親が面倒そうな声を出す。

「あんたには関わりのないこっちゃ」

「あるに決まっとりますやろ」一呼吸置いて、「……さっきお母はんが話してはったん、お姉さんの勤めとる新聞社のひとでっしゃろ」

母親は無視をして、自分の部屋へ足を向けた。とっさにその袖《そで》を摑《つか》む。

「そやろ。お給金がどうの話してはったやろ」

栄衣の手を蠅でも叩《たた》くように振り払って、母親は娘に向き直った。

「ええか栄衣。あんた、ふたつ間違《まちご》うとる」

暗い廊下の中で、母親が栄衣をねめつけてきた。

「苑子いうのは、もうあんたの姉やない。それから、勤めとる、やのうて、勤めとった、や」

呆然《ぼうぜん》と立ち尽くしたまま、栄衣は口を開けては閉じを繰り返した。

ひとつめは嫌というほど理解している。苑子は三年前、見合いから逃げ出したばかりか、職業婦人になると言い、両親の怒りを買って勘当された。苑子としても、もうこの家に戻るつもりはないだろう。

しかしふたつめはどういうことなのか。「勤めとった」とは。

「……お姉さん、新聞社辞めはったんか」

「辞めたも同然、いう話や。もうひと月も会社に来てへんて」

かろうじて、「嘘や」という言葉だけが喉《のど》から出る。母親は鼻を鳴らした。

「どうせ婦人記者なんてもんに嫌気がさして、逃げてもうたんと違うか。職業婦人になるやなんて偉そうに言うて、あんな誘惑の多いとこで女ひとりで生きてけるもんかいな。今頃どっかの男にでも引っかかっとるか、新町《しんまち》辺りで酌でもしとるか」

「お母はんは」栄衣は母親の、ねじれたように上がった口の端を見ながら、かすかに震える声で返した。「お姉さんが心配やないんでっか」

「もううちの娘やないて言うとるやろ」

言い返そうとしたが、頭の中に黒い渦が巻いてうまく喋《しゃべ》れない。栄衣はしばらく母親を睨《にら》んだあと、さっと踵《きびす》を返した。

「どこに行くんや」

「どこでもかまへんやろ。お姉さんと同じように、わてもほったらかしといたらええんや」

栄衣は振り向きもせずに怒鳴り、靴紐を結ぶのももどかしく家を出ていった。母親の追いかけてくる気配はなかった。

電車で姫松から天王寺《てんのうじ》へ、そして城東線に乗り換えて玉造に向かう。苑子の下宿への道は少し入り組んでいるが、栄衣にとっては慣れたものだ。下宿の表口を開け、「すんまへん」と声をかける。

奥の間から大家の老婆が顔を出し、ややおぼつかない足取りで玄関へとやってきた。何度も訪ねたことがあるから、老婆も栄衣のことは覚えている。

「あんたか。姉さんを捜しに来たんやろ」

「それって」無意識のうちに、家に置く間もなかった肩掛け鞄《かばん》の紐を握りしめていた。「お姉さん、しばらく帰ってきてへん、いうことでっか」

老婆は薄くなった眉《まゆ》を下げて頷《うなず》いた。栄衣の腹の底がずんと重くなる。

「姉さんの勤めとる……大阪実法新聞いうたか？　そこに手紙出しても返事はあらへんし、親とは縁を切った言うてたし。下宿人が逃げるのはようあることやけんど、あの子はそんなことするようには見えへんからなぁ。あの子が帰ってくるか、あんたが来るんを待っとったんや。あんた、何《なん》か知らへんか」

栄衣はうつむいて、新聞社にはここ一か月出ていないと電話があった、と短く伝えた。失踪《しっそう》、という言葉が振り払っても頭にこびりつく。

「あの、最後にお姉さんがここに帰ってきたんは、いつのことなんでっか」

老婆はしばらく記憶を探るように眉根に皺《しわ》を寄せると、ああ、と声を出した。

「五月の半ばやったかいな。あんたが先に来て、部屋でなんやら話しとったやろ。あの日からぱたりと帰ってけぇへん」

半月前、苑子が女学校に電話をかけてきて、栄衣を呼び出した日だ。苑子はあのとき「記事の取材」をしていると言っていたが、会社にはひと月顔を出していない。胸にぞわりと、嫌な予感が広がる。

老婆は栄衣に上がるよう促した。階段へと続く廊下を連れられて歩く。階段の脇で老婆が立ち止まった。

「部屋はそのままにしとる。もともと勝手に来とったあんたやさかい、好きに探ってもろてかまへん。ただ、こっちも下宿代を貰《もら》われへん部屋を遊ばせるわけにはいかへんからな。あと半月もしたら片付けてまうさかい、それまでに要るものは全部持っていき」

栄衣は「おおきに」と力なく言うと、急な階段を上っていった。

苑子の部屋は変わらず本棚が六畳間のうち一畳を占め、衣類は簞笥《たんす》に、化粧品は鏡台にきっちりと整頓《せいとん》されている。ただ文机《ふづくえ》の上に、一枚紙が置いてあった。見聞きしたものを主に記す手帳とは別に、考えをまとめる下書きとして反故《ほご》紙の裏を使っている、と聞いたことがある。確か最後にこの部屋で会ったときも、何かを書き付けていたはずだ。紙を取り上げ、走り書きに目を通す。

人魚

人間の頭に魚の身体↓外見不一致
頭が人間、四本足の魚↓外見不一致
髪の薄赤い半人半魚↓近いが髪の色が異なる
和漢三才図会、上半身は黒髪の女、下半身は魚↓最も近い
肉↓不老をもたらす
油↓燈火《ともしび》に用いる

骨より作る薬、倍以之牟礼《ヘイシムレ》↓即ち丸薬か

栄衣は文机の前に座り、書き付けを何度も読み返した。頭の中に浮かぶ推測が、徐々に形をはっきりさせていく。

これではまるで——

苑子が人魚そのものを見たかのようだ。

でなければ、「外見不一致」「髪の色が異なる」などとはっきり書けるはずがない。

最後に会ったあの日、苑子は人魚を見たと言っていた。あのときは単なる冗談だと思っていたが、もしそうでないとしたら。

電話について告げてきた教師は、急な用らしいと伝えてきた。授業を抜けさせてまで栄衣を呼び寄せるなど、それまでにないことだった。

書き付けを再び凝視する。かすかに文字が震えていた。

人魚と苑子の関わりについて、これ以上のことはいくら考えても分からない。ただ、苑子がここまで熱心に情報を集めるからには、記者としての仕事に関わっているに違いない。

取材の途中で、きっと苑子の身に何かがあったのだ。

紙切れを鞄に入れると、栄衣は苑子の部屋を飛び出した。

楢操《ならみさお》は編集長に呼ばれたときから、どことなく嫌な予感はしていた。少なくとも、原稿に関することではないと。

二

案の定、編集長は眼鏡をシャツで拭《ふ》きながら、操に告げた。

「新波苑子の机を片付けてくれんか」

雑用だ。操は苑子の机のほうをちらと振り返ると、一応訊いてみた。

「辞表は来たんですか」

編集長が眼鏡をかけ直す。まだ縁の辺りが白く汚れていた。

「来てへん。そやけど、さっき実家に電話をかけさせたとこ、家にも帰っとらんらしい。どのみち一か月もけぇへんのやから、もう辞めたも同然やろ」

「……新波苑子は、下宿に住んでると聞いたことがありますけど」

眼鏡の奥から、ぎょろりとした目が操を見上げる。

「おまはん、下宿に行ってみるか？　下宿は電話あらへんのや」

面倒な話の流れになってしまった。もし受ければ、どこかも知らない下宿の住所を聞いて赴くことになる。そんな厄介ごとを承諾する気はさらさらない。

「それなら、片付けます」

短く答えて、操は編集長の席から離れた。

苑子と操の席は隣合わせになっている。誰も使わなくなってひと月も経った机には埃《ほこり》がうっすらと積もっており、主人の不在を感じさせる。ひとまず机の上にある辞書や書類をのけ、絞った雑巾《ぞうきん》で机を拭く。

掃除をしているうちに、苛立《いらだ》ちが募ってきた。雑用を押し付けられることには慣れている。ただ、喜んでやりたいわけではない。苑子ほどお高く止まるつもりはないが、こういったことは給仕の仕事のはずだ。

思わず引き出しを荒く開けてしまう。奥にしまい込まれていた文房具と紙切れが勢いで手前に滑り出てきた。

銅《あかがね》色の万年筆が目に付く。苑子が愛用していたものだ。いつも持ち歩いていると言っていたのに、ここに置き忘れたのか。金色の飾りがついており、婦人記者には似合わない高価そうな品だ。捨てるくらいならと、操はこっそり万年筆を自分の引き出しに放り込んだ。

紙切れには、見出しのように大きく「丹邨家」と書いてある。そういえば、苑子は失踪前、丹邨製薬の社長令息から妙な身上《みのうえ》相談の手紙を受け取っていた。

操は紙をつまみ上げて、屑籠《くずかご》に捨てようとした。しかしふと見覚えのある名前が目に入り、思わず文を読む。

――丹邨登世　四十五歳過ぎ　計算は合うが不審　若い女に嫉妬《しっと》？

「丹邨登世……」

前に訪問記のため話を聞きに行ったことがある。自身の若々しさを自慢するばかりで、おかげでろくな記事が書けなかった。

ほかにもある走り書きにざっと目を通す。

——丹邨礼以　女学校卒業後数年　広告に興味　両親を支配？

——丹邨孝太郎　中学生　食細く無理に食べさせられる
礼以という名前は知らないが、孝太郎は手紙の送り主だ。ふいに、孝太郎からの手紙を胸に抱いている苑子の姿が思い出された。丹邨家に乗り込むつもりか、と操が訊いたときだ。

わてにはこの手紙を見付けた責任がある。

苑子は確かにそう言っていた。

そのあと、苑子と編集長がどういうやり取りをしたのかは知らない。だがああ言っていたことと、この覚え書きからして、ほんとうに丹邨家に行ったのだろう。

苑子は、丹邨家と孝太郎について探りを入れようとしていた。訪問記と称して行ったところで、操と同じく登世の自慢話を聞かされるだけなのは予想していたはずだ。それなら化け込みのはずだ。

丹邨家に化け込み、何かがあって帰ってこられなくなった。

そこまで考えて、操は頭《かぶり》を振った。もう社からいない者として扱われている人間のことだ。今さら気にすることはない。

だが、使えそうな情報はある。

丹邨登世が四十五歳を過ぎているとは知らなかった。丹邨家は、家の内情を明かすことは滅多にない。三十そこそこに見える容姿からして、操は登世のことを後妻だろうと思っていた。ほんとうに四十代半ばなのだとしたら、尋常ではない若々しさだ。

登世がどういう秘密の術《すべ》で若さを保っているのか。それが分かれば記事の良い種になりそうだ。紙切れを帯の間にそっと挟んで、操は片付けの続きを始めた。

会社が退《ひ》け時となり、にわかに緩んだ空気が漂う。男性記者たちは仕事が終わらない者を残して、何やら喋りながら編集室を出ていく。その波が終わるのを待って、操も風呂敷《ふろしき》包みを持った。社の出入り口近くに来たところで、外が騒がしいのに気付いた。そっと男性記者たちの後ろにつき、会話を盗み聞きする。

「なんやあれ……女学生か」

「かなわんな。若い娘に言い寄られるのはかまへんけど、あの様子やと厄介なこっちゃで」

女学生とやらがいったい新聞社に何の用なのか。話をしていた男性記者のふたり組に次いで外に出ると、確かに制服らしい臙脂《えんじ》色の袴《はかま》を穿《は》いた女学生が、会社から出てくる人間を誰彼かまわず捕まえて叫んでいる。

「新波苑子いう婦人記者を知りまへんやろか」

思いがけず同僚——元同僚の名前を聞いて、操は嫌な予感がした。女学生は手を振り払われ、からかわれ、それでもまた別の誰かに同じ問いを繰り返している。その気の強そうな目、濃い眉と形の整った唇は、新波苑子に似ていた。

面倒は避けるに越したことはない。操は女学生が記者たちを捕まえているのとは逆方向に歩き出した。最寄り駅までは遠回りになるが、仕方がない。

しかし靴の足音が駆けてこちらに近付いてきたかと思うと、逃げる間もなく袖を引っ張られた。

「あんたはん、婦人記者でんな」

女学生が睨むように操の顔を覗《のぞ》き込んでくる。女学生のほうが操より背が高いからか、妙に圧倒される。操は橙《だいだい》色の縞《しま》が入ったセルの袖を女学生の手から引き離し、わざとらしく衿元を整えるときっぱりと言い放った。

「違います」

「新聞社のビルディングから出てくるの、わて見てましたで」

嘘をつくな、と操は心の中で毒づいた。操が出たとき、この娘は別の記者を捕まえるのに必死だったではないか。

「新波苑子、知ってはりますやろ。婦人記者なんてそうそういやしまへん。知り合いなんと違いますか」

「だから」操はわざと大げさに、声に苛立ちを込めた。「私は記者でもないし、新波なんとかさんなんて知らないってば」

女学生がまた口を開きかけたとき、一階の窓が軋《きし》みながら開いた。印刷所の女工が顔を出してくる。

「なぁ婦人記者さん、その女学生どっかやってぇな。さっきからうるそうてかなわんのや」

女工の化粧っ気のない顔を女学生は見、再び操に視線を戻した。

「婦人記者やないやなんて言うて……」

「あなただって、私が新聞社から出てきたところを見たなんて嘘ついたじゃないの。おあいこよ」

ふたりの言い合いにしびれを切らしたように、女工が叫んだ。

「どっちでもなんでもええから、早《はよ》う連れていき！」

声に追い立てられて、操は思わず小走りで新聞社から離れた。その横に、ぴったりと女学生がついてくる。

「ねぇ、私ほんとうに新波さんなんて知らないのよ」

「そんなら、知ってはるおひとを紹介しとくなはれ」

「どうして私がそこまでしなくちゃいけないの」

「わての姉なんです」

操がいくら歩調を速めても、女学生が離れる気配はない。

「そう。でも知ったこっちゃないわ」

「そない言われても、姉を知ってはるおひとを紹介してくれるまで、わてずっとついていきますわ。あんたはんの家にまで行きます。朝まで家の前で待っとります。そんで会社までついていきます」

歩きながら、操はちらりと女学生の顔を見た。本気だ、という目をしている。このままだと家にまでつきまとわれかねない。

面倒はごめんだ。しかしどちらが面倒なのか。この女学生に家までついてこられるのと、操が知っていることを話すのと。

操は歩を緩めて、嫌々口に出した。

「……喫茶店でいい？」

「わて善哉《ぜんざい》が食べたいです」

「喫茶店でいいわね」

言うなり、操は角を曲がった。馴染《なじ》みの店がすぐ近くにある。

三

店の扉を開けると、珈琲《コーヒー》の匂いが漂ってきた。栄衣にとっては嗅《か》ぎ慣れない匂いだ。知らず知らずのうちに鼻に皺が寄る。

「珈琲、慣れてないの？」

「いっぺんも飲んだことおまへん」

「それはそうね。まだ女学生だもの」

操が馬鹿にしたように言う。むっとはしたが、ほかの客が男性ばかりで、栄衣にとって居心地が悪いのは確かだ。壁のそここに油絵がかかっているのも、背もたれに彫刻の施された座面の柔らかい椅子も、日本間だけの家と、女学校の簡素な椅子に慣れきった栄衣にとっては落ち着かない。

操が勝手に珈琲をふたつ頼む。初対面同士の沈黙のうち、先に栄衣が口火を切った。

「わて、新波栄衣いいます。さっき言うた通り、新波苑子の妹です」

「……楢操。新波苑子の同僚。席が隣だったわ」

栄衣は椅子から立たんばかりの勢いで声を張り上げた。

「知らん言うてたんに、席まで隣やなんて……」

慌てて操が静かに、と身振りで示す。周りの客の視線が集まっていた。

「嘘をついたのは悪かったわよ。だってあなた、見るからに面倒そうだったんだもの」

「お姉さんのためなら、いくらでも厄介者になります」

操はため息をついた。姉に似て頑固だ、とでも言わんばかりだ。

「新波さんね、身上相談で奇妙な手紙を受け取ってたのよ」

店主の持ってきた珈琲で喉を湿しながら、操は順を追って説明した。丹邨製薬の社長令息である丹邨孝太郎から送られてきた不可解な詩。苑子は孝太郎が助けを求めていると解釈し、行動を起こそうとしていたこと。

「それから新波さんが何度会社に来たかは知らないわ。少なくともひと月前からは来てない。あと、私が持ってる情報といえばこれだけ」

帯の間から、苑子の覚え書きを取り出す。栄衣は紙を受け取ると、さほど行数も多くない文面に何度も目を通していた。

「……丹邨家を探っとった、いうことでっか」

「そう読めるわね。多分、化け込みをしてたのよ」

「そんなら、今でも丹邨家におるかもしれへん」

立ち上がりかけた栄衣の肩を、操は慌てて押さえた。

「ちょっと、何する気なの」

「丹邨家に行きます」

操に力一杯止められて、ようやく栄衣は再び腰を下ろした。操が嚙《か》んで含めるように諭す。

「状況をよく考えなさいよ。化け込みがうまくいってもいかなくとも、普通は長くて三日ぐらいで帰ってくるものよ。編集長から聞いたけど、家にも帰ってないんでしょう」

「家からは勘当されとります。わては半月前に下宿で会ったんでっけど、そのあとは……」

「半月でもひと月でも同じよ。あなた新波さんがいなくなってから、手紙の一通でも受け取った？」

栄衣は沈んだ顔で首を横に振る。

「何も問題がなければ、こっそり手紙や記事になるものを、あなたや会社に送ってくるわよね。それすらない。この意味が分かる？」

「……お姉さんは、妙なことに巻き込まれとる」

「だから行かなくちゃいけない、じゃないのよ」操は栄衣の思考を先回りするように言い聞かせた。「だから軽々しく行っちゃいけない、ということなの。そもそも、あなた丹邨家の場所が分かるの？」

やや間があって、「……あ」と栄衣がつぶやいた。そういえば、行くと言っておきながら、その場所がどこなのかも分からない。操はあからさまに顔をしかめた。

「お姉さんが心配なのは分かるけど、心意気だけじゃどうにもならないのよ。下調べくらいしておきなさい」

それじゃあ、と操は代金を置いて席を立ちかけた。その袖を、栄衣がぐいと引いた。危うく転びかけ、テーブルに手をつく。

「ちょっと、何するの」

「楢操さん。お姉さんを捜すの、手伝《てつど》うてくれまへんやろか」

操の口から、は、と間の抜けた声が出た。

「馬鹿言うんじゃないわよ。なんで私がそんなことしなくちゃいけないの」

操の袖を摑んだまま、栄衣が立ち上がってぐいと顔を近付ける。操が振りほどこうにも、栄衣の指は頑として離れない。

「お姉さんは言うとりました。隣の席におる婦人記者は、もったいないて」

「……もったいない？」

「ひとを見抜く目があって、頭も回る。ほんとうはもっと認められるはずの記者やて」

操は口を開けかけたまま、しばらく黙っていたが、怒ったように眉根に皺を寄せた。

「ここで褒めたところで、協力するとでも思ってるの？」

「そんなことは思うてやしまへん」栄衣は真っ直ぐに操の目を見たまま言った。「ただ、楢さんが力になってくれはったら、お姉さんの行方捜しはわてひとりでやるよりずっとうまいこと進む」

「だから、力を貸す義理なんて私にはないのよ」操は苛立ちを露《あら》わにして言い返した。「それともあなた、私が得するような情報でも持ってるの？」

栄衣は一瞬困った顔を見せたが、すぐに目を見開くとようやく操の袖を離した。隣の席に置いていた鞄を漁《あさ》り、取り出した紙切れをテーブルの上に置く。

「これ、お姉さんが下宿で書いたもんです。半月前、人魚について知りたい、て言われて」

操が取り上げて見てみると、確かに人魚、という文字が真っ先に目に入った。

「人魚？」操は鼻で笑った。「今どきこんなの、まともな記事の種には……」

言いかけて、ふと口を閉じた。文面をよくよく読む。

「……そういえば、人魚の肉は不老をもたらすのよね」

「そういう言い伝えもある、いうこってす。肉を食べると、何百年も老いずに生きるとか」

単なる伝承だ、と一蹴《いっしゅう》することは簡単だった。しかし化粧や美顔法では説明のつかない若さを保っている人物を操は知っている。

「丹邨家の奥様って」操は「不老」という単語から目を離さずに切り出した。「四十五歳過ぎらしいんだけど、妙に若々しいのよね。会ったことがあるんだけど、それこそ三十手前に見えるくらい」

栄衣は眉をひそめた。十代半ばの栄衣にとっては、四十代後半の女性が三十そこそこにも見える、ということの異様さが、頭では分かっていても腑《ふ》には落ちてこない。

「考えてみなさいよ。四十五っていったら、孫がいてもおかしくない年じゃない」

「言われてみれば……。孫いうても赤ん坊やろうとは思いますけんど」

「私ね」紙切れをテーブルに置いて、操はにやりとした。「あの丹邨夫人、大嫌いなのよ。できれば化けの皮を剝《は》がしたいところだわ」

栄衣が恐る恐る推測を口にする。

「もしかして、丹邨夫人が人魚の肉を食うてはる、とか書くつもりなんでっか」

「まあ、今書いても編集長には相手にされないでしょうね。けど」

苑子が残した覚え書きの前半を、操の指がさっとなぞる。

「この『人間の頭に魚の身体』とかいうのは、人魚の特徴、で合ってる？　私の知ってるのとはずいぶん違うものもあるけど」

「昔はそう書かれとった、いうこってす」

「だったら、新波さんは実際に人魚か、それらしきものを見ていて、伝承と比較してる……ってふうに読めるわよね」

栄衣が大きな声を立てた。「それ、わても思うてました」

「お姉さんの性格は知ってるわよね。自分の目で確かに見たものしか信じない。幽霊とか妖怪《ようかい》とか、曖昧な存在は相手にしない。その新波さんがこんなことを書いてる。私、新波さんのことは正直好きじゃないわ。でも、酔狂で人魚なんてものを追いかける記者じゃないと思うのよ」

それを聞いて、栄衣はほうと息をついた。

「楢さんも、新聞記者としてのお姉さんを買《こ》うてはるんやな」

「気恥ずかしい言い方するわね。根拠はあのひとの性格だけじゃないのよ」

操がある一文をさす。

——骨より作る薬、倍以之牟礼↓即ち丸薬か
「ばい……何？　とにかくこれ、人魚の骨から作られた薬なのよね」

「ヘイシムレ、です」

「ああそう。読み方はどうでもいいけど、『即ち丸薬か』ってのが気になるの。倍以之牟礼って、明確な形があるの？　散薬とか、それこそ丸薬とか」

栄衣は首を横に振った。

「はっきりとは……神効がある、てだけで」

「だとしたら、丸薬って書いたのはなぜ？　この書き方だとまるで、新波さんがある丸薬を目にしていて、それを倍以之牟礼だと推測してるみたいじゃない。しかも、丹邨製薬はその会社名の通り、薬も製造してる」

操が何を言わんとしているのか、栄衣にもおぼろげに分かってきた。

「つまり……」頭の中で仮説を組み立てながら話す。「お姉さんは、化け込み先の丹邨家かどっかで人魚のようなもんを見た。そんで、人魚の骨を材料にした薬らしいもんも目にしとる。丹邨製薬の秘密を握ったのがばれてしもうたんか、さらに調べとるときに何かあったんか。そやよって、大阪に帰ってこられへん……と」

監禁、という言葉も、苑子が殺されているかも、という可能性も浮かんだが、口に出したくはなかった。

「新波さんがどうなっているか、は分からないけど」操が応じた。「少なくとも、私とあなたが持ってきたこの覚え書きから、人魚、というのが丹邨家……丹邨製薬に関わってる可能性はあるわよね。人魚なんてにわかに信じられないけど、もし丹邨製薬が人魚の骨を薬にしてるのなら、肉は余る。余った肉は……」

「若さを保っとるいう、丹邨夫人が食べてはる、いうことでっか」

操は首をわずかに傾げた。

「我ながら危なっかしい仮説だけど、人魚がいる、という証拠を摑めたら、丹邨夫人の評判を落とせるかもね」

「人魚の骨で作った薬はどうなんでっか。もし売り出されとったら、それこそえらい騒ぎになりますで」

操はひらひらと手を振った。

「悪いけど、婦人記者はそういう大きな種は書かせてもらえないの。私としては、丹邨夫人を貶《おとし》められればそれで充分」

栄衣はいかにも不満げに操を睨みつけた。

「あんたはんは記者でっしゃろ。それでええんでっか」

「なんとでも言いなさいな」

軽くいなして、操は栄衣に念を押した。

「あのね、私にとって、あなたのお姉さんの安否はどうでもいいのよ。見も知らない少年を案じて化け込みまでするようなお節介焼きを、危険を冒してまで助ける気はないわ。ただ、私は私の書きたい記事のためになら、あなたに協力してもいい。この条件でどうかしら」

まだ操に厳しい視線を向けたまま、栄衣は少しの間黙っていたが、目を閉じて深く息を吸い込んだ。珈琲の香りが鼻をくすぐる。

操は善人ではない、のかもしれない。けれども、まだ女学生の自分には助けが必要だということは栄衣も分かっていた。操の目的が何であれ、新聞記者が味方になれば、丹邨家にも接触しやすい。苑子のことも、探りやすくなるはずだ。

目を開けて、操を見据える。

「それでよろしおます」

その六日後、ふたりは阪神電気鉄道に揺られ、芦屋に向かっていた。

「まさか婦人記者に化けて丹邨家に乗り込む、なんて言い出すとはね」

操が半ば呆《あき》れたように言う。当の栄衣は制服の袴姿ではなく、鳩羽色にローズの絣《かすり》が入ったセルを着て化粧を濃くし、髪も鏝《こて》を当てて結っている。こうすれば二十《はたち》そこそこの婦人記者に見えるだろう、と栄衣は言い張っていたが、操としては栄衣の落ち着きのない振る舞いのほうが不安だった。今も栄衣は芦屋方面に行くのが初めてらしく、車窓の外や乗客へとあちこちに目をやっている。

「けんど、訪問記の取材に行く、て理由やないと丹邨邸に入れてくれまへんやろ」

意気込む栄衣をよそに、操が栄衣を冷めた目で見た。

「あなた、無鉄砲にもほどがあるわよ」

「栄衣、て呼んどくなはれ。あなた、て呼ばれるん、こそばゆくてかなわへん。『新波さん』やったらお姉さんと区別がつかへんし」

指で頭を掻《か》いて、操は仕方なさそうに答えた。

「だったら、私も別に操でいいわよ。楢って名字、あまり好きじゃないの」

名字、という言葉で思い出したことがあり、操は小さく声をあげた。

「今から行くところでは、名字で呼び合わなきゃだめよね。新聞記者ふたりで訪問記、って体裁なんだから」

「新波と楢さんでっか」

「馬鹿ね。あなたのお姉さんが本名を使ってたらどうするの。ばれてしまうでしょ」

栄衣は電車の天井を見上げて、少しの間考えていた。

「そんなら、兼平《かねひら》で。友人の名字やさかい、お姉さんがどう名乗っとったとしても、滅多なことでは同じにならへんでっしゃろ」

それならばと話は決まり、電車はやがて芦屋に着いた。外に出るなり、栄衣が深呼吸をする。

「どうしたのよ」

「今まで大阪からほとんど出たことあらへんさかい知らんかったけんど、大阪の外はこないに空気が澄んどるんやな、て。金持ちがこぞって家を移すのも分かる気がしますわ」

「新波家も相当なんじゃないの」

「うちは早々に帝塚山に家建ててもうたからなぁ……」栄衣が顔を曇らせた。「もし帝塚山やのうて、ここいらに住んどったら、お姉さんは肺を悪うせずに済んだんやろか」

「帝塚山も資産家が集まってる地域だから、新波家の選んだ場所に何か言う権利は私にはないわね」

操は苑子がよく咳《せき》をしていたことを思い出したのか一瞬口ごもったが、素っ気なく答えると栄衣の先に立って歩き始めた。

以前操が丹邨家の訪問記を書いてから二年ほど経っていたが、そのときに控えていた住所の覚え書きがある。二年の間に新たに建った家々のためにやや迷いながらも、丹邨邸の特徴といえるスレートの屋根と背の高いイロハモミジを見付け出した。

玄関先で声をかけたが、誰も出てくる様子がない。もう一度、今度は大きく声を張り上げてみると、ややあって扉が開いた。

女中とは違う。背の高い、鼻筋の通った顔立ちをした若い男だった。丹邨家の書生か、とも操は思ったが、洋服を着ているし、生地や仕立ての質も良い。丹邨製薬の社長秘書、といったところだろうか。

青年は困ったような笑みを浮かべて、家の奥をちらりと見た。

「申し訳ありません、夕食前なもので女中が手を離せず……。どちら様で」

「大阪実法新聞の楢と兼平と申します」操が取材用の笑顔を作ってみせた。「以前奥様の訪問記を書きまして、大変好評でしたの。先日丹邨製薬から新しい化粧品が発売されたとのことで、奥様に再びお話を伺いたいと」

大阪実法新聞の社名と名前を出したとき、男が目を見開いたのに操は気付いた。兼平というのは偽名だから、社名か操の名字のどちらかに、男は反応したのだろう。

どう探りを入れようか、と考える間もなく、男が答えた。

「……奥様は、夕食前にはどなたの訪問もお断りしております。ただ」

内ポケットから小形の名刺を出し、表と裏に万年筆で何かを書き付けて操に差し出す。

名刺には白潟譲、という名が印刷されている。その横に、「アラナミソノコについて話がある」と走り書きがあった。栄衣が何か言いそうになるのを、操が身振りで止める。

「こちらにご連絡いただければ、奥様も予定を合わせてくださるでしょう」

声がやや大きい。ふたりに向けてではなく、家の中を意識しているかのようだ。丁寧な口調の一方で、「話をさせてくれ」と目が言っていた。

操はにこりと笑いながら名刺を受け取った。

「ありがとうございます、白潟さん。ところで……」ことさら困ったような声を出す。「私はここを訪ねるのは二度目なのですけれど、最初に伺ったのはずいぶん前のことで。この辺もすっかり変わってしまったでしょう。帰りが少し不安なのですが」

相手は家の気配を探るようにちらと仏蘭西窓《フランス》——居間か食堂に通じるのだろう——を見、誰もいないことを確かめると、ふたりに向かって微笑んでみせた。

「そうですね、近くは入り組んでいるので、そこから出るまでは」

家を離れ、門までの道を歩く途中で、白潟が囁《ささや》いた。

「僕は家を長く離れられない。手短に話します」

操は談笑しているかのような顔を作りながら、真面目な声で答えた。

「お願いいたします。私はともかく、彼女が知りたがっているので」

白潟が視線を横にやると、栄衣が摑みかからんばかりの表情で白潟を見つめていた。

門を過ぎ、角を曲がり、丹邨邸の屋根だけが見えるようになったところで、白潟が上着の内側に手を入れた。取り出したものを操に渡す。

手帳、というよりもその表紙だった。中身の紙は背に近い部分が焦げて茶色くなり、爪の長さほど残っているだけだ。紫がかった赤い革表紙の端がわずかに変色し、反り返っている。マッチか何かで、中身を燃やされたのだろう。

操が言葉を発するより先に、栄衣が手帳の表紙をひったくった。

「これ……」血色の良い肌が青ざめていく。「お姉さんの……」

「お姉さん？」

白潟が驚きを込めてつぶやくのと同時に、操が「立ち止まらないで」と栄衣に鋭く言った。

栄衣が手帳を胸に抱き、震える声を出す。

「なんで燃やされとるんでっか？　あんたはん、何か知ってはるんでっか」

責めるような声に、白潟は顔を曇らせて黙った。数歩歩くうちに意思を固めたのか、一言だけ絞り出す。

「僕が燃やしました」

栄衣の目つきが険しくなる。白潟は「言い訳と取られるかもしれませんが」と前置きして、話を続けた。

「その手帳には、丹邨家にとって都合の悪いことが書かれていた。僕は燃やすよう命じられました。逆らえればよかったのですが、そういう立場にはなく……」

悔しさを滲《にじ》ませた白潟の言葉を聞いて、栄衣の表情から怒りが薄らいだ。

「丹邨家の言う通りに動くしかない、いうことでっか。白潟さんは燃やしとうなかったと」

白潟はふっとため息をついた。

「おっしゃる通りです。そして本来、その手帳は中身ごと、大阪実法新聞の誰か――できれば、楢操さん、あなたに渡したかった。新波さんからそう頼まれたので」

「私に？」操は苦笑を浮かべた。「新波さんもほんとうに厄介なひとね。私がそんな危ないことに関わると思ったのかしら」

「そのつもりはない……と」

ふたりのやり取りにしびれを切らして、栄衣が割り込んだ。

「白潟さん。わては姉の、新波苑子の行方を追ってここまで来ました。……姉は無事なんでっか」

白潟の歩調がわずかに緩んだ。

「お姉さんを心配するお気持ちはお察ししますが、詳しいいきさつを今は話せません」平坦《へいたん》な声で答える。「あなたがたには丹邨家の情報を、新波さんのことも含めて正直にお話しするとお約束します。その代わりに、頼みたいことが」

「頼み事の内容にもよるわね」

「話しとくなはれ」

操と栄衣が同時に言う。白潟はやや面食らってふたりを見つめ、しばらく黙ってから頼み事を口に出した。

「丹邨製薬が試作している薬の製造を止める。その協力をしていただきたい」

「大きく出たわね……」操が顔をしかめる。「婦人記者と女学生……この子は女学生なんだけれど、そんなふたりに何ができると思うの？　藁《わら》にもすがる気持ちというもの？」

「僕は丹邨家では自由が利かない。外出先でも同じことです。あなたがたのように、外で動ける人間の手を借りたい」

少し考えて、操が白潟を見上げた。

「あなたのくれる情報の中に、丹邨夫人の若さについての話はある？　ひとつ仮説があるの」

仮説という言葉に、白潟は心当たりがあるのか一瞬眉をひそめた。

「……確実に、とは申し上げられませんが、合っているかどうかはお答えできるかと」

操が唸《うな》り、「何も得られないよりはましか……」とつぶやく。白潟が付け足した。

「外出の多い仕事ですが、丹邨家には長くいる身です。登世の一日の動きなら把握している。その情報もお教えするということでいかがでしょう」

じろりと、操が白潟を値踏みするように見た。ややあって、仕方がない、というふうに答える。

「まぁ、いいでしょう」

「ありがとうございます」

白潟の顔がほころぶ。その横から、栄衣が口を出した。

「わてはお姉さんについて分かるなら、なんでもやってのけます」

「では、成立ということですね」

笑みを浮かべたまま白潟はふと立ち止まり、栄衣の顔を改めて眺めた。

「……やはり、似ていらっしゃいますね。お顔だけでなく、性格も」

白潟は苑子の性格が分かるほどには接触していたらしい。栄衣が突っ込んで訊く前に、白潟が口を開いた。

「僕はそろそろ戻らなければなりませんが……。道が分からないというのは方便でしょう」

操がにやりとする。「一度通った道は忘れないの」

その笑みに応《こた》えるようにして、白潟もやはり、と言わんばかりの顔をした。

「それでは、失礼します」

一礼したかと思うと踵を返し、丹邨邸へと早足で帰っていく。その後ろ姿を見ながら、操がため息をついた。

「……丹邨夫人に探りを入れるだけのつもりが、ずいぶん厄介なことになったわね」

栄衣が無言のままなのに気付いて、操がふと顔を向ける。栄衣は手帳の表紙を見つめながら、下唇を嚙んでいた。

「あのひと……」声が水面を掻き乱したように揺れている。「お姉さんは無事、て言わへんかった……」

「新波さんのことも含めて、詳しいことは話すって約束してくれたでしょう」あえて軽く操が答えた。「条件を吞《の》ませるための常套《じようとう》手段。自分が情報を持ってるということだけ明かして、交渉を有利に進める。そのくらい分かってくれなきゃ困るわよ」

栄衣が不安げに、操に視線を移した。

「操さん。操さんは、お姉さんが無事やと思ってはる？」

そう訊かれるだろうことは、操は分かっていた。用意をしていた答えを返す。

「そんなの、私が知るわけないじゃない」


阪神電気鉄道で帰る途中、しばらく栄衣は手帳の表紙に目を落としたまま黙っていた。姉の安否を気遣う人間にかける言葉は操にはない。沈黙が続いたが、大阪まで道半ば、というところで、栄衣がふいにつぶやいた。

「……こんなもん見せられたら、お姉さんが無事やとは、わてには言い切れまへん」

操が手帳の焦げた紙に視線をやる。

「そう。下手に希望にしがみつかないだけましね」

「そやけど、あの白潟さんがはっきり言うまで、わてはお姉さんが生きとると信じとります」

「……もし死んでたら？」

手帳から目を離さないまま、栄衣は沈んだ声を出した。

「そんとき考えます」

栄衣は苑子がよくそうしていたように、手帳の表紙を撫《な》でた。風呂敷包みを解いて、手帳を大事そうに入れる。すっと顔を上げたときには、栄衣の表情から憂いは振り払われていた。

「それで、白潟さんと協力するのはええとして、どないして話するつもりでっか。あのひと、そう自由に動かれへんのでっしゃろ」

答える代わりに、操は帯の隙間から白潟の名刺を取り出した。名刺の裏に、万年筆の走り書きがある。

——六月十五日　九時　新町　美《み》しのや
「新町いうことは、待合かなんかでっか」斜めになった文字を読んで、栄衣が不安げに言う。「芸子や仲居も出入りしますやろ。なんぼ口が固いいうても、話が話やさかい、むつかしいのと違いますか」

「普通は無理ね」

栄衣が訝《いぶか》しげに返す。「普通は……」

「まぁ、当日になれば分かるわ」

四

六月十五日は前日からの雨が強まり、舗装されていない道路のあちこちが浅い泥沼と化していた。荷車の轍《わだち》に水が溜《た》まり、傘が狭い道を行き交う。

それでも栄衣が四ツ橋《よばし》に着く頃には雨は小降りになり、市電の走る濡《ぬ》れた舗道が街灯に照らされて光っている。しばらく辺りを見回しながら待っていると、市電から操が降りてきた。

「早いじゃない」とだけ言って、操は慣れた様子で新町へと歩き出した。

やがて新しくはないが普請のしっかりした、小ぎれいな待合らしきものが見えてきた。

「確かここだったわね」

「来たことあるんでっか」

操は答えず、三和土《たたき》に足を踏み入れて中に声をかけた。若い仲居がひとり、客かと思って小走りに来たが、操と栄衣という女ふたりの組み合わせを見るなり眉をひそめた。

「女将《おかみ》さんを呼んでくださらない」

「は……」

「キミちゃんが来たと言ってくだされば分かるわ」

わけが分からない、という顔をしながらも、仲居は奥へ引っ込んでいった。栄衣が囁《ささや》く。

「キミちゃんて」

「化け込みで雇仲居《やとな》を何回かしたことがあってね。分かる？　待合や料理屋なんかで人手が足りないときに呼ばれて働く商売よ。私ここのお座敷に呼ばれて、キミちゃんって名前で仲居をやったことがあるの」

「ええと、つまり……操さんは、ここの女将さんとは顔見知りやと」

そういうこと、と答えるのと同時に、女将らしき固太りの女性が姿を現わした。

「あら、ほんまや、キミちゃんやないの。どないしたん、職業婦人みたいな格好して、若い娘さんなんか連れてきて……」

女将は栄衣を頭のてっぺんから爪先まで見て、どうやら新町界隈《かいわい》で働く女ではない、と判断したようだった。四角い顔に訝しげな表情が浮かぶのと同時に、操が女将の手を握った。

「女将さん、お久しぶり。今日はひとつ、お願いを聞いてほしくて来たの」

そうして女将に何やら耳打ちする。女将は黙って操の言葉を聞き、やや首を傾げたが、操に握られたままの手にちらりと目をやると、ふむ、と唇を突き出した。

操が手を離してにこりと笑う。

「ね、女将さん、聞いてくれると嬉《うれ》しいんだけれど」

「そやなぁ……」女将はもったいぶってから、いかにも理解があるような顔をして頷いた。

「まぁ、あんときキミちゃんはよう働いてくれたし、よろしおます。そやけど、二度はないで」

「二度もこんなことは頼みませんよ」

女将はふたりについてくるように言うと、磨き上げられた床を歩き出した。帯を直すふりをして、女将が胸下に何かを隠す仕草をするのが栄衣にもなんとはなしに分かった。

「操さん、あれ……」

しっと操が遮る。「あとで五割……七割払ってちょうだいよ。婦人記者ってそんなにお給金貰えないんだから」

二階に上がり、廊下を左に曲がって奥に進む。あちこちの座敷から聞こえてくる三味線の音、歌声や賑《にぎ》やかな笑い声が遠ざかっていく。

案内された先は廊下の突き当たり、右側にある部屋だった。掃き清められてはいるが簡素な造りの六畳間で、隅に置いてある寝具が目につく。待合の奥のほうにあるからか、どことなく薄暗い印象を受けた。

「ここで待っとき。あんまり出ぇなや。常客でない者《もん》にうろつかれると差し障りがあるさかいな」

そう言い残して、女将は襖《ふすま》を閉じた。操が腕時計を見る。

「八時四十五分か。あとは待つだけね」

栄衣はきょろきょろと辺りを見回した。

「操さん、ここって……」

「まぁ、待合って接待や芸者との遊びに使うだけじゃないってことよね。たとえば客に気に入りの女がいれば」

「……もうよろしおます。なんとのう分かりました」

ご令嬢のくせに察しが良いじゃない、とからかわれて、栄衣が口を歪《ゆが》めた。

約束の九時になる二分前に、白潟が部屋に入ってきた。

「お待たせしてしまいましたか」

頬がかすかに上気しているが、栄衣たちに向かって正座する動きも、口調もしっかりしている。

「それほどでもないわよ。……その顔からして、やっぱりひとりで来たんじゃないのね。社長のお供ってところでしょう」

「光将の気に入りの待合なんですよ」操に言い当てられて、白潟が苦笑した。「彼の予定は分かっていますのでね。今日は接待でなくてただの遊びなのをいいことに、少し酔い潰《つぶ》れてもらいました。しばらくは起きないでしょう」

「それで、あなたは大丈夫なの？」

「お気になさらず。いつもは面倒なので弱いふりをしているのですが、実はそうでもないので」

三味線の音色が遠くの座敷から聞こえてくる。さて、と白潟が居住まいを正す。

「お約束通り、僕の知ることをお話ししましょう。新波苑子さんの手帳の中身も、全て」

話が進むにつれて、白潟の顔に悲痛さが滲み出てくるのが栄衣にも、操にも読み取れた。だが声はあくまで淡々と、淀《よど》みなく語っている。ためらいを見せたのは礼以と自分が人魚だと明かしたときと、部屋の床にあった苑子の手紙について語るときだけだった。

全てを話し終えると、白潟が大きく息をついた。不安げにふたりを見やる。

「僕の人魚の鱗《うろこ》は、もう出なくなってきています。ですから、僕が話したことの証拠は、妹さんがお持ちの、手帳の表紙だけです」

「新波栄衣です」

震えを抑えた声で、栄衣が名乗った。白潟はわずかにうつむくと、またふたりに、というよりも栄衣に向き直った。

「正直に申し上げまして、あなたのお姉さんは亡くなっている、と僕は思っています。今もどこかに監禁されて被験者にされている、とも考えましたが、あの手紙からして、新波……苑子さんは命を落としかねないほどに弱っていた。礼以が実験を続けていれば、今頃体力がもってはいないでしょう」

死んでいる、と栄衣は口の中で言った。自分がつぶやいたことにすら、頭が追いついていかない。

「そやけど、亡骸《なきがら》も見つかってへんのに……」

「さっき僕が言ったことを聞いていなかったのですか」白瀉がやや語気を強めた。「記録を見られた以上、礼以は実験をやめないでしょう。被験者として使い潰す。僕が礼以なら、きっとそうします」

何より、と白瀉が声を絞り出した。

「あれは苑子さんの手帳を僕に燃やさせた。手帳を燃やして、本人は生かす意味がありますか」

栄衣はもう、白瀉の顔を見ていなかった。うつむいたまま、ふたりにも顔を見せないでいる。

白瀉が静かに告げる。

「あなたはこの件に、無理に関わらなくともいい。今手を引いても、僕は責められません。全て忘れて元の暮らしに戻るのが、あなたにとって最善かと」

栄衣は口を噤《つぐ》み、動きもしない。重い沈黙の中、操が口を開いた。

「知りたいことがあるのだけれど。……苑子さんは、ほんとうに孝太郎さんを助けようとしたの？」

「僕が言えることはふたつだけです」

白潟が目を伏せがちにする。

「手帳の内容からして、孝太郎さんは苑子さんが来てから良い方向に変わった。それから、苑子さんは自身の身を危険に晒《さら》すほどに丹邨家を探っていました。恐らく、自分のためだけではなく」

それを聞いて、操は小さく息をついた。

「そう」独りごちるようにつぶやく。「ほんとうに馬鹿なひとね」

うなだれていた栄衣が、ふいに顔を上げた。

「やっぱりわて、ここで手を引くことはできまへん」

ふたりが同時に栄衣を見る。

「本気ですか」

心配と苛立ちが混じった声で白潟が問う。栄衣はしっかりと頷いた。

「わてはお姉さんがどないなったんか知りたかった。そんでお姉さんが死んでしもうたからいうて、何もかも忘れて、ぬくぬくと暮らすことなんてとてもできまへん。白潟さん、あんたはんの身内は殺されて、薬にされとるんやろ。全て忘れろ、手を引け、て言われて、その通りにしはりますか。でけへんから、今も丹邨邸で、憎い相手と暮らしてはるんやろ」

自分の立場を持ち出され、白潟が身体をわずかに退く。栄衣の口調が、徐々に芯《しん》を持つ。

「わてはお姉さんが成したかったことを継ぎます。お姉さんは孝太郎さんを助けようとしたんでっしゃろ。白潟さんに協力すると約束したんでっしゃろ。そんなら、わてもそうします」

「ああ、結局決めちゃったわね」

操が苦笑しながら、小指で頭を掻いた。

「どうするの？　この子、言い出したらてこでも動かないわよ。新波苑子の妹だもの」

白潟はしばらく視線をさまよわせていたが、ためらいがちに栄衣を見た。苑子とよく似た顔の少女が、しっかりとこちらを見据えている。

やがて天井に向かって息を吐き出すと、栄衣と操に頭を下げた。

「どうか、ご協力を仰ぎたく」

「おおきに」栄衣もお辞儀を返す。

「言っておくけど、私は深入りしないからね。さて」

操がぱん、と軽く手を叩いた。

「いくつか訊きたいことがあるの。白潟さん、答えてくれる」

頭を上げた白潟が姿勢を正し、はい、と応じる。

「そもそもなのだけれど、どうして礼以は丹邨製薬の中枢に入り込もうと思ったのかしら。想像で構わないから、あなたの考えを言ってくださらない」

「なんでそんなことを……？」

覗き込んでくる栄衣に、操は当然のように言った。

「敵のことを知っておくのは損にはならないわ。考え方と、来歴とね。でないと、思わぬところで足をすくわれかねないもの」

白潟は口元に指をやり、考えながら言葉を発した。

「恐らく、礼以の種族も僕たちと同じような理由で、陸に上がったのでしょう。しかし僕たちとは根本的に考えが違った。人里離れて暮らすよりも、人間の社会に潜り込んで、権力を手にするほうが有利だと踏んだ」

「ちょっと分からへんなぁ」栄衣が首をひねった。

「海で暮らされへんようになったから、世の中に溶け込もうとする。それは頷けます。そやけど、権力を手に入れる必要があるんでっか。人魚やとばれたら何をされるか分からへんのに」

「あなた、それ逆よ」操が栄衣を肘でつついた。「ばれたらどうなるか分からない、だから権力を手にする必要があったのよ。たとえ人魚だと知られても手出しされないだけの力があればいい。大勢は無理だけど、一部の人間なら押さえつけられるわ」

「その一部の人間が丹邨家……」

栄衣がつぶやいたが、まだ腑に落ちないという顔をしている。白潟が口を開いた。

「それだけではありません。礼以を二年間見ていて分かったのですが、あれは力に執着している。そして力を以《もっ》て弱い者を虐げることに悦《よろこ》びを見出《みいだ》す生き物です。相手が人間であろうとも、人魚であろうとも」

「つまり、生き抜くための手段と性格が合ってしもうた、いうことでっか」

「最悪の形でね」操がため息をつく。「礼以が丹邨家にどうやって取り入ったか、白潟さんは知ってる？」

白潟が顔を歪めた。

「礼以を追って丹邨家に潜り込んだので……はっきりとは……」

どうも歯切れが悪い。栄衣が追及する前に、操が「最初に考えついたときは、これはさすがに、と私も思ったんだけれど」と声を低めた。

「丹邨登世。あの若々しい奥様。おかしいと思わない？　化粧や美顔法だけで、あれだけの若さを保てるものかしら」

「そやよって、人魚の肉を食べたってこないだ、操さんが……」

「その肉はどこから来たの？　白潟さん、礼以があの家に入り込んだのは何年前？」

「……九年ほど前から関わり始めて、八年前には娘のように家にいたと」

「白潟さんの同胞がさらわれたのは五年前よね」

たたみかけるように操が言う。嫌な予感がじわりじわりと、栄衣の背を登っていった。

「礼以は自分の同胞を殺して、肉を登世に食べさせたんじゃないかしら。不老の効果を本人が実感してから、揺さぶりをかける。食べ続けないと不老の効果が切れるとかなんとか、どうとでも言えるわ。一度口にしただけで老いなくなるって伝承があるけれど、言い伝えは言い伝えだもの」

白潟が目を片手で覆う。

「考えないようにしていたのに、あなたはずいぶんと遠慮なくおっしゃる」

「性分なの。ごめんなさい」

「……とはいえ」そのままの姿勢で、白潟が言った。「取り入る過程に関しては、あなたの仮説は恐らく間違いないかと」

「そやけど」栄衣が口を出す。「登世から取り入るやなんて回りくどい真似せんでも、最初から薬を光将にあげればええんやないんでっか」

「考えられる理由はふたつ」操が二本、指を立てる。「登世と違って、光将は会社の社長よ。そうやすやすとお目にかかれない。登世は奥様といっても、行商人のふりをして家に行けば会うことができる。そしてふたつめ。肉を加工するほうが、骨から薬を作るより手間がかからない。白潟さんの話にもあったでしょう。苑子さんが調べたとき、薬には人魚の骨以外にも生薬が使われていたって」

自分の同胞のことを思い出したのか、白潟は苦い顔をしていた。

「人魚の骨を用いた薬には神効がありますが、それも調合次第です。簡単にできるものではありません。今も試作の品しかできていないことからして、丹邨家に入り込もうとした時点では、礼以は今ほど効果のある薬を作れなかったのかもしれない」

顔をしかめたまま、白潟が話を続ける。

「薬が販売されれば礼以の地位は盤石となる。だから礼以には薬を試作、研究し、ゆくゆくは大量に生産できる設備……工場が必要だったのでしょう。数ある製薬会社の中から、潜り込む先を慎重に選んだことでしょうね。美容に執着のある奥方がおり、社長であるご主人は奥方の言うことをある程度聞く。そして跡継ぎがいないか、いても礼以に逆らうだけの胆力がない」

「それに当てはまるんが、丹邨製薬やったんか……」栄衣がふと思い出したように問う。「光将は、登世に弱いんでっか」

「光将が薬種商だったときに、登世の実家から援助を受けていたとか」

よくあることだ、と言わんばかりに操が鼻を鳴らした。

「丹邨家に取り入った礼以は、工場を造らせるために甘言を弄《ろう》したのだと思います。丹邨家の跡取りである孝太郎さんは、煙害で肺を悪くしている。その咳を完全に鎮める薬を自分が作れると言ったら」

「飛びつくでしょうね。息子のためだけじゃない。よく効く咳の薬が作れれば、丹邨製薬の良い金蔓《かねづる》になるわ」

「いつその工場が造られたか定かではありませんが、礼以は丹邨製薬の力を借りて、僕たちの同胞を、というより陸で暮らしている人魚を探し当て、連れ去りました」

白潟が言葉を切り、顔を曇らせた。遠くの座敷では三味線の音がやみ、舞妓《まいこ》が拙《つたな》い舞をしたのか、酔いの混じった笑いとからかいの声が聞こえてくる。

「僕は丹邨製薬を密《ひそ》かに探っていましたが、試作の薬ができた頃には礼以に正体を勘付かれていた。同族を盾にされ、動くに動けなかった。そのせいで孝太郎さんは薬の被験者に……」

「礼以は孝太郎さんにも、薬の服用を遅らせる実験をしとったんでっしゃろ」栄衣が記憶をたどって言った。「そんなら、光将と登世も薬の欠点に気付いたはずでっせ。でもそんときには既に」

「孝太郎さんはあの薬を手放せなくなっていた」

白潟が栄衣の言葉を引き取った。

「そんなん……まるで人質やんか」

「人質よ。決まってるでしょう」

栄衣の憤慨した声も、操は意に介さず答えた。

「たとえ胆力の足りない息子でも、跡取りではあるし、丹邨製薬の社長令息が病気で早死にとなればね。会社の評判も落ちてしまうでしょう」

「評判やら何やらの話をしとるんやおまへん」

「私はそういう話をしてるのよ。それともあなた、親が皆打算なしに子を大事に思ってるとでも言うの？」

　口を開きかけたが、栄衣は結局言い返しはしなかった。白潟が肩を落として補足する。

「光将は親心があるほうだと僕には見えますが、登世は孝太郎さんに跡取り以上の関心を持っているとは言えません。その彼が病身である以上、今はほとんど情がないものかと。登世が礼以におもねっているのは、孝太郎さんのためではなく、若さを保つため……僕の同胞の肉を礼以に与えられているからかと」

　白潟が言葉を切り、座敷に沈黙が落ちた。急に強くなった雨が、庭木の葉を叩く音が聞こえてくる。

　操が得心したように頷いた。

「礼以が丹邨家を支配した理由と経緯はだいたい分かったわ。私としてはまた丹邨家に行って、登世の若さの秘密について確証を得たいのだけれど」操が白潟をちらりと見る。「ついでに欲しい情報があれば、訊いてあげないこともないわ」

　問われて、白潟は背筋を伸ばした。

「できれば、工場の場所を。僕は光将の外出には常に同行していますが、時折彼ひとりで出かけるときがあります。恐らく工場に行くときは、僕を連れていかないよう礼以から言いつけられているのだと。登世が場所を知っているかは分かりません。ですので、ご無理はなさらないように」

「誰が無理なんてするもんですか。あと、ひとつ確認しておきたいの。登世が必ず自室にこもるのは、五時頃から夕食の始まる六時頃まで。これは間違いないわね」

白潟が頷いた。「その時間に、登世を見かけたことは一度もありません」

それを聞いて操は少しの間考えを巡らせていたが、思案がまとまったのか「よし」とつぶやいた。

「あのう」栄衣が手を挙げる。「それ、わてもついていきたいです」

面倒くさそうな顔をしたが、操は「好きにすれば」とだけ言った。

「僕は同胞の救出に向けて、可能な限りの準備をします。礼以と光将の目を掻い潜ってなので、どれほどできるか分かりませんが」

「あまり期待されても困るわ。工場の場所が分からないかもしれないし」

操にそうあしらわれたが、白潟は「どのみち、いつか必要になるので」とだけ答えた。

騒がしかった座敷から、客の帰るような物音、芸者や仲居の声が聞こえてくる。白潟は座敷のほうを一瞥《いちべつ》し、ふっと息をついた。

「そろそろ光将も起きるでしょう。僕も戻らなければ」

「白潟さん。最後にちょっと伝えたいことがありますねや」

栄衣の呼びかけに、立ち上がりかけていた白潟が座り直す。「なんでしょう」

「白潟さんは、声に力があると言うてはりましたな。それにその、西洋人のような顔立ち……」

「それがどうしました」

「白潟さんの先祖は、セイレンやったんやないでしょうか」

耳慣れない言葉に、白潟が首を傾げる。

「海に棲《す》み、魔性の声を持つ西洋の神話上の生き物です。もしセイレンが実在しとったら、長い時間のうちに、声の性質が変わってきたんやないかと。船乗りを惑わせる歌声から、破壊の声に。そんなら」

唾《つば》を飲み込み、栄衣が続ける。

「白潟さんの声の力は、礼以にはないんと違いますやろか。礼以は種族の違う人魚なんでっしゃろ」

栄衣は声に力を込めて言ったが、白潟は自嘲《じちょう》の笑いを見せた。

「ありがとうございます。僕の同胞もそんな昔のことは知らなかった。けれども……」

顔を曇らせ、腰骨の辺りをズボンの上から撫でる。

「海水に浸《つ》かれない以上、今の僕ではそのセイレンの力も望めませんね」

五

芦屋駅で降りるなり、黙りこくっていた操が独りごちた。

「工場の場所ねぇ……」

先を急ぎかけていた栄衣が振り返る。

「なんや操さん、登世の化けの皮を剝がすのが目的やて言うてたやないでっか。白潟さんに本気で力添えする気になったんでっか」

「馬鹿言わないで」怒ったように早足で栄衣に追いつく。「もちろん、深入りするつもりはないわ。

でも少し考えてみたら、白潟さんの同胞は工場にいると考えるのが自然よね。飼育と解体の場所が同じだと便利だから」

「そんな言い方せんでもええやないでっか」

栄衣が気分を害したことも、操は気にしない。前にたどった丹邨邸への道をふたりして歩いていく。

「だとしたら、工場の場所も聞き出さなきゃいけないのよ。本物の人魚がいる、という証拠が記事には必要なんだもの。いくら登世に白状させたところで、話だけじゃ編集長も取り合ってくれないだろうし」

「そんなら、どのみち聞き出せばええ話やないでっか。操さんも証拠を手に入れられるし、白潟さんも仲間を助けられる」

「そううまくいけばいいけどね」

今にも雨をこぼしそうな曇天を見上げて、操がゆっくり息を吐いた。

「もし今日、工場の場所が聞き出せなかったら、私この件を降りるわ」

栄衣が抗議の声をあげた。

「それは薄情いうやつやないでっか」

「何とでも言いなさい。記事の証拠もないんじゃ、こんな危ないことに関わり続ける義理はないわ」

私は新波苑子じゃないんだもの、と操がつぶやいた。

丹邨邸の門が近付いてくる。操が腕時計で時間を確認した。

「四時。ちょうど良い頃合いかしら」

「あの」栄衣が不安げに言う。「前に丹邨家を訪ねたとき、五時くらいで白潟さんに断られましたやんな。夕食前はどなたにもお会いにならへん言うて」

「そうね。だからちょっと早めにしたの」

「もっと早うにしたほうがええんと違いますやろか。また門前払い食らったら……」

「早過ぎちゃだめなのよ」

栄衣がわけを問う前に、操はもう門を潜っていた。

身元と用件を告げた操に、応対した女中は眉をひそめた。この家の約束事を知らないのか、と言いたげだ。それでも操が強く押すので、渋々奥へ引っ込んでいった。

二階からホールへ下りてきた登世は、明らかに迷惑そうな顔をしていた。操たちが挨拶《あいさつ》をする前に、

「訪問記でっか。一応お受けしますけんど、早う済ましとくなはれ」

と言い放った。

客間に通された操はそれでも笑顔を崩さず、まず前回の訪問記が好評だったことを礼とともに告げた。登世は前の訪問記がどのようなものだったのかも、そもそも操のことも覚えていないようだった。

「特に評判だったのが、奥様の若さの秘訣《ひけつ》ですわ」操は揉《も》み手をせんばかりにご機嫌伺いに出た。「奥様の美しさについて、もっと紙面で扱ってほしいとお手紙が殺到しましてね。丹邨製薬が新しく発売した化粧品のお話も併せて、ぜひ」

実際には前の訪問記に反響などなかったし、丹邨製薬の化粧品については収穫がなかったときに使おうとしか考えてはいなかった。ただ、登世が自分の若さと容姿について訊かれれば、乗り気になることは前回で嫌というほど操は分かっていた。

「若さの秘訣でっか……？」登世は孔雀緑《くじゃくみどり》をした絽《ろ》の袖を上げて、耳の下に指をやった。まんざらではない、という仕草だと操は覚えている。

「いうたら日々の心持ちいうもんでんな。肌の手入れをするにも時間と手間をかけなあきまへん。毎日変わらんようでも、何年、十何年と経つうちにいつの間にか老けていくもんですわ。皆それを忘れてはるからいかんのです。老けてから化粧や美顔法に頼ってもなんともなりまへん」

「ええ、ええ、おっしゃる通り」操は身を乗り出しながら手帳に何か書いていたが、栄衣がちらりと手帳に目をやると、取材とは全く関係のない登世への悪口が殴り書きされているだけだった。

「私、いつぞや同じ芦屋の小仲《こなか》夫人をお訪ねしたのですけれどもね、白粉を塗りたくっていても皺が見えてしまっていたのですよ。あれではいくらお化粧をしたところで、どうしようもありませんわね」

小仲の名なら栄衣も聞き覚えがある。豪商だが最近大阪に店だけを置き、芦屋に居を構えたらしい。栄衣には操が小仲夫人を引き合いに出した理由がどことなく分かった。一代で薬種商から製薬会社となった丹邨と比べ、小仲には長い歴史がある。芦屋での付き合いで、小仲夫人が登世を成金扱いしていることは想像に難くない。

「あのおひとはあきまへんな、ええもんを使《つこ》うたら若《わこ》う見えると思うてはる」

案の定、登世は乗ってきた。登世が延々と小仲夫人を貶め、操は登世を持ち上げながら同調する。小仲夫人の話題が尽きても操はほかの夫人の名前を次々と出し、登世の若さへの自信と他人への負けん気を刺激する。

栄衣はその横で見習いの婦人記者だ、という顔をしながら、いまだに操の狙いが分からなかった。今のところ、工場のこの字も出ていない。

登世の話と操のおべっかにやきもきし始めたとき、操が登世の言うことに頷きながら、手帳をわずかに栄衣のほうに寄せた。目だけを動かして文字を読む。

――女中の夕食の支度　止めろ

斜めになり、文字が重なっていたが、確かにそう読み取れた。

意図は分からないものの、必要なことなのだろう。栄衣はそっと立ち上がると、「すんまへん、ちょっとおはばかりへ……」と小声で言って客間を出た。登世は意にも介さず喋り続けている。

夕食の支度を止めるには、まず台所を探さなければならない。ホールを奥に進み、右側の扉を見てみる。扉の意匠からして、居間か食堂か。目指すところではなさそうだ。

左側には廊下が続き、奥の裏階段まで見渡せる。廊下を歩くうちに、誰かの立ち働く音が扉越しに聞こえてきた。

扉の簡素さといい、物音といい、ここが台所に違いない。そっと開けてみると、思った通り中では女中が忙しく働いていた。ポタージュの美味《おい》しそうな匂いが漂ってくる。

「あのう」と声をかけると同時に、女中がさっとこちらを見た。客だと分かると「何か」とだけ訊いてくる。

「お、お茶が冷めてしもうたんで、淹《い》れ直してと、奥様が言うてはりまして」

とっさに嘘をつく。女中はため息をすんでのところでこらえながら、台所奥の戸棚に歩いていった。

栄衣の右手にある台には、前菜らしきものが盛り付けられている皿が三枚あった。潰したゆで卵をトマトに詰めたものと、茹《ゆ》でた青豆《グリーンピース》。光将と白潟の分なのか、あとで盛り付けるために三品がそれぞれまとめられているものもある。裏ごしされたカスタードが、その横で冷まされている。

栄衣は一瞬ためらったが、カスタードを近くにあった匙《さじ》ですくって数滴落とし、足袋《たび》で踏むと、前菜の皿を盛大に台から叩き落とした。大きな音を立てて皿が割れ、前菜が床に散らばる。女中がものすごい勢いで駆けてきた。

「いったいどういうおつもりですか！」

顔を間近に寄せられ怒鳴られる。栄衣は一歩下がりながら、しどろもどろに言った。

「ゆ、床にカスタードが……足を滑らせて……」

女中は怒りを露わにしたまま栄衣の足元を見、滅茶苦茶になった前菜と皿の傍に、足袋で踏まれたカスタードの跡があるのを認めた。額に青筋が浮かんでいる。

「夕食の支度を止めろ」とは指示されたが、いちばん手っ取り早い方法は栄衣にはこれしか思いつかなかった。空の皿を一枚や二枚割ったところで稼げる時間は知れている。道具を隠してもそれを使うかは分からない。

「か、片付け、手伝いましょか」

「結構です」女中は鼻息荒く答えた。「余計荒らされかねません。客間にお帰りを」

半ば追い出されるように台所を出、栄衣は大きな息をついた。これで良かったのか。前菜の作り直しとなれば、かなりの時間がかかるだろうが。

足袋の裏についたカスタードを懐紙で拭く。染みはできたものの、足裏までは誰も見ないだろう。

客間にこっそりと戻るなり、操と目が合った。小さく頷いてみせると、操も登世の言葉に相づちを打ちながら視線だけで応える。台所と客間が離れているからか、皿が割れた音も聞こえていなかったらしく、話は和やかに進んでいる。

元の席に座ると、妙な感覚がした。話し続ける登世の顔が、どこか先ほどまでと違う。じっと見ているうちに、徐々にその違和の正体が分かってきた。

先ほどまで肌に一点の曇りもなかった登世の目尻《めじり》に、わずかに皺が寄っている。

もう少しで顔に出そうだったが、栄衣はどうにかこらえた。初めて白潟に会ったときに言われたこと、待合で聞いたことを思い出す。

丹邨登世は、夕食前は誰にも会わず、部屋にこもる。

操が訪問時間を四時にした理由が分かってきた。操は白潟の発言から、登世が夕食前に重要な何か――登世が執着するものからして、恐らく若返りに関すること――を行なっていることに気が付いた。だから断られるほど遅くはなく、しかし話を長引かせれば若返りの効果が切れる時間を狙った。夕食の支度を止めろ、というのは、登世に時間を忘れさせるためだ。

栄衣が考えているうちにも、登世の顔に変化が起きつつあった。肌の艶が失われ、淡い褐色の斑点《はんてん》が頬やこめかみに浮き、濃い紅を塗った唇に皺が寄る。登世だけ時間が恐ろしい速さで進んでいるかのようだ。

それでも登世は操に乗せられ、他人の容貌《ようぼう》を貶め、操の褒め言葉に微笑みを浮かべる。口の端に大きな皺が寄った。

「そんでまぁ、入山《いりやま》さんのご主人が言わはるには、丹邨夫人の美しさは新町いちの芸子にも劣らへんて。いやらしい話やと思わはらへんか。ひとの夫人をつかまえて芸子なんてもんと比べはるやなんて……」

登世が頬に手を当て、笑おうとして、ぴく、と止まった。震えながら己の手を見る。

皮膚が弛《たる》み、皺が寄った手を。

栄衣が操の袖を摑んだ。腕がぞわぞわと粟立《あわだ》っていくのが分かる。

「に、丹邨夫人の姿……あれ、どないなっとるんでっか」

「分かるわけないじゃない」ちらりと見た操の顔が、困惑と嫌悪で歪んでいた。「予測はしてたけど、これほど速く老いるだなんて」

青ざめた登世が立ち上がろうとするのと同時に、栄衣の身体がとっさに動いた。卓を乗り越え、登世の両肩を押さえる。

「これはどういうこってすか！」登世が金切り声をあげた。「こんなことして、ただで済むと」

「そのようなことを言っている場合ですか？」

操が虚勢を張り、登世を見据える。

登世は答えず、顔や頭を必死で触った。目尻の皺はより深くなり、皮膚からは張りが失われ、髪が少しずつ薄く、白くなっていく。

「操さん」栄衣は登世の老けゆく姿から目が離せなかった。「これ……四十五、いう年やおまへんで。もっといってはるように」

「言わんとって！」登世が顔を覆って叫ぶ。

操が恐れを抑え込むように、膝の上で両手を強く握り合わせた。

「丹邨夫人の言う年に偽りがないとすると、どうやら夫人の使う方法の効果が切れると、元の年齢より老けてしまうみたいね」

肩を押さえる栄衣の手を振りほどこうとする力も弱まり、着物の下にある身体の感触が骨っぽくなっていく。

操が膝に手を載せたまま言う。

「本題に入ります。あなたの異様な若々しさについて、少し調べに参りました。全てお話しして、ここでのことは誰にも——お嬢様にも——漏らさないとお約束してくだされば、私のほうでも悪いようにはいたしません」

登世ががむしゃらに動いたが、もはや栄衣がほとんど力を入れなくとも、押さえ込むのは容易だった。枯れ枝のような手がぱしんと栄衣の頬に当たるだけだ。

「このままだと、あなたはより老いてしまうかと存じますが。どうでしょう。先ほどの条件、呑んでいただけますか」

老い、という言葉が登世の動きを止めた。皺にまみれた手をもう一度見、弱々しく頷く。操はゆっくりと切り出した。

「あなたの若さの秘密について、私の仮説が合っているか確かめたいのです。あなたは若さを保つために、人魚の肉を口にしている。でも一回だけでは効果が切れてしまう。毎日食べる必要がある。それがあなたの夕食前の習慣。だからいつもその時間には客も来させないで部屋にこもり、夕食に遅れるときもある。いかがでしょうか」

「阿呆《あほ》らしい！」

再び弱々しく暴れながら登世が叫んだ。鮮やかな孔雀緑の袖から、骨ばって皮膚の伸びた腕が見える。

「阿呆らしい、阿呆らしい、肉なんてもん、気味が悪うて食べられへんわ」

操も栄衣も眉をひそめる。栄衣が「そんなら、さっきまでの若さは……」とつぶやく。

長い沈黙があった。濁った登世の目が、ふたりを行き来する。

「血や」

にたりと笑って、丹邨夫人が言った。

「人魚の血を化粧水で薄めとる。赤い、赤い化粧水や。これがな、よう効くんや。だぁれにも渡さへん。もちろん売りもせぇへん。わてと同し若さを保てる化粧水なんて、誰に渡すもんかいな。わてがいちばん若い。わてがいちばん器量好《よし》なんや。どんな資産家の夫人《おんな》もかなわへん。そやろ。わては若いやろう」

紅がほとんど皺に埋もれた唇から発せられる言葉も、ろれつが回っていない。歯が一本、ぽろりと登世の口からこぼれ落ちた。

「人魚の血……」

栄衣が考えながら言った。

「肉、油、骨……。そんだけいろんなとこに効能があるんやったら、血にもそんな効果があっておかしゅうない……けど……」

栄衣が登世の肩を、いっそう強く摑んだ。登世の澱《よど》んだ目を睨みつける。

「あんたはん、人魚の血やと知って、毎日塗りたくっとったんか。それで若う見せて、満足なんか。にせもんの若さにもほどがある。人魚のことをいっぺんでも、考えたことあるんか」

登世は答えず、ただにたにたと笑っている。歯が一本、また一本と、よだれを引いて抜け落ちていく。

「栄衣さん、無駄よ」操が平坦な声で言った。「老いの怖さはあなたにはまだ分からない。それに、この丹邨夫人を責めて、泣いて謝るとでも思ってるの？」

栄衣は奥歯を食いしばり、呆《ほう》けたように笑う登世を見つめた。肩から手を離さないまま、低い声を出す。

「人魚を捕らえとる場所がどっかにあるはずなんや。人魚を監禁して、血を採る工場が。あんたはん、知っとるんでっしゃろ。教えなはれ」

抵抗すると思っていたが、登世は首を不安定に揺らし、途切れ途切れにつぶやいた。

「どこやったか……主人が……言うてた気がするなぁ……西淀川区……新淀川沿い……」

「どの町でっか」

栄衣が焦りを滲ませて問いつめる。登世は栄衣がどういう者なのか分からないかのように、歯の抜けた口を開けて笑ってみせた。

「なんていう町やったかな……わて行ったことおまへんのや……人魚の血……いつも化粧水で薄めて瓶で渡されるさかい……血だけを塗ったことはおまへんのや……血をそのまんまで塗ったら……いくつくらいに若返るやろか……きっと二十手前の……若い盛り……あんたはんくらいの……ああ、羨《うらや》ましい……妬《ねた》ましいなぁ……」

登世の言葉は少しずつ弱まり、やがてぶつぶつと何かをつぶやくだけとなった。苛立ちを見せる栄衣をよそに、操が素早く立ち上がる。

「これ以上は何も聞き出せそうにないわね。そろそろ誰か来てもおかしくないわ。逃げましょう」

栄衣は操の声で我に返ったかのように、衰えきった登世の顔から視線を引き剝がした。荷物を取って操の後を追い、そっと玄関を出る。門を出、角を曲がった辺りで女中の叫び声がかすかに聞こえ、足を速めた。

道すがら、ほとんどふたりは喋らなかった。ただ栄衣が前を行く操に向かい、

「操さん、途中からえらい落ち着いてましたな。婦人記者の胆力でっか」

そう問うと、操はわずかに振り返って、顔をしかめた。

「そんなわけないじゃない。足はずっと震えっぱなしよ。……あなたこそ、よくあそこで登世に嚙みついたわね」

「それは……」少しの間口ごもり、「白潟さんの話を思い出すと、腹が立ってしもうて……そんだけです」

義憤ね、ご立派だこと、と操は返し、会話はそれきり終わった。

駅に着き、ちょうど来た電車に飛び乗ってから、栄衣がふと思い出したように言った。

「そういえば操さん、全て話して、ここでの会話を秘密にすれば悪いようにはしない、って言うてましたな。もともと、登世のことを記事にするつもりやったんに、よかったんでっか」

操は事もなげに答えた。

「悪いようにはしないって言っただけ。記事にしないとは言ってないわ。それに『ここでのことは誰にも、お嬢様にも漏らさない』と約束したのは登世だけ。私にはそんな条件はないわよ」

その返答を聞いて、栄衣は思わず眉をひそめた。

「あんたはん、前々から思うとったけど、ええひとやないな」

「あらそう、ありがとう」

六

喫茶店も二度目となると、店内に漂う珈琲の深い匂いや洋風のしつらえにも、栄衣は慣れてきた。店は仕事を終えて一服する勤め人で席の半分ほどが占められていたが、さいわい隅にある広いテーブルの席が空いており、ふたりはそこに陣取った。栄衣はテーブルの上に地図を広げて、西淀川区の辺りを凝視している。

「このへんはわてても行ったことがおまへんのや。西淀川区の新淀川沿い、いうても……」

「登世も光将から聞いただけって言ってたから、場所がはっきりしないのも仕方ないわよ」

操が珈琲を口にする。栄衣は地図を睨みながら推測し始めた。

「でもある程度は絞れるかもしれまへん。川の北側は田んぼが多い。そんなとこにぽつんと工場があったら怪しまれるよって、北やったら姫島町《ひめじままち》か福町《ふくまち》の中に紛れ込ませとるんやないかと。南は……あ、製薬会社の工場がぽつぽつあるわ。海老江町《えびえまち》か浦江町《うらえまち》か……」

栄衣はしばらく唸り続け、珈琲を飲んで慣れない苦さに顔をしかめた。カップを茶碗台《ちゃわん》に置いて、あ、と声を立てる。

「こういうときに、便利な会社がおます。犬猿《けんえん》会社いうて」

「犬猿？　妙な名前だこと」

「『犬猿の仲を仲裁するのが本務なり』と謳《うた》ってはいますけんど、実際やってはることは他人様《ひと》の秘密を嗅ぎ回る会社です。賄賂《わいろ》、相続の争い、旦那衆《だんなし》の女遊《あす》び。あそこに頼んだら、怪しい工場の場所を調べてくれはるんと違いますやろか」

珈琲のカップを持ち上げかけたまま、操は口を開けていた。

「なんであなたみたいなご令嬢が、そんな会社知ってるの」

「お父《とう》はんが妾《めかけ》を囲っとるんやないかって、お母《かあ》はんが犬猿会社に調べるよう頼んだんです。わてには隠しとるようでしたけど、ほんとうに囲っとったって分かったときにお父はんと話してはって、わて立ち聞きしとったんです。そんときに犬猿会社の名前も」

「……資産家の娘も苦労するわね」

「妾なんて金を持っとる男なら囲うのが当たり前やて、操さんも知ってはりますやろ。わても慣れっこです」

けろりとした顔で栄衣が答える。操は珈琲を飲み干して、声を潜めた。

「調査の費用は」

「家からちょろまかしてみよかと」

よし、と言わんばかりに操が頷いた。

「月曜、女学校が終わってから行きましょう。私も都合つけるから」

栄衣が渋い顔で操を見た。

「どうしたの、私の顔に何かついてる？」

「いや、自分が費用払わんで済むとなった途端、乗り気になりはったな……と」

「うるさいわね」

操が鞄を取り、さっと立ち上がった。


犬猿会社の応接室には煙草のにおいが染みつき、長椅子の座面や背もたれはすり切れて色が薄くなっていた。客が多い証拠と見るべきかどうか、栄衣には判断がつきかねた。

応対した中年の男ははじめにこやかだったものの、栄衣と操の依頼を聞くと少しばかり眉をひそめた。

「何か？」

長椅子に座っている操が澄ました顔で訊く。男は動揺が表に出ていることに気付いたのか、すぐ取り繕ってみせた。

「いえ、てっきりおふたりが姉妹で、お父様の浮気を調べてほしいという類《たぐい》の依頼かと思いまして……」

男の戸惑いも無理はない、と栄衣は思った。依頼内容は、女ふたりが頼みに来るには奇異なものだっただろう。

　ここ八年のうちに建てられた、西淀川区、新淀川沿いの工場の所在と、用途の一覧。工場の設計図も欲しい。それが栄衣たちの依頼だった。

　礼以が丹邨家の娘として入り込み始めたのが八年前なのだから、工場はそれ以降に造られたのだろう、と栄衣たちは踏んでいる。確信は持てないが、あまり遡《さかのぼ》りすぎると調査にも時間がかかり、それらしい工場をあぶり出すのも手間になる。

「受けてくださるの、くださらないの？」

　試すように操が迫る。男は眼鏡の奥から栄衣と操の身なりを観察するような目つきをした。

「報酬次第といったところでしょうか」

「おいくらほど」

　男の提示した金額を聞いて、操は声を出して笑った。

「女というものを甘く見ていらしゃる。こちらはほかの探偵事務所をあたることもできますのよ」

　この会社以外に思い当たるところなどないが、栄衣は黙っていた。家から掻き集めてきた金では少し足が出ている。

　結局、男が最初に示した金額の七掛けで話がまとまった。栄衣が風呂敷包みから現金を出すと、男はこんな若い娘が、という驚きを隠せずにいた。

　犬猿会社から出ると、栄衣は大きな息をついた。

「わて、お母はんとお父はんのへそくり使い込んでもうたな。ばれたら殺されますわ」

「あら、気が咎《とが》める？」

「そんなことおますかいな。お姉さんにひどい扱いしてきた報いとしては軽いほうです」

「あなたもしたたかになってきたわね」

と、操はおもしろいものでも見るような顔をした。

依頼から三週間と少しが経った七月の半ば、操に犬猿会社から連絡があった。その日のうちに待ち合わせて犬猿会社に寄ると、工場の一覧と設計図がどさりと卓の上に置かれてあった。

「多いわね……」

操が思わずこぼすと、前にも応対した男は困ったように頭を掻いた。

「仕方ないですよ、ここ八年の間に工場が次々と建てられましたからね。それにそもそもどこまでを『川沿い』とするかにもよって……」

「まぁいいわ」男の言葉を遮って、操は一覧と設計図を風呂敷に包み始めた。「もしこの中に私たちに必要なものがなかったら、またお願いします」

「そのときは相応の謝礼を頼みますよ」

操は「よろしいですわ」と笑みを浮かべて答えてから、また自分が出すのか、という顔をしている栄衣を気まずそうにちらりと見た。


設計図から目当ての工場を探そうにも、栄衣の家はとても使えないというので、操の住んでいる下宿に設計図を持ち帰ることになった。前の道は狭く、ごたごたと隙間なく並んだ家の壁を土埃が茶色く汚している。操の下宿も木造のこぢんまりとしたものだったが、部屋に入ってみると掃除はされているようで、古道具屋で買ったらしい家具も、最初から一揃いあったかのように色合いや装飾にまとまりがあった。

操は六畳間の畳の上に設計図を並べてみせた。平面図、断面図などが数枚にわたって工場ごとにまとめられており、いちばん分かりやすい平面図でもぱっと見ただけでは、部屋の数と大きさくらいしか読み取れない。

「これ、どないして人魚の捕まえられとる工場を探せばええんやろか」

「そうね。ひとつ考えられるのは、工場の中に生け簀《す》みたいなものがあることかしら」

「人魚を閉じ込めるため、でっか」

「それもあるわ。礼以のことだから、人間の姿で監禁しておくようなことはしないでしょう。足があれば逃げやすいから。人魚の姿で生け簀に放り込んでおいて、周りに柵《さく》でも設ければ、人魚は逃げようがないわ」

操の言葉に引っかかるものがあり、栄衣は問うた。

「……それもある、て言いましたな。ということは、もうひとつ目的が」

「人魚の姿のほうが、そのまま解体できて手間がかからないから」

栄衣がわずかに操から身を退いた。さすがに「礼以ならこう考えるかも、って話よ」と操も言い訳する。

感情としてはともかく理屈は通ると思ったのか、栄衣も「生け簀らしきもののある工場を探そう」ということで同意した。設計図を半分ずつ、手分けして調べることにする。

工場の設計図など見慣れていないものの、各部屋の名前と、生け簀のようなものがあるかどうかが分かれば、目当てでない図を弾《はじ》いていくのは難しくない。設計者が外国人なのか英語で書かれているものもあったが、言葉の意味さえ分かればあとは容易《たやす》い。

　しかし分からない単語に突き当たったらしく、栄衣が「英語の辞書持ってはりますか」と操に訊いた。窓際の文机を指さされ、栄衣が取りに行く。

「この台電燈《スタンド》のシェード、操さんの手作りでっか」

　ふいに声がして、操は設計図から顔を上げた。蜂蜜《はちみつ》色のシェードを栄衣はしげしげと眺めている。

「ちょっと直しただけよ。買ったときは穴が空いてたんだもの。お金はないけどみすぼらしいものは使いたくないの」

「可愛らしい趣味でんな」

「それ、厭味《いやみ》？」

「いや、お姉さんは日本刺繡《ししゅう》をやっとったさかい、ふたりともわてと違《ちご》うて器用やなと……」

　言いかけて、栄衣が口ごもる。表情が曇っているのを見てとって、操はため息をついた。

「苑子さんのこと、話したいなら話せばいいし、話したくないなら黙りなさいよ。私は別にどっちでも構わないんだから」

　栄衣は黙って辞書を取って戻り、しばらく設計図の英語を読み解いていたが、やがて何か決心したように顔を上げた。

「あの、お姉さんのこってすけど、話させてください。そんで、操さんも新聞社でのお姉さんの様子を聞かせてもらえまへんやろか。お姉さんは勘当されたさかい、お姉さんのことを話せるのは操さんだけなんです」

「あんまり気持ちの良い話じゃないわよ。婦人記者なんてろくな扱いを受けてないんだから」

「それでも構いまへん。わてはお姉さんのことを知りたい。お姉さん、会社でのことはほとんど話さへんかったさかい」

操は口をわずかに開けて栄衣を見つめていたが、観念したように眉を下げた。

「まぁいいわ。でも恨まないでよ」

設計図を眺めながら、ふたりは互いの知る苑子について話し始めた。

「あのひとは、とにかく立ち回りが下手だったのよ」操が呆れ半分に言う。「からかわれても、虚《こ》仮《け》にされても、真っ向から抵抗していくし」

「お姉さんらしいですわ」栄衣が苦笑する。

「そうね。だからまぁ……嫌いだったのよ。黙って言われたことだけやってれば良かったのに」

馬鹿だったわ、と操がぽつりとこぼした。恐らく、丹邸家への化け込みのことを考えているのだろう。栄衣がそれを感じ取って肩を落としているのを見て、操は慌てて付け加えた。

「あ、でも記者としての実力は確かなのよ。些《さ》細《さい》なことでもきちんと調べ上げて、筋道が立ったことしか書かない。よく喫茶店で資料を読んでるところを見たし」

栄衣が目を見開いた。「それって、あの喫茶店でっか」

「そう。会社に近いから、帰りにも寄りやすいの」

あの喫茶店が、とつぶやき、栄衣は唇をほころばせた。

「で、『お姉さん』としての苑子さんはどうだったの。厳しかったんじゃない？」

問われて、栄衣は首を傾けた。

「勉強しい、とか、職に役立ちそうなものを習い、てよう言われましたな。結婚したかて、それで安泰いうわけやあらへんし、そもそもあんたは職業婦人向きやて」

「まぁ……」操は栄衣の顔をまじまじと見た。「あなたが良妻賢母になるとは考えにくいわね」

「よう言われます」

栄衣は気に障る様子もなく答えた。

「あと、よう善哉を奢《おご》ってくれました。活動写真を観た帰りとか……わてが学校のことを話すのを、嬉しそうに聞いてくれて」

「あのひとがそんな姉らしいことをするとはね」

小さな声を立てて、操が笑った。

そうして話しているうちに、栄衣がふいに黙り込んでうつむいた。

「どうしたのよ」

「いや、こないして操さんから話聞くと、わてお姉さんのことをちょっとしか知らんかったんやなて……」

操が調べ終えた設計図を脇に置いた。

「ちょっと、ってことはないでしょう。あなたしか知らない苑子さんのこと、今話してくれたばかりじゃない。それに、苑子さんが新聞社でのことをあなたに話したがらなかったのも分かるわ。ほんとうはもっと大きな記事を手がけたいのに、実際は婦人向けの記事や化け込み、それと給仕のやるような仕事。妹には言いたくなかったのよ」

「それでも」栄衣がつぶやいた。「お姉さんの口から聞きたかった」

かける言葉が見つからず、操はまた別の設計図に目を落とした。栄衣も目尻を拭《ぬぐ》って、まだ調べていないものを取り上げる。

設計図も残り少ない。これでめぼしいものがなければ、また振り出しだ。

栄衣が見慣れてきた直線や円の塊を眺めていたとき、一箇所、妙に気になるところがあった。前のめりになり、平面図と断面図に視線を往復させて照らし合わせる。

「操さん」

呼びかけられて、操が顔を上げた。

「これ、この工場。床に大きな凹《くぼ》みがあるんですわ。水泳場みたいな……いえ、もっと深いもんです。見とくなはれ」

栄衣から手渡された平面図と断面図を、操も見比べてみた。

平面図の左上には長方形のひときわ広い部屋が描かれており、断面図と合わせると確かに深い水泳場のような凹みがある。

その大きな部屋の右隣には「作業場」が四つ並んでいる。各作業場の間には水路が走っているが、行き来を容易にするためか短い通路で繫《つな》がっていた。右上には狭い廊下、そこから延びる渡り廊下を経て「風呂《ふろ》場」がある。

平面図の真ん中には幅の広い廊下が左右を突っ切っており、左下には「炊事場」と「食堂」、二間の「寝室」があり、職工の生活の場であることが窺《うかが》えた。寝室の隣には正面玄関から続く土間と板の間、右下にはやや大きな部屋があったが、用途については何も書かれていない。

建物の左、少し離れたところに「水タンク」と記された円が描いてある。幅広い廊下の左端には、玄関とは別の出入り口が見受けられた。

「それらしいと思いまへんか」

「一応全部目を通すけど、確かにこの工場が怪しいわね。タンクは海水を溜めているのかしら。犬猿会社からの一覧では、『製薬』で届け出をしてるみたい。持っている会社は……聞いたこともない社名ね。丹邨製薬との繋がりを隠すためなのかも」

「とにかく、念のためまだ見てへんのも調べましょう」

栄衣が勢い込んで言い、残りの設計図に取りかかったが、やはりめぼしい工場は栄衣が見付けたものひとつだった。

「ひとつだけ……どうなのかしら。これしかないとなると逆に不安になるわね」

思案顔の操をよそに、栄衣は設計図をまじまじと見つめていた。

「下調べしましょか」

ふいにそう言い出し、一覧を引き寄せて工場の番地を探し始めた。

「ここでごちゃごちゃ言うててもしょうがおまへん。行ってみんと分からへんこともあるんと違いますか。それにもしこの工場が目当てのとこやったら、忍び込むのは夜でっしゃろ。周りの様子が分かる昼間のうちに見といても損はないんやないかと」

無駄足にならなければいいけどね、と操は返して、眉間《みけん》を揉んだ。

七

翌日、それぞれ理由をつけて学校と会社を抜け出したふたりは、阪神電気鉄道の野田《のだ》駅で待ち合わせてから目的地に向かった。電車で数駅、降りてからは徒歩で向かうしかない。慣れない土地ということもあり、番地だけで工場を探し当てるのに時間がかかった。

工場は町からやや離れたところにあり、民家が数軒、遠くに見えた。ほかにも工場らしきものがいくつか並んでいるが、歩いていけば十分近くかかりそうだ。改めて前に立ってみると、工場の規模としてはさほど目立つ大きさでもない。煉瓦《れんが》造りで、裏は道一本挟んですぐ新淀川に面していた。

「まさに川沿いね……」

操が言う。水路は道の手前で一旦地下に潜り込み、新淀川に排水を流しているようだった。すぐ後をついてきていた栄衣が立ち止まり、ひくひくと何かを嗅ぐ素振りを見せる。

「どうしたの」

そう言い終わらないうちに、操も足を止めた。濁った水の流れる水路から、確かに異臭がする。

「工場の排水が臭いのは当たり前だけど……」

ハンカチで鼻を覆う操に並んで、栄衣が囁いた。

「生臭い、と思いまへんか」

「工場一覧では製薬とあったけど、薬品の臭いじゃないことは確かね、これは」操の声には警戒がこもっていた。「排水が行なわれているということは、今も中で職工が働いてるのね。一通り見て回ったら、気付かれないうちに離れたほうが良さそう」

設計図通り、工場の左端に扉があった。玄関にもこの扉にも鍵《かぎ》がかかっており、夜に忍び込むこともできないだろう。窓は上げ下げ窓で、全て曇硝子《ガラス》がはめられており、中の様子はぼんやりとしか窺うことはできない。ただ、錠のような金具が上側の窓、下枠に取り付けられているのが見えた。

外から分かることをおおよそ摑むと、ふたりは足早に工場を離れた。

「それらしいところはあったけれど、確実とは言えないわね」

首をひねる操の横で、栄衣が難しい顔をしていた。

「一日も早う白瀉さんの同族を助けたいのはやまやまでっけど……間違うた工場に忍び込んでもうたら目も当てられまへんで」

「分かってるわよ。あとできることといったら、近所のひとに話を聞くことかしらね」

「工場から悲鳴が聞こえる……とかでっか」

操は眉をひそめた。「民家が離れてることを差し引いても、そんな都合のいい情報を手に入れられるとは思わないけど」

それでもいちばん近い家に向けて歩いていく。いつ頃に建てられたのかは分からないが、瓦屋根の棟がいくつかあり、蔵も奥にちらりと見える。

家の前で尋常小学校の入学にも年の届かなさそうな幼い少女が三人、鞠《まり》をついていた。こんな幼い子どもから話が聞けるだろうか、とふたりとも考えあぐねていたとき、ふいに少女のひとりがへまをして、鞠が栄衣のほうへ転がってきた。

栄衣は半分子どもに近付いてみようという考えから、もう半分は苑子と鞠で遊んだ幼い頃の懐かしさから、足元の鞠を拾い上げて、自分でつき始めた。手だけではなく、器用に足の爪先で鞠をつき、跳ねた鞠をすくい上げるように軽く蹴《け》ると、鞠はすっと栄衣の手の中に戻っていった。

その様をまじまじと見ていた子どもたちは、わっと栄衣のもとに駆け寄ってきた。

「お姉ちゃん、それどないしてやってんの」

「もっかい見せてぇ」

「ええなぁそれ、わてもやってみたい」

操は子どもが苦手なのか離れて見ていたが、栄衣は子どもの要望に応えて何度かやってみせ、勘どころも教えてみせた。早速いちばん年下らしき子が、返してもらった鞠で懸命に練習を始めている。

年上の子が、栄衣を憧《あこが》れの目で見ながら再び話しかけてきた。

「お姉ちゃんみたいによう鞠つけるひと、わて見たことないわ。あんな、勲章あげるさかい、ちょっと待ってな」

「勲章」という単語をややたどたどしく言いながら、少女は懐を探った。畳まれた懐紙の中から何かを一枚取り出すと、栄衣の手に載せる。

貰ったものを見て、栄衣は息を呑んだ。だがすぐかがみ込んで少女と目を合わせ、急《せ》く気持ちを抑えて問いかける。

「これ、どこで見付けたん。お姉ちゃんももっと欲しいわぁ」

「秘密の場所やから、教えられへんもん」

そう言いながら、少女の視線は無意識のうちにか、さっきの工場のほうを向いていた。栄衣はその素振りに気付かないふりをして答える。

「さよか。そんならしゃあないなぁ。そやけど、おおきに。大事にするわ」

少女と笑みをかわすと、操に声をかけて歩いていった。

民家から充分に離れたところで、栄衣が操の袖をぎゅっと掴んだ。「操さん、これ」と、少女から手渡されたものを見せる。

鮮やかな紅色の鱗。魚のものにしては少し大きく、色も濃い。光の具合で、紅の中に藤色が混じって見える。

「これ……」

操は紅色に光る鱗から目を離せなかった。栄衣が興奮気味にまくしたてる。

「さっきの子に貰《もろ》うたんです。白潟さんの話におましたやろ。白潟さんの一族は、鱗が紅色やて。わて、色といい大きさといい、こんな鱗を持った魚知りまへんわ。見付けた場所は教《おせ》ぇてくれまへんでしたけんど、工場のほうを見とったさかい、そこで拾ったんやないかと」

操は鞠つきに夢中になっている子どもたちをちらと振り返った。

「子どもなら、すぐ裏が川で水路もあるような工場に近付いてるってのは、あまり言いふらしたくないのかもね。多分、水路を流れる鱗がたまに流れきらずに、側面にでもへばりつくんだわ」

「そんなら、さっきわてらが見付けてもええもんを……」

「少しは考えなさいよ。ここ最近天気が崩れがちじゃない。数日前は大雨。それで鱗が流されてしまったんじゃないかしら」

　ああ、と栄衣は今も水分を含んでいる灰色がかった雲を見上げた。

「設計図にあった生け簀のようなもの、排水の生臭さ、鱗……証左が集まってきたように思えるわね」操の顔が真剣味を帯びてきた。「登世の言ってた場所とも照らし合わせると、もうここしかなさそう」

「わてもそない思います。こうなったら、できるだけ早うに白潟さんの同族を助けなあかんのやないかと」

　焦りを隠しきれない栄衣を抑えるように、操が提案した。

「とにかく、一旦私の家に行きましょうか。計画を練らないとね」

　野田駅で乗り換え、市電で操の下宿に向かう。操は部屋にあがるなり例の設計図を取り上げて、文机に広げた。

「造り自体は単純ね、一階建てだし。間取りは覚えてしまいましょう」

　隣り合って設計図を覗き込む。間取りが操たちの頭に入るまで、さほど時間はかからなかった。

「これ、どっから忍び込めばええんでっしゃろ。寝室があるいうことは、夜もひとがいるん違うかと……」

「そう考えたほうが自然よね。表口にも別の出入り口にも鍵がかかってた。ご丁寧なことだわ。あとは窓だけど、やっぱり鍵が内側からかけられてるようだったから……」

「寝室からなるべく離れた窓を割るしかなさそうでんな。もし気付かれたらどないしましょ」

　操は設計図の寝室をさした。

「寝室の広さはそれなりにあるけれど、まだ大量に生産してるわけじゃないし、新聞で書かれてるみたいに一組の布団にふたり寝る、ってほどじゃなさそうね。そうすると……職工の人数は、最大で十人くらいってところかしら？　女ふたりと男ひとりで正面切って太刀打ちできる数じゃない」

でも、と操は続ける。

「もしこの職工たちがひどい状況で働かされてたら、それだけ懐柔の機会があると思うの」

「工場から解放する……とかでっか」

「そんな感じね。人魚を解体して骨や血に手を加えるなんて、普通なら進んでやりたがらない。礼以も秘密を守りたいだろうし、弱みを握って無理に働かせてる、ということすらあり得る。不満は大きいんじゃないかしら。そこを突けば、丸め込めるはず」

栄衣が息をつく。「わては口はうまくないんで、そこは操さんと白潟さんにお任せしますわ」

「そうね。もし職工に見付かったら、あなたは黙っておいて」

複雑な顔をしている栄衣をよそに、操は文机に頬杖《ほおづえ》をついて考え込んだ。

「当日の段取りはどうしようかしら」

「まず終電ぎりぎりの電車に乗って、工場の最寄り駅まで行って……職工が寝静まるまで待つしかないんやないでっか」

「それしかなさそう。白潟さんがどうやって家を出るかは、あちらに任せましょう。そこまで面倒見られないわ」

「白潟さんの同族は、どないして助けます？」

言われて、操は厄介そうに睨みつけてきた。

「そこはあなたが考えてよ。私はもともと登世の若さの秘密を記事にしたかっただけだもの。登世の言ってた、人魚の血を混ぜた化粧水が欲しいくらいだわ」

「自分に塗らんといてくださいよ」

「あの登世を見て、誰が塗るもんですか」

冗談です、と答えて、栄衣は考えながらゆっくりと計画を口に出した。

「操さんは、もし自分が礼以なら生け簀に人魚たちを閉じ込めて、柵を設けるて言うてはりましたな。柵に鍵がかかっとったら、道はふたつ。忍び込んどるときに職工に見付かれば、言いくるめて鍵を渡してもらう。そうやなかったら、自分たちで鍵を探す。それから人魚たちを生け簀から出して……人魚が尾を足に変えて、歩けるようになるまで、どんくらいかかりますやろか」

「種族は違うけれど、礼以は池で人魚の姿になってから戻ってくるまで一時間ほど、って白潟さんが言ってたでしょう。十数分もかからないはずよ」

そうやとええけどなぁ、と栄衣がつぶやく。

「人魚たちを外に逃がして、操さんは化粧水を探すと。言っておきますけんど、人魚を助けるのをいちばんに考えといてくださいよ」

操は渋々承知すると、頬杖をついた姿勢のまま設計図を睨んだ。

「うまく中に入れるか、職工がどう出るか、柵に鍵がかかってるとしたらどう鍵を探すか……不安は多いけど、工場の中がよく分からない以上、ある程度は賭《か》けになるのは仕方ないわね」

「何日に忍び込んだらええやろか」

栄衣の問いかけに操は立ち上がり、壁に掛けられたカレンダーの日をめくりながら指折り数えた。

「早いのに越したことはないけど……向こうもこちらも準備があるし、一週間後といったところかしら。問題はどうやって待ち合わせの詳細と計画を伝えるかよね」

手紙に礼以の検閲が入ることは白潟から聞いていた。電話も誰が取るか分からない。ふたりして並んで座り、黙りこくって考え込んでいるうちに、栄衣はふと文机の上にある一輪挿しに気付いた。操が作ったらしい造花の薔薇《ばら》が挿されている。その薔薇を見ているうちに、ある記憶が頭の中によみがえった。思わず声を立てる。

「どうしたの」

「花籠《はなかご》です、花籠」栄衣は身を乗り出して言った。「ちょっと前、学校の先生が結婚しはるいうて退職しはったんですわ。そんときに生徒でお金を持ち寄って、お祝いの花籠渡したんです」

「あらそう、おめでとう。でもそれがどうしたっていうの……」

言葉を遮って、栄衣は思いついた計画を話した。聞き終わった操が「なるほどね」と頷くと、さっと立ち上がって買い物籠を手に取った。

「栄衣さん、工場の設計図を別の紙に写してちょうだい。そこの文箱に紙と定規があるから。私は買い物に行ってくるわ」

「頼んます」と操を見送り、設計図に目を落とす。栄衣は細かい作業は苦手だが、そうもいっていられない。文箱から薄めの紙と定規を取り出して、工場の設計図を下に敷き線をなぞっていく。紙は半透明というほどではないから、何度もめくって間違いがないか確かめなければいけない。

唸りながらも作業を終えたのとほとんど同時に、操が荷物を持って帰ってきた。

「どう、写し終わった？」

「今終わったとこでおます……」栄衣がしきりに瞬《まばた》きをしながら答える。「そんで、花籠は」

操は返事の代わりに、取っ手のついた小さな花籠を文机に置いた。紅色が花弁の内側から染み出すようなゼラニウムと、白い風蘭という取り合わせだった。

籠は籐《とう》を編んだものだが目が詰まっており、中にあるはずの花瓶すらほとんど見えない。さらに目の細かい竹細工の皿のようなものと、便箋《びんせん》を買い物籠から出す。

「こんな乙女らしい便箋、買ったことないわよ」

鈴蘭をあしらった便箋を手に取ると、操は文机に向かって筆で何か書き始めた。

好奇心がわいて栄衣が覗き込もうとすると、操がさっと文面を隠し、余った便箋を差し出した。

「あとでちゃんと見せるから。あなたはこれに待ち合わせの日時と、計画を書いてちょうだい。細かいことは直接話したいから、計画は概要だけでいいでしょう。待ち合わせ場所は……工場の最寄り駅かしら。時間は午前一時半」

操はそう指示すると文机に向き直り、再び筆を走らせた。栄衣が白潟に伝えるべきことを書き上げた頃、操が「どう？」と栄衣に便箋を突き付けてきた。

――初めて貴方《あなた》にお目にかかったとき、わたくしの頰が染まっていたのを貴方はお気付きになりましたかしら。あのときわたくしにくださった微笑みを思い返すたび、わたくしの小さな胸は喜びに震えるのです。そして雨に打たれた小鳥のように悲しみに沈むのです。この泪《なみだ》、溜息、不安を貴方はご存じないでしょう。これが恋というものならば、恋はなんて苦しいものなのでしょう――

栄衣は手紙に目を走らせると、笑いをこらえるような妙な顔をした。

「なんというか、その……恋文でんな」

「文句があるなら自分で書きなさいよ」

栄衣は恋文など書いたことがない。話を逸《そ》らすように「ええと」と品のいい封筒に目をこらす。

「宛先は白潟さんで、差出人は……兼平みさ子？」

「兼平って名字は白潟さんに初めて会ったときに使ったあなたの偽名でしょ。登世を訪ねたときには私しか名乗ってないから、礼以には兼平なんて名字は伝わってないはず。みさ子は、念のため私の名前をもじってみたの。白潟さんなら察すると思うけど」

そう言いながら、操は封筒に便箋を入れ、封をした。

「それにしても、あなたがこんな案を思いつくとはね」

「なんや馬鹿にされとる気がするなぁ……」栄衣は苦い顔をした。「白潟さんはあのお顔やし、光将について回っていろんな夫人や令嬢と親しくしてはるんでっしゃろ。花籠の十や二十、貰うたことがあっても不思議やないはずです。花籠は封筒よりずっとものを隠しやすいさかい、使えるんやないかと。操さんが書いとくなはった恋文は一緒に送りますけんど、礼以の目を欺くためのもんです。そんで、これが写した設計図と、計画を書いた紙」

数枚の紙を渡すと、操はそれを折りたたみ、花瓶となっている竹筒を取り出して籠の底に入れた。

そこまで準備が進んだところで、操がふと顔を曇らせた。

「どないしたんです」

「いえ、礼以が思った以上に慎重なら、花籠も調べられるかもしれない。そうなったら相手がどう出るか分からないけど……」

「そうやかて、計画について白潟さんに知らせへんことにはどうにもなりまへんで」

操は迷っていたが、考えていてもどうにもならないと結論づけたのだろう、竹細工の皿のようなものを花籠の奥に押し込んだ。

「それ、どないして手に入れたんです」

「ちょっと荒物屋に無理言って、花籠の底に大きさが合うように笊《ざる》の周りを切ってもらったの。ついでに竹筒も少し短くしてもらってね。底が二重になっている分、竹筒がはみ出すから」

「自分で考え出しといてなんですけど。白潟さん、その花籠の二重底に気付きますやろか」

竹筒を戻しながら、ちらりと操は栄衣を見た。

「気付かないような馬鹿と手を組んだつもりはないわ」

第五章　くれなゐ

一

栄衣たちが花籠《はなかご》を送った日からじわじわと暑さが増し、計画の当日となると夜になっても汗が滲《にじ》んだ。終電で来たため駅前でも暗く、持ってきたカンテラも燃料のことを考えると今は使えない。細い三日月はとうに沈み、星の光だけが頼りだった。栄衣は制服ではない濃紺の袴《はかま》を短めに穿《は》き、操は半袖《はんそで》の洋服を着ている。

「操さんの洋装、わて初めて見ましたわ」

「こっちのほうが動きやすいんだもの。会社だと目立つから、普段は着物を着てるだけ」

光の乏しい中、操の足元をよくよく見てみると、靴の踵《かかと》はさほど高くない。栄衣は洋服を着ないから動きやすさは計りかねるが、本人が動きやすいのならそれでいいのだろう。

忍び込むのだから、持ち物はできるだけ少なくしている。栄衣は肩にかけられる革紐《かわひも》のついた鞄《かばん》を持ってきていた。その中にカンテラと、カンテラに被《かぶ》せる布、マッチ、鑿《のみ》、そして綿。小さめの鞄だから、カンテラは中で倒れはしないものの、取っ手のついた上部がはみ出ていた。

「この綿ばっかりは、心許《こころもと》ないんと違《ちゃ》いますやろか」

不安そうに言いながら、栄衣が綿をきつく丸める。両耳に詰めてみると、ぼそぼそとした感触が気持ち悪かった。すぐに外して帯の隙間に入れる。

「万が一のことよ」

同じく操も綿を丸め、胸下に巻いたリボンと服の隙間にねじこんだ。

真夜中を過ぎ、待ち合わせの午前一時半から十分ほど経った頃、車のヘッドライトらしきものが近付いてきた。ふたりからやや離れたところに車が止まり、白潟が降りてくる。背広姿だったが、工場に忍び込むことを考えてか色は黒っぽく、帽子も被っていない。

「申し訳ありません、何かと手間取ってしまって……」

「まぁ、花籠の意味を汲《く》み取ってくれただけで充分よ」操がにやりと唇の端を上げる。「でも、何に手間取ったの。色々準備するとは前に言ってたけれど」

「同胞を救い出したあとのことを考えて。車が必要かと思ったのですが、丹邨家の車は使えませんから。光将の隙を見て近くの知り合いに貸してもらうよう頼んだんです。その家に行くのに少し」

白潟の借りてきた車を眺めてみる。どことなく四角ばった車体と、細めのタイヤを持った車だったが、ふたりにはどういう車種なのか見当も付かない。外国車のような気がする、というくらいだ。

車の中を白潟が指さした。大きな旅行鞄が置いてある。

「鞄には毛布や服が入っています。人魚の姿で捕らえられているとしたら、助けたときには裸でしょう。できる限り集めましたが、洋服屋にも古着屋にも行く暇が取れず……」

栄衣が悔しそうな顔をした。「ああ、それ気付いとけば、こっちで準備できたんに」

「人魚を救い出すなんて、人間のあなたがたにはなかなか想像できないこともあるでしょう。助けること自体が重要なのです。お力を貸してくださるだけで充分ですよ」

慰めるように白潟は頰を緩ませたが、すぐに表情を引き締めた。

「ところで、計画について詳しいことを教えていただけませんか。僕の知っていることが役に立つかもしれませんし」

白潟の言う通り、確認を取りたいことがあった。工場に向かい歩きながら、計画の詳細について話す。栄衣が危惧《きぐ》していた、人魚が人間の姿を取るまでの時間を訊《き》くと、「本人がその気になれば、ものの数分です」と返ってきた。

「白潟さんが車を持ってはるんなら、何回かに分けて人魚たちを運べるやろうけんど」栄衣が不安そうに問いかける。「どっか連れていけるあてはおますやろか」

「そう近くはないので時間はかかりますが、丹邨製薬の遊ばせている小さな倉庫をひとつ、確保しています」

操が唇を曲げ、少しためらってから訊いた。

「そこ、事務室のような部屋はあるかしら。鍵《かぎ》がかかるのならいいのだけれど」

「ただの倉庫ですので、そのような部屋は……」

言いかけて、白潟が眉《まゆ》をひそめた。

「人魚のほかに、保護したい者がいるのですね」

「職工よ」操が言葉を選びながら続けた。「職工は多分、自力では逃げ出せない状況にあると思うの。人魚を解体するなんて喜んでやる仕事じゃないわ。ついでに逃がしたほうがいいんじゃないかと思うの」

　暗闇の中でも、白潟の顔がみるみる険しくなるのが分かった。

「僕の同胞を手にかけてきた連中を逃がす、と？」

「気持ちは分かるわよ。でも工場に放置しておいたほうが危険じゃない？　礼以に報告されるかもしれないし」

　白潟は眉根に皺《しわ》を寄せたまま考えていたが、やがて小さく頷《うなず》いた。

「分かりました。僕としても職工を放っておくのは不安です」

　栄衣と操がそっと安堵《あんど》の息をつく。はじめ白潟は複雑な顔をしていたが、同胞を助け出すのに思考を集中させることにしたのか、徐々に冷静さを取り戻しているようだった。

　工場の形が、星の瞬く濃紺の空を背景に黒く浮かび上がってくる。操があれだ、と指さすと、白潟の顔つきが厳しくなった。

　工場に近付くにつれ、自然と三人は足音を潜めた。表からは寝室を含め、灯《あか》りのひとつも見えない。念のため右側に回り込み、風呂《ふろ》場を遠目に見てみたが、同じことだった。裏の水路にそっと近付いてみても、水が流れている音もしない。

「人魚が捕らわれとるかもしれん部屋と作業場には窓があらへんさかい、確かめようがおまへんな」

「そうね……。でも、前に来たときは昼間に作業をしていたでしょう。まだ販売する段階じゃないし、夜中までは働いていないと思うの」

栄衣と操が囁《ささや》き合う。栄衣は少し考えて、

「職工も逃がすんやったら、どのみち入るほかおまへんやろ」

と言った。操と白潟は不安げではあったが、それぞれ頷いた。

破る窓はあらかじめ設計図から考えて決めてあったが、一応どこか開いてはいないかと回ってみる。しかしどちらの扉にも鍵がかかっており、窓は四箇所しかなく、表側に二箇所、そのうち一箇所は寝室だからそこから入ることなどできない。もう一箇所の、用途不明の部屋にある窓も鍵がかかっている。風呂場の窓は、ひとが入れる大きさではない。計画通りのところから入るしかなさそうだ。

玄関からみて右側の裏手、狭い廊下の突き当たりに窓があることは確認していた。上げ下げ窓だが、やはり鍵はかかっている。厳重なこと、と言わんばかりに操がため息をついた。

栄衣が提げていた鞄の中から、先端の小さい鑿を取り出し、操に渡した。ほんとうにこれでうまくいくのか、という顔をしている。操にも確証はなかったが、石を投げるよりはましだ。

カンテラをつけ、布を被せるよう栄衣に言うと、操は灯りを頼りに中を覗《のぞ》き込んだ。以前見たときと同じに、上側の窓の下枠に錠がある。

錠のすぐ右に狙いをつけ、窓枠と硝子《ガラス》の隙間に勢いよく鑿を差し込む。何度かやっているうちに、硝子に放射線状のヒビが入った。ぱぎ、という音がして三人は肩を震わせたが、しばらくしても誰も来る様子はない。

物を投げて窓を割るより、錠周りにヒビを作り続けるほうが音が出ないのではないかと操は踏んでいた。実際、さっき鳴った音は硝子が砕ける音よりはるかに小さい。繰り返し鑿でヒビを入れていると、やがて繋《つな》がったヒビの形に硝子が割れ、中の廊下に落ちて砕けた。

硝子の破片が割れただけあってさっきよりも音は大きい。息を潜め、身を隠すように三人は屈《かが》んで様子を窺《うかが》った。二分。三分。

そろそろ良いのでは、と白瀉が目で訴えた。

「白瀉さん」操が囁く。「この穴から手を入れて、鍵を開けてもらえるかしら。長袖の洋服を着てるあなたが、いちばん怪我《けが》をしにくいんじゃないかと思うの」

頷いて白瀉は立ち上がり、硝子の割れた部分に手を入れる。鍵は固いようだったが、やがてぱちりと開く音がした。下側の窓を持ち上げると、軋《きし》みはしたものの、どうにか開けることができた。人ひとりがようやく通れるというところだ。

「僕が先に入ります。おふたりが入り込めないようだったら助けますので」

そう告げると、白瀉は長身の割に苦もなく中に身を滑らせた。ぱきり、と硝子を踏む音がする。靴で硝子の破片を脇によけてから、どうぞ、と白瀉が顔を覗かせて囁いた。表情がどこか曇っている。栄衣は気になったものの、操にカンテラを渡す。

栄衣は白瀉の助けも借りず、猫のように窓から入ると、ほとんど無音で着地した。数秒の間があり、栄衣は窓越しに操のほうへ手を伸ばした。

「カンテラを」

灯りを返し、操は窓枠に手をかけて身体を持ち上げたが、スカートのせいか足を窓枠にかけられないでいる。白瀉が屈んで操の脇の下に腕を差し込み、中に引き入れた。

廊下の横は作業場になっているはずで、辺りには音も気配もしない。ただ、操は中に入った瞬間、先に入った白潟と栄衣が戸惑いを見せていた理由が分かった。

妙に生臭い。栄衣と操が水路から嗅《か》ぎとったものよりはるかに濃い、血の臭いが工場の中に充満していた。白潟の顔が険しくなっている。

「落ち着いて」操がかろうじて聞こえるほどの声で言った。「と言っても難しいでしょうけれど。でも平静を保たないと、計画はうまくいかないのよ」

分かっています、と答えながらも、白潟の眉間《みけん》に刻まれた皺は深いままだった。

真っ先に行くべき場所は三人とも心得ていた。廊下を進んで右に曲がると、三人が並んでも余裕をもって歩けるくらいの広い廊下が、工場の真ん中を突っ切っている。その廊下の左右に並ぶ部屋のうちいちばん奥、右手の部屋が、人魚たちが捕らわれている生け簀《す》のある場所のはずだ。

足音を殺しながら、ゆっくりと廊下を進む。白潟がちらちらと右側に目をやっていることに、操は気付いていた。図面には作業場が四つ並んで描かれていた。充満する血腥《ちなまぐさ》さがここから漏れ出していることは嫌でも分かる。

三人ともが、姿を隠す獣のように敏感になっていた。息を潜めても己の呼吸音が聞こえるような気がし、速くなりつつある心臓の音さえ周りに聞こえるようで、暑さも相まって額に汗が浮かぶ。覆いをしたカンテラの光が三人の影を床に落とし、その影の動きにすらびくりとしそうになる。

やがて作業場を過ぎ、生け簀のある部屋の扉が照らし出された。白潟がノブに手を伸ばす。一瞬ためらうように動きを止めたが、ひとつ息を吐くと、ゆっくりとノブをひねった。

鍵はかかっていなかった。栄衣と白潟が安堵の表情を見せる。よく開け閉めされているのか、扉を半分ほど開けても軋みはしない。三人ともするりと部屋の中に入り、扉をそっと閉めた。

覆いをしたカンテラの光では石造りの床しか照らせない。ただ、水の中で何かが動き回る、くぐもった音がする。闇雲に駆け寄りかねない白潟の焦った顔を見て取って、栄衣が覆いをさし、「取ってよろしおますか」と操に囁いた。操は答えの代わりに覆いに触れると、白潟に声をかける。

「大きな声は出さないで」

白潟は唇を嚙《か》んだまま、わずかに頷いてみせた。

操が覆いを取る。カンテラが放つ小さな火の灯りが広がり、生け簀の端が見えた。ぱしゃ、ぱしゃ、という水音が急に大きくなる。

足音を殺す余裕もなく生け簀に近付く白潟に、カンテラを持った栄衣が続く。生け簀の中が見えてくる。深さは水泳場の倍は軽くありそうだった。水の中、紅と藤色が混じった鱗《うろこ》と、真珠色が滲む尾鰭《おびれ》が揺らめいている。

生け簀の縁で跪《ひざまず》く白潟と、その横でカンテラをかざす栄衣の後ろで、操がぽつりとつぶやいた。額から頰へ、汗が伝う。

「柵《さく》もない……扉に鍵もかかってない……」

操の言葉がまるで聞こえていないのか、白潟は生け簀に向かって声をかけた。できることならば、叫びたかっただろう。

「みんな」

声が震えているのが、緊張のせいなのか、喜びのせいなのか、栄衣には分からなかった。

「僕が分かるか。ユズルだよ。助けに来た、やっと助けに来られた。遅くなってごめん。ほんとうに……遅くなって……」

目を拭《ぬぐ》い、両手を水に浸す。ばしゃり、という大きな水音が近くに聞こえた。

人魚たちが、白潟のもとへ一斉に近付いてきている。

紅色と真珠色が揉《も》み合い、うねる。白い肩、長い黒髪、紅色の尾が水中で蠢《うごめ》く。白潟がなおも語りかける。

「イチは生き残ってるか。父さんと母さんは。姉さんは。返事をして。怖くないから」

伸ばした白潟の両手を、細い手が摑《つか》んだ。次いで顔と、裸の胸が水面から浮かぶ。実際の年齢は分からないが、栄衣には十七、八の女性に見えた。髪に半ば隠れた顔は白潟と同じように、鼻筋が通り、彫りが深く、光に照らされた目は茶色みを帯びている。

白潟があぁ、と喜びの息を漏らし、人魚の頰に片手を当てた。

「イチ。イチなんだな。良かった……。兄さんはこの五年、お前のことを思わない日はなかった。心配しない日はなかった。父さんはいるか？　母さんと姉さんは？　いや、まずお前が無事でいてくれて……」

白潟は嗚咽《おえつ》とともに言葉を切ると、妹の背中に手を回して抱きしめた。

しばらくの間、白潟のすすり泣きとしゃくり上げる音が響いた。ほかの人魚がさらに寄ってきている。皆、白潟を見上げている。水面に顔を出し、あるいは水中から、ただ、見上げている。

白潟に抱きしめられている妹の唇が開き、閉じ、やがて細く滑らかな声が喉《のど》から漏れ出した。

「やさしいひと」

うわごとのような口調。

何度も、何度も。その言葉を繰り返してきたかのような。

白潟のすすり泣きが止まる。そろそろと妹から身体を離す。両腕で背中を支えられた格好になった妹が、先ほどと全く同じ口ぶりで言う。

「やさしいひと。おけいっぱいのさかなください」

数秒経って、白潟の顔が戸惑いに歪《ゆが》んだ。

「イチ、僕が分からないのか。兄さんを見間違えるはずないだろう。ほら、よく見て」

「おけはどこですか。さかなはいったおけ」

「……ああ、お腹が空《す》いてるんだな。でもごめん、今は逃げるほうが先なんだ。落ち着いたら、食べ物を持っていくから。魚だけじゃなくて、野菜も、米も」

「やさしいひと。やさしいひと。おけいっぱいのさかなください」

白潟が妹の背から手を離した。

ばしゃり、と水の中に人魚の身体が落ち、また浮かび上がってきた。ほかの人魚も寄り集まって、顔を出す。二十を超える、蠟《ろう》のように白い顔が、表情をなくしたまま白潟に向かって口を開く。

「やさしいひと」

「おけはどこですか」

「さかなはいったおけ」

数種類の言葉が、様々な声で繰り返される。白潟が膝《ひざ》立ちのまま、ゆっくりと後ずさる。

「イチ。ハタリ。トバル。……姉さん」

かすれた声でつぶやき、口を覆う。ただ人魚たちの顔を、揺れる目で見ている。

後ろにいた操が、静かに告げた。

「……白潟さん。彼らには、生け簀から逃げ出す気がないのよ」

素早く振り向き、操を睨《にら》んだが、白潟は言い返すことができなかった。数十秒もかけ、かろうじて、

「生け簀だなんて言わないでください」

と絞り出すだけだ。

白潟はそれきり水面に目を戻し、同じような言葉を繰り返す人魚たちを見つめ始めた。口の中で何かつぶやいているのは、同族に語りかけているのか、彼らの名前を呼んでいるのか、栄衣には聞き取れなかった。

操がゆっくりと、首を横に振る。

「……もうやめましょう。この人魚たちを助け出したところで、外で生きられるとは思えないの。ましてや、陸で暮らすなんて」

白潟が突然、操の言葉を遮って弱々しい笑い声を出した。徐々に笑いが大きくなっていく。

「できますよ。できます。助け出せます。僕が全部なんとかすればいいんです。人間のいない海辺の村か島を見付けて、皆の面倒を見ます。外に出られたら、今はこうでもいつかは元に戻りますよ。イチだって、兄さんとまた呼んでくれるようになります。僕は人間の社会で金を稼ぐ手段を学んだ。その術《すべ》を光将から盗んだんだ。だからできます。皆とまた」

「ほんまに」栄衣が言った。「そう思うてはるんでっか」

白潟がすがるような、責めるような視線を栄衣に向ける。

「あなたまで、そんなことを」

「白潟さんは賢い。わてよりずっと賢いおひとです。分からんはずがない。この、ひとたちは……」唇を噛み、言葉をこぼす。「もう……だめです」

白潟はまた膝で後ずさると、身体を丸めるように倒れ込み、頭を抱えた。全身を震わせながら、指で髪を摑む。短い言葉が弱々しく発せられる。

「違う」

「イチ」

「嫌だ」

「なんで」

「どうして」

「姉さん」

「また」

「皆で」

「……ったのに」

「…………」

「…………」

扉のほうから光が差し込み、とっさに栄衣が立ち上がった。廊下はさっきまで暗かったはずなのに、と思うと同時に天井の灯りがつき、栄衣と操の目が一瞬くらむ。

若い女の声がした。

「絶望するにはまだ早いんじゃないかしら」

扉の傍らに、ふたりの女が立っていた。ひとりは二十《はたち》ほどで、濃紺の振袖に金糸の光る丸帯を締め、艶《つや》やかな長い髪を結いもせずに垂らしている。この者には、栄衣も操も見覚えがなかった。

ただ、その隣にいる女の顔は知っていた。

「丹邨家の女中……」操が歯嚙みして言った。「ということは、そこの青い着物のあなた」

「丹邨礼以と申します」

宴《うたげ》での挨拶《あいさつ》のように名乗り、礼以が微笑んだ。

二

礼以という名前に反応し、白潟がゆっくりと半身を起こした。睨みつけるでもなく、ただ焦点の定まらない目を礼以に向けている。礼以は膝をついたままの白潟をじっと見ていたが、やや あって笑いを含んだ声で語りかけた。

「そんな目で見られてもつまらないわ、白潟さん。言ったでしょう、絶望するにはまだ早いって」

それでも言葉を発さない白潟の後ろで、操が忌々しげにため息をついた。

「少しは予想してたわ。でもひとに贈られた花籠を漁《あさ》るなんて、ご令嬢らしくもないこと」

礼以は袖を口元に当ててくすくすと笑った。

「丹邨家にいる者への贈り物や手紙を検閲するのは私の義務です。いつどんな悪党が……そうね、あなたたちみたいなのが、うちの者をそそのかすとも限らないから」

「どの口が悪党て言うんや」

栄衣が睨むが、礼以も女中も動じる様子がない。

「反抗的な子は嫌いではないけれど、あなたは少し頭に血が上りやすいのね」礼以が女中に視線を向ける。「皆様を静かにする薬を」

女中が小形の鞄から拳銃《けんじゅう》を二丁取り出し、一丁を礼以に渡した。銃が回転式だということ以外は栄衣と操には分からないが、ただの脅しでないことは理解できる。ふたりとも銃口をこちらに向けていないものの、白瀉から聞いた礼以の性格からして、いざとなればためらいなく撃つだろう。女中も屋敷で見たときとは違う無慈悲な目から、礼以の命令さえあればいつでも引き金を引く、という意思が感じられた。

「怯《おび》えないで。下手な真似をしなければ撃ちはしないから」

栄衣と操が警戒する様を楽しむように、礼以が言った。

「せっかく来てくださったのだから、ここで帰ってもらうのも申し訳ないわ。ねぇ、白瀉さん。聞こえている？　あなたの同族、ほとんどはそこで魚みたいになっているけれど、まだちゃんと話せる相手もいるのよ」

白瀉の目に気力が戻る。立ち上がり、礼以たちに向かい一歩踏み出す。

「……ほんとうか」

「私はここぞというときには嘘をつかないのよ。会いたいでしょう。会わせて差し上げるわ。ついてきて。そこのお二方も」

礼以が作業場に続く扉のノブに手をかけ、振り返って促すように微笑みかけた。女中がじりじりと三人に近付き、銃口をわずかに上げる。白潟がまず歩み始めた。操が栄衣にそっと囁く。

「何かあったら、白潟さんを抑えて。あなたのほうが私より素早いし、力も強いから」

礼以や女中を警戒するのではなく、と栄衣は言いかけたが、それよりも先に操が白潟の後に続いて歩き出した。栄衣はカンテラの火を消し、鞄に入れて革紐を肩にかけ直すと、白潟の横にぴたりとついた。

礼以が扉を開ける。作業場には確かに何者かの気配がした。足音、何かが擦《こす》れ合う音が聞こえてくる。

「普段この時間は工場を閉めているのだけれど、今は特別に動かしたの。あなたたちのために」

背に冷や水を垂らされたように、栄衣が震える。とっさに白潟の腕を捉《とら》えていた。

「白潟さん、行ったらあきまへん」

しかし栄衣の言葉など、白潟の耳には入っていないようだった。指を離し、栄衣が下唇を噛む。

礼以が扉を開けたまま、作業場へと進む白潟を見て目を細める。栄衣と操、女中も入ると、礼以は扉を閉めて客を歓迎するかのように言った。

「どうぞ、ごゆるりとご覧になって」

作業場は左右に長く、十二畳間よりひと回り大きいくらいの広さだった。血の臭いがいっそう濃く、重く栄衣たちにまとわりつく。

正面には手術台のようなものがあり、水をかけて洗われたのか濡《ぬ》れ、天井からの灯りを受けて冷たく光っていた。四角い銀色の盆が置かれており、中には大小の剃刀《かみそり》が整然と揃えられている。

しかし白潟も、栄衣と操も、部屋に入った瞬間、作業場の左奥で行なわれていることに嫌でも目がいった。栄衣と操はとっさに視線を逸《そ》らし、足元を無理に見つめる。白潟は、左奥のほうをじっと見据えていた。ただでさえ血の気を失っていた顔はいっそう青ざめ、瞼《まぶた》が痙攣《けいれん》している。

太い金属の棒が二本、天井から伸びていた。先端があるのは栄衣の背の高さくらいだろうか、鉤《かぎ》のように半円をなし、鋭く尖《とが》っている。そのうち一本に、人魚の身体が吊《つ》り下げられていた。髪の毛が残らず剃《そ》られており、わずかに開いた瞼からは虚《うつ》ろな白目が覗く。両の脇腹には三日月状の切れ込みが二本ずつ並び、下の一対は中身がないかのように見えた。少し離れた床に、赤い鰓《えら》と、同じく赤い、半透明の縄に似たものが何本も捨てられている。

人魚の前には白い服を着た職工がひとりこちらに背を向けて立ち、人魚の脇腹、鰓の覗く切り込みに刃物を刺していた。手早く左から右へと刃物を動かすと、傷口に手を入れ、残った鰓ごと腸《はらわた》を引きずり出す。

白潟が片手を半端に上げて、職工のもとへおぼつかない足取りで歩いていく。

「お前、」白潟がうわずった声を出す。「自分が何をしているのか、分かっているのか。それは、僕の」

呼びかけが聞こえていないかのように腸を捨て、また人魚の傷口に手を突っ込む。

「人魚の内臓はまだ、何の役に立つのか分からないんだ」

ぼそりと職工が言う。心臓らしきものを摑み出し、床に放る。水に濡れた床の上で、心臓は鰓やほかの内臓にまぎれ、ひとつの異形の塊のように見えた。

その声に白潟が立ち止まり、押し黙った。職工が続ける。

「内臓が役に立つかどうかは、そのうち礼以様が判断してくださる」

「お前」

白潟が職工の肩に手をかける。声が震えていたが、怒りのせいではなかった。

「……スイハか」

職工が振り向いた。白潟と同じような、彫りの深い顔立ち。同じほどの、高い背丈。

「ユズルか。久しぶりだな」

「なん……」肩に手を置いたまま、白潟が問いかける。

「なんで……お前……ここで……何して……」

事切れている人魚の顔を一瞬見て、すぐ目を逸らす。

「吊り下げられてるのは……クチナだろう。お前の……親友だった」

職工は人魚に向き直ると腹の切れ込みに手を差し込んで開き、奥の部分を削るように刃物を動かした。

「来てくれて嬉《うれ》しい」職工の手は止まらない。「俺も五年前は締《し》めるのが下手だったんだ。見ろ、きれいにできているだろう」

「……スイハ」

「俺は礼以様に選ばれた。だからこうしている」

肩から手を離し、白潟がぎこちない動きで礼以のほうを向いた。白潟を見つめていた礼以はその視線を受け止め、微笑む。

「彼の言っていることはほんとうよ。五年前に私が選んだ。手先の器用な人魚はだぁれ。力持ちの人魚はだぁれ。物覚えの良い人魚はだぁれ。って」

「白潟さんの同族から」栄衣がまだ、実感のこもっていない声で言う。「職工を」

「そう言っているじゃない」

礼以の答えを聞いて栄衣が一歩足を踏み出したのと、女中が銃を構えるのは同時だった。操がとっさに栄衣の袖を引く。

「ここで撃たれたらどうしようもないわよ。……礼以さん、まだ見せたいものがあるのよね」

「ええ。物分かりの良い方がいて嬉しいわ」

操に微笑みかけ、礼以は扉のない短い通路の脇に立った。

「お次へどうぞ」

女中は銃で栄衣たちを代わる代わる狙いながら、進むよう無言で脅してきた。栄衣が険しい顔のまま歩き出す。半ば口を開いたまま立っている白潟の背を、操が柔らかく押した。

隣の作業場に入ると、背の低い職工が、手術台のようなものの前で鋸《のこぎり》を洗っていた。足音に気付いて振り返り、礼以の姿を認めて嬉しそうな声を出す。

「礼以様。解体が終わったところです。ご覧になりますか」

「ご苦労。でも私より見せたい方がいるの」

おぼつかない足取りで入ってきた白潟を目で示す。職工が歓声をあげた。

「ユズルさん。見に来てくれたんですね。ほら、この断面はどうです。きれいなものでしょう」

台の上に載せられている人魚の死体は、頭と腕、乳房、腰が切り離され、頭と乳房は台の上にはない。腕の断面には乱れがなく、白い骨と赤い肉がはっきり見えた。

白潟が解体された人魚を見られずにいるのをじれったく感じたのか、職工が足元のバケツに手を入れた。

「あの、僕がんばってるんです。今日もほら、ちゃんと一匹」

バケツの中から人魚の頭を取り出す。肌や唇から血色の失われた人魚の頭は、死体というより精巧すぎる蠟人形のように見えた。

「もういい」白潟が口を押さえ、指の間から声を漏らす。「もういい……これ以上は」

「あら、もういいの？」礼以がわざとらしく首を傾げる。「じゃあ、次ね。あなた、材料を隣へ運んでちょうだい」

はい、と幼さを残した声で職工は答え、胴体を抱えると隣の作業場へ歩いていった。女中に銃を向けられながら栄衣たちが、その後ろから礼以が進んでいく。

次の作業場では、別の職工が台の近くで包丁を研いでいた。盥《たらい》の水で洗い、丁寧に拭《ふ》く。先ほどの職工が胴体を運んできて、台の上に載せると元の作業場へ戻っていった。

「ほんとうは次の作業場で骨を砕くのだけれど」礼以が残念そうに言う。「少し間に合わなくて、ご案内できるのはここまでなの。ごめんなさい」

背を向けている職工はこちらを見もせず、うつ伏せにされた人魚の背中を押さえると、横にした包丁を頸椎《けいつい》近くに当て、刃を腰まで何度か滑らせた。人魚の向きを台の上で変え、包丁を動かしているうちに背中の肉が半分剝《は》がれる。

この職工も人魚なのだろうが、同族を解体している、という意識は、その動きからは全く感じられない。ただ、運ばれてきた「材料」の肉を削《そ》ぎ落としている。

白潟が口を押さえながらその後ろ姿に目をやるまいとしているのに気付いて、礼以が優しく声をかけた。

「ちゃんと見ていってくださらないと悲しいわ。ユズルさん」

その名前の呼び方に反応したのか、職工が振り向いた。今まで見てきた人魚たちも白潟のような鼻筋の通った顔立ちをしていたが、この職工は二重のくっきりした垂れ目といい、波打った髪といい、確かに白潟に似ていた。

「ユズル」

名前を呼ぶ低い声に、白潟は恐る恐る顔を上げた。指を離した口は開いたまま、浅い呼吸を繰り返している。

「父さん」

声は息とともに弱々しく発せられ、父親に届いているかどうかも定かではなかった。一歩踏み出したが、それだけで全ての力を使い果たしたかのようにその場で立ち止まる。

職工は白潟の顔を数秒眺め、また台に向き直った。

「骨と肉を分ける作業は難しい。少し黙っていてくれ」

包丁が骨と擦れる音、肉を削ぎ落とす音だけが響く。白潟の呼吸が徐々に激しくなる。

「父さん」下瞼が痙攣し、頬がつられて動く。「今、父さんが、切っているのが、誰なのか、知って」

脇腹の肉を切り落とし、職工が包丁を置いた。

「母さん、母さんだよ」かん高く短い音が、白潟の喉から出た。「さっき、頭を見せられて、父さん、その、骨と肉は」

「何の骨を取り出しているのかなど、私には関係ない」

包丁を水で洗い始める。台の真ん中には骨が残り、脇には削ぎ落とされた肉が散らばっている。

「私は礼以様に選ばれた。その仕事をする。ほかに気にするべきことはない」

肉をまとめ、四角い盆の上に置く。山積みになった肉は、もはや元の形を留《とど》めていない。

「お前は何をしに来た。私の助手になるのか。別の仕事を手伝うのか」

「助け、助け、に」

「希望ができるなら、スイハを手伝う仕事がいい。あれはやることが多いからな」

「たすけに……」

「礼以様に頼め。どうなるかは礼以様の采配《さいはい》次第だが」

「…………」

「私は誇らしい、お前も礼以様に選ばれて」

白潟が膝をつき、嘔吐《えず》いたが、唾液《だえき》のほかには何も出なかった。冷や汗が頬をしきりに伝う。極寒の中にいるかのように震え出す。

栄衣は駆け寄ろうとしたが、足が動かなかった。どれだけ動こうとしても身体がいうことをきかない。近寄れたところで、何をしようとしているのかも分からない。

やがて白潟はゆっくりと立ち上がった。もう震えてはいない。ただ虚ろな目をし、廊下に出る扉のノブに手をかける。

「白潟さん！」

金縛りが解けたように栄衣が叫んだが、白潟の耳には入っていなかった。よろめきながら、廊下へと出ていく。

扉が勝手に閉まり、不規則な足音が遠ざかっていった。

三

苦々しい顔をしていた操が、礼以に冷ややかな視線を送る。

「満足かしら」

「いいえ」礼以は顔をしかめて、今しがた白潟が出ていった扉を凝視していた。「激昂《げきこう》してくれるかと思っていたのに、そんな気概もないだなんて。私の見込み違いだったみたい」

女中が油断なく栄衣と操に目を配りながら言う。「ご命令とあらば、彼を殺して参りますが」

「いいえ、いいわ。あんなになったのを殺しても意味がないもの」

礼以は答えて栄衣たちに向き直り、にこりと笑ってみせた。

「それよりも、このお客様たちをもてなさなければいけないわね」

「散々もてなされてから撃ち殺されることになるのかしら」

操の言葉に礼以は答えず、扉を開けた。作業場の向かい、設計図では用途不明だった部屋へとふたりを導く。栄衣は廊下の奥まで目をやったが、白潟の姿は見当たらなかった。

「光将以外には見せたことがなかったのだけれど、少しほかの人間にも自慢したくなって。どうぞご覧になって」

部屋は作業場より広く、中央には大きな木の机があり、壁はほとんどが棚で埋め尽くされていた。左と手前は薬品棚で、上半分の四段は全て硝子戸の向こうに瓶が並べられており、下半分には小さな引き出しがある。奥の一角には冷蔵庫らしきものも見えた。

向こう側にも硝子戸の棚があったが、大小様々な瓶に入っているものが何なのか、素人目にもだいたいは分かった。木の根を乾燥させたもの、樹皮、実、種子、動物の角、そして骨。人魚の骨であろうものも瓶に収められていた。右の棚にはおびただしい数の本が並んでおり、和綴《と》じの本も洋書らしきものもある。机の上には薬研《やげん》、秤《はかり》、紙や鉛筆などが散らばり、非常用とおぼしき黒いカンテラも置かれ、やや雑然としていた。

「ざっと見たところ、薬の研究室……かしら」

操がつぶやく。礼以は片手を上げ、扉の近くにある棚をさしながら答えた。

「そうなの。ここに並んでいるのは人魚から絞り取った油。下の段には生薬。冷蔵庫の中には人魚の血。氷をたびたび運ぶのは面倒だけれど、それは光将のすることだからいいとして……」

集めた玩具《がんぐ》を自慢する子どものように跳ねた口調でひとつひとつ、棚の中身を説明していく。

栄衣が声を低めて操に言った。

「どないするつもりでっか。白潟さんもおらんようなってもうたし……」

「今はおとなしくするほかないわ」操も同じく小声で答える。「今逆らったところで撃たれるだけだもの」

苛立《いらだ》ちを顔に浮かべて栄衣は口を開きかけたが、女中が傍に寄ってきたのを見て言葉を引っ込めた。

奥の棚に近付いた礼以がふたりを手招きする。大きな瓶の中には、歪《いびつ》な半月じみた形をしたものがあった。襞《ひだ》が無数に入っており、干からびて黒っぽくなっている。

「これは人魚の脇腹にある鰓を乾燥したもの。今は使い道が分からないわ、内臓と同じね。それからこちらが」と、やはり水分を抜かれた、数本の細い棒のようなものをさす。「あの人魚たちの背に生えているもの。背鰭の機能があるのかと思っていたら、ここに卵を絡みつかせて育てるのですって。とんだ生態よね」

礼以が言ってせせら笑う。恐らく、礼以から見て白澙たちの身体の構造は異様な、気味の悪いものなのだろう。操はそう考えながらも、「ほんとうに。理解に苦しむわ」とだけ答えた。

瓶に収められているのは骨や鰓、背についたものだけではなかった。心臓や胆嚢《たんのう》、脳すら水分を抜かれ、小さく縮んで棚に並べられている。

「それで、あなたはこういう人魚の身体や普通の生薬を使って、薬を作っているのかしら」

慎重に言葉を選びながら、操が問いかけた。礼以が笑いながらも肩をすくめる。

「そうね、でも正直うまくいっていないのよ。この間も失敗してしまって」

操が止める前に、栄衣が口を開いていた。

「失敗？」

「ええ。被験者がひとり死んだのよ。もう少しもつと思っていたのだけれど、ある実験を始めてから四日目にね。ほんとうにがっかりしてしまったわ。でも感謝もしている。薬の改善すべき点も分かりそうだし」

「そのひとの」栄衣の顔つきが険しくなっていく。「亡骸《なきがら》は」

操に腕を摑まれる。手を振り払おうともがいているときに、礼以がふいに言った。

「脳の黒焼きって知ってる？」

栄衣の腕から頭まで、ぶわりと寒気が走った。

「人間の脳の黒焼きが肺に効くと聞いたから、作ってみたの。そうしたらね」

礼以が瓶のひとつを指さした。黒ずんだ頭蓋骨《ずがいこつ》が中に入っている。

「きれいに頭蓋骨の形が残ったのよ。こんな完璧《かんぺき》な出来映えがあるかしら」

酔いしれるような目で、礼以はしばらく頭蓋骨を眺めていた。ややあって、隣の瓶を指さす。

「その粉末は、脳の黒焼きを粉にしたもの。いずれこれも試作の材料に含めて、薬を改良してみようかと」

絶叫が栄衣の喉から迸《ほとばし》った。瓶に近付こうとしても足が動かず、しかし目を離せず、ただ何度も叫ぶ。

「お姉さん……！　お姉さん！」

操の手を振りほどこうと足搔《あが》く栄衣に、無表情のまま女中が銃口を向ける。礼以がさもおかしそうに笑い出した。

「ああ、そうなの。なんで白潟さんにこんな可愛らしい味方がいるのかと思ったら、新波苑子の妹なの。もっとじっくり見てもいいわよ。家族の特権よね」

そう言って硝子戸を開け、銃を棚に置いて、頭蓋骨の瓶を栄衣に突きつけた。虚ろな、黒々とした眼窩《がんか》。剝《む》き出しになった頰骨。丸みを帯びた頭頂部。

毅然《きぜん》としたあの目も、薄化粧をした肌も、豊かな髪も、もうどこにも見当たらない。

姉はもういない。

栄衣がもがくのをぴたりと止めた。瞬《まばた》きもせず瓶の中身を見つめ、弱々しく首を横に振る。

「どうしたの、お姉さんに会いたかったんじゃないの？　抱きしめてあげて。ああ、でも蓋《ふた》を開けてはだめよ」

礼以が贈り物をするように瓶を持ったまま微笑む。栄衣は数歩、よろよろと後ずさると、さらに首を振った。浅い呼吸で、胸がしきりに上下している。

「お姉さ……」

言いかけて喉が詰まり、それきりその場でうなだれて動かなくなった。顔が青ざめ、定まらない視線が床をさまよう。

礼以がふふふふ、と声を立て、瓶を持ったまま栄衣に近付こうとする、その一歩を踏み出したとき。

この中の誰もが聞いたことのない、脳を揺さぶるような咆吼《ほうこう》が工場に響いた。

「耳を塞《ふさ》いで！」

操が叫びながら両耳に掌《てのひら》を押し付けた。栄衣が一瞬遅れながらもはっと顔を上げ、操と同じようにする。

瓶が礼以の指から滑り落ち、床で砕け散った。黒く焼かれた頭蓋骨が欠ける。

咆吼は実際十秒も轟《とどろ》かなかったはずだが、栄衣にとっては一分も続いたかのように思えた。

「操さん」耳から手を離して、栄衣が呆然《ぼうぜん》とつぶやいた。激しい目眩《めまい》が止まらない。「さっきの……さっきの声……」

「そう、あのひと」操が答えたが、足がもつれて机に手をついた。

棚に身をもたせかけていた礼以が顔を歪め、銃を再び手に取った。

「白潟なのね」

唸《うな》るようにつぶやき、棚から身を離そうとしながらも、ずるずるとその場に座り込む。床に膝をついている女中を睨みつけて命じる。

「あいつを撃ち殺して」

女中は答えかけ、吐き気に襲われたのか手で口を塞ぐ。

「早く」

礼以が語気を強めた。女中は顔に怯えを走らせ、銃を手に取ると身を起こし、ひどくよろめきながらも廊下に出ていった。

強い瞬きを何度か繰り返し、操が栄衣に呼びかけた。

「とにかくこの部屋から逃げなきゃ。栄衣さん、歩けそう？」

「でも……」迷いを帯びた声を出しながら、栄衣は床に落ちている欠けた頭蓋骨を見た。そのすぐ傍には銃を手にした礼以が膝をついており、数歩で手が届きそうなのに近付けない。

「声でやられていてもこの近さじゃ撃たれるわ。身の安全が先」

操に後ろから強く袖を引っ張られ、栄衣は後ずさった。視線を頭蓋骨から振り切るように逸らし、どうにか歩き出す。

銃声とともに、扉近くの棚にある瓶のひとつが弾《はじ》けた。人魚の油が床にこぼれ落ちる。

「今の礼以じゃ離れれば当てられないから！」操が叫んだ。自分の声が頭の中で反響するのか、顔をしかめて片手でこめかみを押さえる。「そのまま進むのよ」

もう一発は来るかと栄衣は振り返ったが、礼以は当たらないと悟ったのか、漏れ出すと危険な薬品の瓶に当たることを危惧したのか、銃を持った手を震わせたままこちらを睨みつけるばかりだった。足を速め、扉を素早く開けて廊下に踏み出す。

扉を閉めて数歩離れると、操が胸下に巻いたリボンの中から丸めた綿を取り出した。

「心許ないけど、ないよりはまだましかも」

耳に詰めて、壁に身体を預ける。栄衣も帯の間から綿を出し、耳の穴に入れた。

「操さん、ひとりで歩けまっか」

「歩けはするけど、あなたの声さえくぐもっていても聞こえることのほうが今は心配よ」

いっそ取ってしまおうかと栄衣は思ったが、気休めでも操の言う通りないよりはましだ。

「白潟さんはどこにいはるんやろう」

「分からないけど、まずは生け簀の部屋。そこで海水を得たはずだもの」

操は耳を塞いで廊下の奥へと歩き出した。栄衣も後に続く。視界は揺れているが、廊下の灯りがついているだけまだましだ。

目当ての扉が近付いてきたとき、また白潟の声が壁を、床を、ふたりの身体を震わせた。先ほどより確実に近い。とっさに栄衣はできる限りの声で叫び、白潟の声を打ち消そうとした。しかし声を防ぎきることはできず、心臓が急に早鐘を打ち始める。目眩が激しくなり、床が泥沼になったかのような感覚に襲われる。

「どこにいるの」

甲高い、悲鳴に似た女中の声が聞こえてきた。尋常の精神からは発せられない、歪なものに冒された声。

銃声が響く。一発、また続けて二発。とても狙って撃っているとは思えない。

「どこにいるの」

さらに二発。

「どこに」

急に声が途絶え、残響のあとには恐ろしいほどの静寂が辺りを包んだ。

栄衣が無理に足を動かそうとし、方向を誤って壁にぶつかった。そのまま壁を伝って、生け簀の部屋へと向かう。

扉を開けようとしたが蝶番《ちょうつがい》が壊れかけており、かろうじてふたりが身を滑り込ませるだけの隙間しかできなかった。天井の灯りは完全に割られ、扉の隙間から廊下の光が差し込んでくるものの、互いの姿がかろうじて見えるくらいだ。そっと耳から手を離すが、何の物音も聞こえてこない。

「カンテラは無事？」

操に言われて初めて、鞄の革紐がまだ肩にかかっていることを栄衣は思い出した。

「無事ならつけて。私が持つから」

ぶっきらぼうに指示してきた操の考えが分かって、栄衣はいいえ、と答えた。

「カンテラはわてが持ちます。片手が塞がっとっても、わてなら叫んで白潟さんの声をいくらか打ち消せる」

でも、という操の言葉を無視して鞄を床に置き、マッチを擦ってカンテラに火を灯《とも》す。栄衣が片手にカンテラを持ち、片手で耳を塞ぎながらすり足で歩き出した。操がその後に続く。

生け簀の場所はだいたい覚えているが、足取りが安定しない今、転げ落ちるのだけは避けたい。カンテラで床を照らしながら慎重に進む。一歩踏み出すごとに、ぐらりと地面が揺れるような感覚が消えない。

左斜め前に、生け簀の水面がちらりと見えた。ふいに、濃い血のにおいが鼻をかすめる。生け簀に落ちないよう栄衣は膝立ちになり、水面へと近寄っていく。嫌な予感がするというのに、止めることができない。

生け簀の周りを、何かが濡らしていた。さっきここに来たときは、縁は乾いていたというのに。

海水。血の混じった、薄赤い海水。

カンテラが水面を照らす。

赤い水面を。

人魚の身体が重なり合い、腹や背を上に向けて水中を漂っていた。茶色がかった黒髪がたゆたい、白皙《はくせき》の肌は今や青みを帯びている。目を閉じているものもいれば、瞼を大きく開き、しかしどこも見ていないものもいる。背骨に沿って生えている触手じみたものも、脇腹から見える赤い鰓も、紅色の尾さえ、なんら動きを見せない。

事切れている。

全員、喉を噛みちぎられている。

大きく開けられた口からは、ちらりと犬歯が見えた。人間のそれとは違う。牙《きば》と呼んでいいほどの、鋭い歯。

押し黙り、耳を塞ぐことすら忘れていた栄衣が、放心したように言った。

「これ……この人魚たち……」恐る恐る操のほうを振り向く。「まさか……」

「白潟さんでしょうね」

操が鼻を覆って答えた。「彼が海水に入ったのなら、この人魚たちと同じ姿になったはず。牙を見てみなさいよ。喉を噛みちぎるなんて簡単でしょう」

「なん……なんで……」

「あの声を聞いたでしょう。彼はもう、元の白潟さんじゃないの」

カンテラを持った手をそろそろと胸元に近付け、栄衣は膝立ちのまま後ずさった。

自分が白潟に告げたことを思い出す。

——この、ひとたちは……。

——もう……だめです。

もし白潟自身も、そう考えてしまったのなら。ただの魚のようになった同族の姿に、耐えられなくなったのなら。

「逃げましょう。ここにいるのはもう危険すぎる」

操に手を取られて栄衣は立ち上がったが、入ってきた扉ではなく、作業場のほうに顔を向けた。

「作業場に急がんと。手遅れになる前に」

反対しようとして、操は声を喉の奥に留めた。カンテラを持つ栄衣の背を見ながら、苛立たしげに独りごちる。

「ほんとうに馬鹿ね……！　姉妹そろって」

光が遠ざかる前に、操は早足で栄衣の横に追いついた。

作業場に続く扉のすぐ傍まで来て、栄衣たちは立ち止まった。床に濡れたものを引きずったような跡がある。やはり蝶番が壊れたのか、人ひとりの身体が通れるくらいに扉が開いており、これ以上無理をきかせると扉自体が倒れてしまいそうだった。

栄衣がひとつ深呼吸をし、覚悟を決めて扉の向こうに足を踏み入れた。通路で繋がった四つの作業場全ての灯りが壊れており、ほとんど見通しがきかない。

「分かってると思うけど、白潟さんの声に気を付けて」

そう警告すると、操は両耳を塞いだ。栄衣も空いた片手で耳を塞ぎ、カンテラを持った手を高く掲げる。

何か茶色い塊のようなものが、床に影を投げかけて転がっていた。ゆっくりと近寄ってカンテラで照らすと、女中がうつ伏せになって倒れているのが見えた。海老《えび》茶の着物は裾《すそ》が乱れ、簡素にまとめられていた髪はほつれている。喉元から血溜《だ》まりが広がっており、指一本動く気配がなかった。死んでいる、と分かった次の瞬間には、栄衣はカンテラの灯りを女中から引き離していた。

照らされた壁には、女中がでたらめに撃ったのであろう弾痕《だんこん》が残されている。壁際には回転式の銃が落ちていた。操はそれに目をやりはしたが、自分たちには使えない、と言わんばかりに頭《かぶり》を振った。栄衣にも当然扱える自信などない。

栄衣が部屋の左奥に歩を進め、職工のいた辺りを照らす。ぼんやりと浮かび上がる白い服を着た背中と、やはり喉元から広がる血溜まりが目に入り、栄衣はそれ以上近寄る気がどうしても起こらなかった。

　途端に不穏な響きを耳が捉え、栄衣は反射的に叫んだ。白潟の咆吼がふたりの鼓膜から脳髄を震わせる。ひどい嵐の中、波に揺られるような不快さに襲われ、頭に靄《もや》がかかる。視界が暗くなりかけ、栄衣と操はほとんど同時に膝をついた。

　白潟は苑子に、自分の力のことを「呪い」と話していたという。その意味が栄衣にも分かってきていた。建物を破壊するだけならまだいい。ただこの咆吼は、敵も味方も関係なく、聞くものの精神を軋ませ、ヒビを入れ、歪ませる。

　誰か助かってはいないかと期待をかけて作業場を巡ってみたが、いずれも同じことだった。職工の死体。喉元を噛みちぎられた跡。血溜まり。白潟の父親が伏しているのを見たとき、栄衣は白潟の声のせいではなく、崩れ落ちそうになった。

　操が膝に片手をついている栄衣の腕を引っ張り、無理に立たせた。精一杯踏ん張りながらも、栄衣がつぶやく。

「白潟さんを捜さんと……」

「なんですって？」片手をわずかに耳から離して、操が聞き返す。

「白潟さんを捜さんとあきまへん」栄衣はもどかしげに繰り返した。「あのおひとをどうにか正気に戻さんと」

「あなたこそ正気なの？　あれだけのものを見ておいて、まだ逃げようって気はないの？」

「白潟さんを放ってわてらが逃げてもうたら、今以上に大変なことになります。ここで止めんとあかんのです」

操がさらに何か言おうと口を開きかけ、ふいに視線をあちこちへさまよわせた。栄衣もぴくりと身体を震わせ、辺りを窺う。

「……焦げ臭い」

栄衣が声を潜めて言った。途端に向かいの部屋から軋む扉を無理に開く音がする。栄衣はカンテラを操に渡すと、白瀉の声で壊れかけている作業場の扉に思い切り体当たりをした。蝶番が引き剝がされ、扉が倒れる。その勢いで栄衣は廊下に飛び出し、操も続く。

礼以が研究室から漏れ出す灰色の煙に巻かれ、片手に銃を持ち、片手を壁につきながら、こちらに近付いてきていた。いや、正確には逃げようとしているのだろう。栄衣と操を意に介する様子もない。涼しげな表情を保っていた顔は今や忌々しげに歪み、脂汗がこめかみを伝い、足取りはぎこちない。一歩進むごとに苦痛に喘《あえ》ぎ、膝を折りそうになっている。頰の切り傷から血が流れていたが、そのことに気付いているようには見えなかった。

「操さん、カンテラを」

栄衣は操からカンテラをひったくるようにして受け取ると、研究室のほうに走り寄った。しかし光で照らすまでもなく、扉の向こうにある火元が目に入る。薬品棚の硝子戸と瓶がほとんど壊れ、床に垂れた液体の上で黒いカンテラが炎に包まれている。研究室で見た非常用のカンテラに違いなかった。炎は人魚の油を吸った床板を焦がし、棚を舐《な》め、煙を上げ続けている。

すぐ傍まで歩いてきている礼以の肩を、栄衣はとっさに摑んだ。

「あんた、こんだけのことしておいて逃げる気なんか」

言ってすぐに袖で鼻と口を押さえる。下手に喋《しゃべ》ると煙を吸い込みそうだった。

礼以は乱れた髪もそのままに、食いしばった歯の間から苦痛の声を漏らした。

「何なの、あれは。あの声、化け物、化け物の、声……」

礼以を睨みつけていた栄衣が、視界の端に映るものを見て目を見開いた。振り返って操を一瞥《いちべつ》すると、既に耳を塞いでいる。呼吸を止めているのか、唇が固く結ばれていた。

栄衣も耳に手を当て、煙を吸わないよう口を閉じて唸り声を出す。ほぼ同時に、白澙の叫びが鼓膜を激しく震わせた。天井の灯りが割れ、煙と炎が揺れ、研究室の扉が倒れて炎に覆い被さる。しかし火は消える様子もなく、なおも煙と赤い舌で研究室を包んでいく。

人魚の姿となった白澙が、暗闇の中から炎の生み出す光のほうへ這《は》い寄ってきた。紅《くれない》の鱗が瞬き、背中の触手がうねり、毒々しく赤い脇腹の鰓が細かく震える。

声をまともに真後ろから浴び、礼以が膝から崩れ落ちた。白澙が牙を剝き出し、床板に手をついてさらに近付く。互いの距離は、もう十歩もない。

気配を感じ取ったのか、礼以が振り返る。とっさに銃を構えるが、脳髄を揺さぶられている中、闇雲に撃たれる銃弾は、いずれもあさっての方向へ逸れていく。ただ一発が白澙の左肩を撃ち抜き、動きを止めた。

機会は今しかないと思ったのだろう、礼以はゆっくりと狙いを定めた。当たると確信して引き金を引いた瞬間、煙が喉を、肺を冒し、礼以は激しく咳《せ》き込んだ。弾が白澙の尾鰭をかすり、暗闇に消える。再び撃とうとしても、かち、かち、という音がするだけだ。

銃が床に落ちる。白澙が礼以のもとへと這っていく。肩から流れる血も、痛みも、白澙の意識にはないようだった。

咳を繰り返し、煙で涙を流す礼以の肩に、白瀉が右手をかけた。

目の前にいる者が誰なのかを確かめるように、白瀉が礼以の顔を覗き込む。血を垂らしながら、左手も肩にかける。

白瀉の目に澱《よど》んだ光が差したかと思うと、口が大きく開けられた。赤く長い舌、牙が炎に照らされる。

栄衣が動く前に、白瀉が礼以の喉笛に嚙みついた。牙が皮膚を破り、肉に食い込む。そのまま礼以を床に押し倒し、さらに牙を深く抉《えぐ》り込ませる。

頭をのけぞらせた礼以が、かすかな声をあげる。白瀉が肉を嚙みちぎり、礼以の喉から鮮血が噴き出す。

白瀉は口内に含んでいる礼以の喉の肉を吐き捨てることはしなかった。時間をかけて咀嚼《そしやく》し、天井を仰ぐと、唇の端から血を垂らしながら呑《の》み込む。喉仏の動きがはっきりと見えた。

栄衣は胃がせり上がるような吐き気を抑えながら、白瀉から目を逸らすことも、逃げることも、止めることもできなかった。

礼以の心臓はまだ動いており、鼓動に応じて喉笛から血が溢《あふ》れる。その血を浴びながら、上唇を咥《くわ》え、顔から皮膚と肉を引き剝がす。

喉を食い破られ、唇から左目にかけて肉を晒《さら》しながらも、礼以はまだ生きていた。少しずつ、血走った眼球が動き、己を食っているものを見る。抵抗もせず、あるいは叶《かな》わず、ただ。

ただ見ている。

白潟が礼以の頬に牙を立てている間に、操が栄衣の手を引いた。

「炎が」煙を避けて身を屈める。「逃げて」

しかし栄衣は動かず、白潟を見つめていた。少しずつ生気を失い、肉の塊となりつつある人魚を食らう、もうひとりの人魚を。

「白潟さん」

口元を覆うことも忘れ、呼びかける。白潟は答えない。ただひたすら、無心に肉を嚙みちぎり、咀嚼し、呑み込む。

「白潟さん」

また一歩。手の届く距離へ。

その場に膝をつく。炎の熱が片頬をあぶる。煙が目にしみ、涙が出る。人魚を貪《むさぼ》るものを前にし、奥歯を嚙みしめる。

これはいったい、何なのだ。

丹邨家で出迎えてきた洋装の青年は。待合の座敷で話した、落ち着いた物腰の裡《うち》に同胞を救いたいという切望を抱えていた者は。妹と再会して嗚咽を漏らしていたあの男は。

どこへ行ってしまったのか。

唸るように、軋むように、栄衣は語りかけた。

「今のあんたはんは、災いや」

肉に食らいつこうとしていた人魚の動きが、ぴたりと止まる。

「誰も彼もを巻き込む声を出して。同胞が変わってしもうたから、皆殺して。憎い相手をそないして食ろうて。災い以外の何《なん》やというんでっか。そんなん、礼以と同じやないでっか」

ゆっくりと、紅の尾を持った人魚が、虚ろな目つきで少女を見上げる。

「礼以と同じ災いに、ならんとってください。白潟譲さん」

人魚の視線が確かに栄衣を捉える。何か言いたげに口を開いたかと思うと、突然その場に倒れ伏した。

撃たれた左肩の痛みが意識に上ったのか、うめき声をあげる。もがきながら、喉笛と顔の肉を食われた女から身体をどけ、床を這い進もうとする。栄衣は数秒ためらったが、白潟に向けて手を伸ばした。

「操さん、白潟さんを運ぶのを手伝《てつど》うてください。わてひとりやと、どうにもならへん」

「その白潟さん……」操が恐る恐る訊く。「正気……なの？」

「分かりまへん。そやけど、放ってはおかれへん」

操は躊躇《ちゅうちょ》を見せていたが、広がりつつある炎を見て迷う時間などないと悟ったのだろう、ふたりのもとへと走ってきた。白潟の身体を仰向けにし、腕の下を支えて運ぶ。

火が廊下にまで達したのか、木が燃える音が一気に大きくなったが、炎に目をやる余裕は栄衣にも操にもなかった。

板の間に出、土間に下りて玄関扉を開ける。灰色の煙が、扉を抜けて立ち上っていく。

炎と煙が届かないと確信できるだけの距離を取ったところで、ようやく操が「もういいでしょう」とかすれた声をあげた。

土の上にそっと白潟を横たえる。瞼は閉じられ、動く気配もない。操は白潟の胸に耳を当て、栄衣に向かって頷いた。栄衣が安堵の息をつく。

「何安心してるのよ、あんな危ない真似をして……」煙がしみた目を操が拭う。「あなたは白潟さんを見ていて。ここいらに電話を備え付けてる家があるか分からないけれど、一応探してみるわ」

「どこへかける気でっか」

操は肩をすくめた。「丹邨家……のほかないでしょうね」

言うなり操は身を起こそうとし、よろめいた。まだ白潟の咆吼が頭を揺らしているらしい。それでも膝に力を込めると、頼りない足取りでありながらもどうにか歩き出した。栄衣もほっとした途端、目眩がぶり返してきた。その場にへたりこみ、しばらくぼうっと工場に顔を向ける。

工場の黒い輪郭の中で、ただ研究室の窓だけが橙《だいだい》色に染まっていた。そのうち建物全体に広がるだろう。

火が玄関の扉を焼き尽くす頃、ようやく目眩が治まってきた。座っている地面の感触が確かなものになっていく。横たわったままの白潟を見下ろすと、静かな呼吸の音が聞こえてきた。

立ち上がって袴を脱ぎ、白潟の尾に被せる。着物はたくし上げて着付けてきたので脛《すね》が覗いているが、構わず地面に座り直す。

近くには民家も工場もなく、騒ぐ声は聞こえてこない。燃えゆく工場をただ眺めていたとき、かすかな唸り声が聞こえてきて、栄衣は白潟の顔を覗き込んだ。暗闇ではっきりとは分からないが、白潟がゆっくりと瞼を開けるのがかろうじて見えた。

「白潟さん」牙のことが頭にちらつきながらも、栄衣は白潟に囁いた。「わてが分かりまっか」

白潟はしばらくぼんやりとした目で栄衣を見ていたが、やがて唇を小さく動かした。

「新波さん」朦朧《もうろう》とした声音の中に、悔恨が混じっていた。「すみません。あなたに、謝りたいことが、いくつも」

白潟の言う「新波さん」が誰をさしているのかを悟って、栄衣はかすかに首を横に振った。

「……お姉さんは、新波苑子は死にました。わては、新波栄衣です」

栄衣の返答を白潟は長い間呑み込めないようだった。何分も経って、ようやく目を閉じ、息をつく。

白潟からの返事はついになかった。

硝子の割れる音がし、栄衣は工場に目をやった。炎が窓を割り、火が窓枠を這っている。工場の輪郭は橙色を帯び、夜空に煙が立ち上っていく。紅色の火の粉が煌々《こうこう》と輝きながら、舞い上がっては尾を引いて落ちていった。

四

丹邨家の客間に栄衣と操が戻ってくると、光将は頭を抱えて卓に肘《ひじ》をついていた。扉の開く音を聞きつけ、姿勢を正す。

静かな客間には、夏の朝日が窓越しに降り注ぎ、絨毯《じゅうたん》や樫《かし》の家具を照らしている。ここにいると、栄衣は数時間前まで炎の熱と煙の中にいたことが、夢だったかのように思えてきた。

操が工場から近い町を歩き回り、電話のある家を見付けて丹邨家に連絡をしてから、一時間ほどで車がやってきた。やはり工場の場所は礼以と光将しか知らなかったのか、運転していたのは光将自身だった。

芦屋へ車を走らせている間も、光将は何を言えばいいのか分からないらしくじっと黙っており、栄衣と操も口を開くことはなかった。

「白潟の様子は……どないでっか」

客間での光将は操が写真で知っている顔より、少しやつれて見えた。血色も良くない。

「わてと操さんとで身体を拭いて、寝台に寝かせときました。素人なりにでっけど、傷の手当も」

栄衣が答えて長椅子に腰かけた。「今は気を失ってはるだけですけんど、白潟さんが人間の姿になったら、お医者に診せたほうがよろしいんやないかと」

光将は「そないします」と応じ、いまだ信じられないというふうに頭を振った。

「礼以だけやのうて、白潟まで人魚やったとは……」

「電話で簡単にお伝えしましたけれど、詳しく知る権利があなたにもあると思いますわ」

操は長椅子の上で居住まいを正し、そう切り出した。

白潟が人間のふりをして丹邨家に入り込んだ経緯、苑子が失踪《しっそう》――死亡したいきさつ、工場で起こった出来事。操が説明し、時折栄衣が補足をする。話が進むにつれ、光将の眉根の皺が深くなり、話が終わった頃には顔を手で覆っていた。

光将が負い目を感じているのを知りながら、操は平坦《へいたん》な声で告げた。

「あなたは工場で何が行われているのか、職工が何者なのかを知っていながら、ずっと礼以に手を貸していたのでしょう。血を保存するための氷を運んでいたのはあなただと礼以が言っていたのですもの。同罪とまでは申せませんが、あなたにも責任はある」

「そやけど、このおひとは礼以には逆らわれへんかったんでっしゃろ。孝太郎さんが人質同然やったさかい……」

　口出しをする栄衣を、操は冷たく一瞥した。

「その孝太郎さんに飲ませていた薬が何から作られたのかすら、光将さんは伝えなかったのよ。止める気があるのならば、最初に告げることもできたはず」

「言い訳やと分かっとりますけんど」指の間から、光将が弱々しい声を出した。「孝太郎が芦屋に移っても、咳に苦しめられとるのを平気で見とることはでけへんかったんです。孝太郎を助ける薬があれば、材料がなんであれ……何が犠牲になっとるか、本人さえ知らへんかったら、と……」

「けれども、いずれ礼以が薬を完成させれば、それを売り出すつもりでいた。あなたも商人でしょう。どれほどの利益が得られるか、分かっていたはずです」

　操の言葉に、光将は押し黙った。

「礼以が死んだ今となっては、あなたが後始末をするしかない。燃えた工場の解体と、恐らく水中で焼かれずにいる人魚たちの遺骸《いがい》の弔い。遺骸をどうするかは、白潟さんが落ち着いたら訊けばいいでしょう。処理に携わる者は慎重に選んでください。口が堅く、信頼の置ける人間を。口止めも忘れずに。あなたなら、いくらか払ってでもできるはずです」

　あえて事務的に述べる操の一言一言に、光将は頷いていた。真剣な顔でふたりを見据える。

「よろしおます。全て責任をもって事を成します」

　それを聞いて、操がゆっくりと息を吐く。あえて硬くしていた表情が、いくぶん和らいだ。

　客間に落ちた沈黙を待っていたかのように、栄衣が口を開く。

「丹邨光将さん。ひとつ取引したいんでっけど」

「なんでっしゃろ」

「白潟さんを、どこか海辺のええ病院で療養させてもらえまへんやろか。そんで、回復しはったら、また秘書として雇ってもらえればと思うんでっけど。海水を浴びられるよう、あのひとが望むときに休暇も出してもろて」

光将は首肯こそしたが、どこか不安げでもあった。

「確かに療養はいるやろうし、今やこの会社は白潟なしではうまいこと回りまへん。そやけど、本人がここに残るんを嫌がりはせんかと……」

「それも白潟さんが目覚めてから決めることでしょうね。同族の骨を薬にして売り出そうとしていた会社ですもの、承諾するとは思えませんけれど」

操がそう言うと、栄衣に視線を向ける。

「で、取引って言ったわね、栄衣さん。こっちは何をするの」

「あの工場の火事は周りを巻き込まなんだとはいえ、ただ事やおまへん。新聞も書き立てることでっしゃろ」

栄衣は操をちらりと見、続ける。

「操さんに、記事を書いてもらいます。人魚のことも、丹邨製薬のことも伏せて」

「ちょっと」操が少しばかり声を荒らげた。「私を煩わせないでちょうだいよ」

「操さんにしかでけへんやないでっか」栄衣の声量も同じほどになっている。「大阪実法新聞は、関西ではよう読まれとりますやろ」

操はあからさまに顔をしかめた。

「婦人記者はたいした記事を書かせてもらえないのよ。知ってるでしょう」

「操さんにはほかの記者より有利なことがおます。火事の現場に居合わせてはる。現場にいた記者が真っ先に書いて公表したとなれば、別の新聞社の流言みたいな記事も抑えられるんやないかと」

「簡単そうに言うわね……」

「白潟さんのためです」

栄衣の気迫に押されたのか、操はやや身を退《ひ》き、しばらく考えてからふっと息をついた。

「編集長に直されて、私が書いたのは句読点だけ、ということになるかもね。でもまぁ……書くだけは書くわ。現場にいた唯一の記者だもの」

栄衣と操の会話を聞いて、光将が迷いを含んだ口調で言う。

「……ほんまに、人魚のことを表に出さんでええんやろか。これがわしの、いちばん大きな非やというのに」

居住まいを正して栄衣が答える。

「正直なとこ、光将さんの咎《とが》を隠すためやおまへんのや。人魚のためです。この国には……いえ、この世には、白潟さんたちのように陸に上がって、人間として生きとる人魚がほかにもおるかもしれへん、とわては考えとります。もしかしたら別の、言い伝えやと思われとる生きもんも……。もしそういうんがほんまにおると知れたら、人間が何をするか分かりまへん。わては、白潟さんみたいなおひとたちがこの世でまっとうに生きる限り、邪魔をしとうないんです」

操がわざとらしく拍手をした。

「ご高説をありがとう。それで苦労するのは私だけどね」

「そんなら、わてが書きますわ」

栄衣が勢い込んで言うが、操はやや怒ったように答えた。

「馬鹿言わないで。素人に記事を書かせるくらいなら、私が書いたほうがまし」

そうして視線をわざと逸らした操の表情に、どこか笑みがただよっているのに気付き、栄衣もつられて唇をほころばせた。

「おおきに、操さん」

「私はもういいけれど、光将さんは？」

光将はしばらく考え、操に向かって礼をした。

「よろしゅう、お頼み申し上げます」

数秒して、ようやく光将がゆっくりと頭を上げる。客間に入ったときより、幾分か顔色が良くなっているように見えた。しかしその表情にはまだ翳《かげ》りがある。

「もうひとつ、わしが心配しとることがおますねや。孝太郎のこってす」

「孝太郎さんには、人魚の骨から作られた薬なんてこれ以上飲ませとうない。そやけど、飲まんと咳が悪化する。そういうことでっしゃろ」

栄衣に言い当てられて、光将が苦々しげに頷いた。

「今日から、あの子は地獄の思いをすることになる。そない考えると……」

光将の言葉を遮り、客間の扉が開いた。三人の視線が扉に注がれる。

ひとりの少年が、やや眉を下げて中に入り、扉を後ろ手に閉めた。栄衣も操も見たことがなかったが、誰かは想像がつく。

「孝太郎」光将がつぶやいた。「聞いとったんか」

孝太郎はびくりとし、肩をすくめながらも三人を代わる代わる見つめた。

「すんまへん。お父《とう》はんが夜明け前に慌ただしう出ていきはるのが分かって、とても寝ていられへんかったんです。帰ってきはったかと思えば、お客らしいおひとと、こんな朝早《はよ》うここで話してはるし……」

「孝太郎さん」栄衣が優しく声をかける。「こっちに来とくなはれ。この話は、孝太郎さんに関わることやよって」

しばらく扉の傍で孝太郎はためらっていたが、意を決するように顔を上げて栄衣たちの向かい、光将の隣に座った。充分に落ち着くのを待って、栄衣が切り出す。

「話を聞いてたんやったら、今まで飲んではった薬がどういうもんか、もう知ってはりますな」

一瞬孝太郎の目が泳いだものの、しっかりと頷いた。栄衣が続ける。

「わてとしては、孝太郎さんに決めてほしいと思うてますねや。礼以の部屋から薬を探し出して、少しでも楽な時間を延ばすか。それともこれきり、人魚の骨から作られた薬を絶って、ほかの薬で耐え忍ぶか」

そこまで言って、少し口ごもった。

「もしあの薬を絶つんやったら、孝太郎さんは光将さんの言わはる通り、地獄の思いをすることになりますやろ。合う薬が見つかるか、作られるまでに、命を落としてまうかもしれまへん。……

それも考えて、孝太郎さん自身に決めてほしいんです」

言われて、孝太郎は不安げに光将の顔を見た。光将が苦しげな表情で、孝太郎の肩に手を添える。

「今まですまなんだ。わしには何も言えん。言える立場でもあらへん。身体に関わるこっちゃ、よう考えて……」

「よう考えろ言うても、今日の夕方になれば薬の効果は切れます」

孝太郎が光将から目を逸らし、うつむいた。

「どうせそれまでに決めなあかんのやったら、今決めます。……いや、ここでの話を聞いとったときから思うてたんです。あんなことを知って、僕はもう、あの薬は飲まれへん」

「ほんまにええのんか」光将が念を押す。「今から礼以の部屋を探したら、薬が見つかるかもしれへんのに」

「それかて、ほんの一瓶やと思います。気休めにすぎまへん」

光将の目を真正面から見つめ、孝太郎は言い切った。

「僕はもう、あの薬は飲みたない」

客間に沈黙が落ち、孝太郎がゆるゆると光将から視線を外した。操が長椅子の上で座り直す。

「それなら、少なくともしばらくは市販の薬を試すしかないわね」

「……新波苑子さんがいなくなる前、僕に市販の薬を一瓶くれはりました。お守りや、言うて。あの薬、ずっと持ってますねや。あれから試してみよう思います」

お姉さんが、と栄衣がつぶやいた。少しためらい、

「どれほど効くかは、分かりまへんで」

そう言うと、孝太郎は微笑んだ。

「確かに分かりまへん。そやけど、あの薬から試したいんです」

七月の朝日が孝太郎の青白い頬を照らす。寝巻に包まれた身体は細く、頼りなくも見えたが、客間に入ってきたときの怯えたような表情はもうその顔にはなかった。

第六章　笑ヲ含テ

栄衣と操が通された病室は二階の一人部屋だった。まだ暑さが残る九月の初め、旅行鞄《かばん》を持って駅からの長い道のりを歩いてきたふたりは、わずかに顔を火照らせていた。

「少し狭いけど悪い部屋じゃないわ。清潔だし」操が掃き清められた床や小さな椅子、白い壁を見回して言う。「光将の友人が開いてる医院だと聞いたけど」

病室の奥、窓際にある寝台の上で半身を起こしていた白潟が笑む。髪は入院後に切られたのか短くなり、病衣を着ているものの、顔つきは和やかだった。

「あの院長は以前療養所で働いていたようですが、詳しくは。僕にとっては詮索《せんさく》しないでくれることのほうが重要です」

そういうものよね、と操が答え、椅子に腰を下ろした。

工場での出来事が終わって一か月と少し、八月が過ぎ去ろうという頃、栄衣と操は光将から手紙を受け取っていた。慇懃《いんぎん》な礼と丹邨家に関わる報告とともに、「白潟が回復してきたので、一度会ってやってくれ」という旨が書いてあった。

「海もすぐそこやし、海水浴に来る客がいはるかと思うたのに、そんなにいませんな」

「震災の影響もまだ残っていますし、人気《ひとけ》のある海水浴場からは離れていますから」

白潟は栄衣に答えて、頭を下げた。

「わざわざこんな遠いところまでお越しいただいて、ありがとうございます。その、費用は」

「そこはご心配なく」操が手を振る。「汽車賃も宿泊料も、光将さんからの手紙に同封されてたの。今日は鎌倉駅の近くに泊まるつもり」

「わて、こんな遠いとこまで来たん初めてですわ」

栄衣が寝台越しに窓の外を眺める。坂道を下った先に、陽の光を反射する海が見えた。ふと気になり、白潟を見下ろす。

「海水はどないしてはるんです。海まで行ってはるんでっか」

言われて白潟は、金属製の三脚に載せられた琺瑯《ほうろう》の洗面器をさした。

「入院してからしばらくは看護婦に汲《く》んでもらって、ここに。妙な注文をつける患者だと思われたでしょうね」小さな笑い声を出し、「今はひとりで歩けるので、自分で浸《つ》かりに行っています」

安堵《あんど》の息を漏らして、栄衣は操の横に座った。

「操さん、あの記事」

栄衣に促され、操があぁ、と声をあげた。鞄を開け、中から新聞の切り抜きを取り出す。

「あなたも読んでおいたほうがいいと思って。こう書いた経緯は光将から知らされてると思うけど」

白潟が切り抜きを受け取り、目を通す。記事を操に返すときには、割り切れない感情が眉《まゆ》の辺りに浮かんでいた。

「工場はほぼ全焼……」操に視線を向け、「人魚のことを伏せるのは分かりますが。やはり丹邨製薬のことは書かなかったのですね」

「文句ならこの子に言ってちょうだい。この子が光将とそう取引したのだもの」

「なぜそのような条件を?」

問いかけられて、栄衣は居住まいを正して答えた。

「全てが公になってもうたら、丹邨製薬の評判は悪うなるでしょう。下手したら商売が傾くかもしれへん。それやと困るんです。丹邨製薬には……孝太郎さんを治す薬を作る責任があると思うたさかい」

白瀉はしばらく、栄衣の真剣な顔を見つめた。

「孝太郎さんのためだけではありませんよね。ほかの煙害に苦しむひとたちのためでもある。苑子さんのような」

栄衣が頷《うなず》いたのを見て、白瀉は微笑んだ。

「光将がこの間訪ねてきて、退院したらまた秘書として勤めないかと言ってきたんです。もともとは憎い会社でもありますが……僕は社に戻るつもりです」

「戻ってくれはるんでっか」

「苑子さんと約束したので。礼以を排除したら、光将とともにまともな薬の開発を急ぐと」

寂しげな影が顔をよぎる。数秒瞼《まぶた》を閉じると、影を振り払ってふたりに尋ねた。

「丹邨家は、あれからどうなっているでしょうか。光将が訪ねてきたときは、ほかにも寄るところがあるとかであまり話せず……」

「光将さんからの手紙に色々と書いとりました」栄衣が答える。「光将さんは、まっとうに薬を作って商売してはります。煙害で肺を悪うしたひとたちのために、新しい薬を作るのにも力を入れてはるそうで。白潟さんが戻ったら、手伝《てつど》うてあげてください」

「もちろん、そのつもりです」

笑みをこぼして、栄衣は続けた。

「孝太郎さんは……お姉さんが死ぬ前に渡した市販の薬を試しはりましたが、やっぱり効き目はあの丸薬より弱いようで。今は光将さんの手配で、肺の療養所にいてはります」

「その療養所は鎌倉にあるのよ」操が付け加えた。「明日、大阪に帰る前に少し顔を見せるつもり」

それを聞いて白潟は目を見開いた。

「ここからそんな近くに。では僕を訪ねた日に光将が言っていた『寄るところ』というのは」

「孝太郎さんの療養所やと思います」

良くない答えを予期してか、ためらいを見せていた白潟が、おずおずと問いかけた。

「病状については。何か聞いていますか」

操が代わりに答える。

「それまで飲んでいた薬がないのだもの、苦しい思いはしてるらしいわ。でも今のところ、命に関わってはいない。これからは丹邨製薬の努力と、孝太郎さんの体力によるわね」

白潟が不安を隠しきれないでいることが、ふたりにも分かった。栄衣が声をかける。

「孝太郎さんは、自分で礼以の丸薬を絶つ決心をしはりました。そやよって、その意思を汲んであげてください」

それでも白潟はわずかに眉をひそめていたが、小さく「はい」と答えた。

「あと、登世のことも話していい？」操が切り出す。「あのひと、人魚の血が混ぜられた化粧水を礼以から渡されて塗っていたのよ。それがなくなったものだから、めっきり老けてしまってね。もちろん白粉《おしろい》を塗りたくっても元に戻らないし、人前に出られなくなったんですって」

「それは……」白潟は複雑な表情を浮かべた。「肉ではなく血だったとは……。でも罰を受けてはいるのですね」

「そういうこと」

会話が途切れ、白潟が手を伸ばして病室の窓を開けた。海風が病室に吹き込んでくる。白潟が何か言おうとしているのを、ふたりはどことなく感じ取っていた。じっと手を腿《もも》に載せ、待つ。

数分もしてから白潟がうつむき、声を絞り出した。

「……あなたたちには、ほんとうにご迷惑をおかけしました。お詫《わ》びのしようもない」

その次に発せられる言葉の見当がついたが、どちらも遮ることはできなかった。

「工場でのことは、朧気《おぼろげ》にですが覚えています。全て」

どう答えればいいのか、栄衣も操も分からなかった。生け簀《す》の死体、喉笛《のどぶえ》を噛《か》みちぎられた職工たち、礼以を貪《むさぼ》る白潟の姿がどうしても思い浮かぶ。

「あのときの自分が、正気だったとは言えません。けれども、ああなってしまった同族たちは、もう殺すしかないと、そう思ってしまった。礼以のことは、元から殺したいほど憎かった。ですが……」

先を続けられず、頭《かぶり》を振る。口にしたいことはあるが、どう語ればいいのか分からない、というふうだった。

栄衣が腿の上で手を握り、沈黙を破った。

「白潟さんは、礼以を殺すだけやなかった。それ以上のことをしはった。……それが引っかかってはるんでっしゃろ」一瞬唇を噛み、思い切って問いかける。「白潟さん。なんで礼以を食うたんでっか」

答えが返ってくるまでに、長い間があった。白潟は窓に顔を向け、頬に風を浴びている。晴れていたはずの空にいつの間にか薄い雲がかかり、太陽の光を遮っていた。

「……分かりません」

白潟は消え入るような声で言った。

「ただ、ああしていたときの感情だけは、はっきり覚えています。礼以を食い尽くしたい、肉も骨も全て奪ってやりたい、と」

「復讐《ふくしゅう》……というもの？」

操の問いに、白潟は曖昧《あいまい》に首を振った。

「憎しみだったのか、復讐心だったのか、それとも別の何かだったのか。正気でなかったとはいえ、自分の衝動がどこから来たのかすら、僕にはよく……ただ」

苦々しげに顔を歪《ゆが》める。

「時折、頭の中に、今でも礼以の顔が思い浮かぶのです。僕に食われながら、じっとこちらを見る、あの目……」

そう震えた声でつぶやくと、記憶を振り払うように何度も強く瞬《まばた》きをした。

「すみません、妙なことを言ってしまって。心配なさらずとも、きっといつかは忘れてしまいます。なにしろ、僕はこれからも永い時を生きることになるので」

弱々しい笑みを浮かべる白潟に、栄衣は恐る恐る尋ねた。

「永い、て。どれくらいなんでっか」

「恐らく、あと数百年は」

その言葉はほんとうだ、と栄衣は直感した。しかし、これから先、白潟は死にゆく礼以の目を忘れることができるのか。忘れられなければ、何百年も抱えて生きていくことになるのではないか。そういった危惧《きぐ》を口に出すことは、栄衣にはできなかった。

「そんな顔をしないでください、栄衣さん。僕はあなたに助けられたのですから」

慌てて頬を押さえながらも、言われたことの意味を取りかねて、栄衣はわずかに首を傾げた。

白潟が静かに言う。

「災い」

——今のあんたはんは、災いや。

工場で、自我を失った白潟にかけた言葉。どうしてそれで白潟が正気を取り戻せたのか、栄衣はあの一件が終わっても分からずにいた。

「人魚は災いだと、苑子さんは言いました。僕が正体を明かす前、礼以の所業について苑子さんが推測を話したときに。僕はそう言われたのが我慢ならなかった。自分たちは礼以とは違うと。冷酷で、無慈悲で、忌まわしい存在ではないと。でも」

白潟は栄衣を見据えて続けた。

「礼以を貪る僕を、あなたは災いだと言った。その言葉で、僕はかろうじて正気を取り戻せたのだと思います。礼以と同じ、『災い』だと見なされるのは……耐えられなかったので」

ありがとうございます、と頭を下げる白潟にも、栄衣はまごついた反応しかできなかった。

「お、お姉さんがそんなこと言うたやなんて、わて知らんかったんです。ただ気が付いたら言うてしもうてただけで……今の白潟さんが災いやなんて、もうちっとも思うてまへんし……」

その狼狽《ろうばい》ぶりがおかしかったのだろう、白潟は唇の端を上げた。

「同じことを無意識のうちに言うとは。やはりあなたは苑子さんに似ている」

「ほんとうに」黙って話を聞いていた操が口を開いた。「新波苑子なら、もう少し落ち着いた返事をしただろうけど」

白潟は小さく声を立てて笑ったが、寂しさと悔いを押し殺していることは分かった。

階下から医師の声が聞こえる。誰かが診察を受けに来たらしい。操が鞄を持ち、腰を上げる。

「まだ白潟さんも万全ではないし、そろそろお暇《いとま》するわ。あなたが関西に戻ったら、またお会いしましょう」

栄衣も操にならって立ち上がった。白潟がふいに声をあげる。寝台から手を伸ばし、脇の引き出しを開けて封筒を取り出した。

「光将からそのうちあなたがたをお呼びすると聞いて。いらっしゃったときに、これをお渡ししようと思っていたのです」

栄衣が封筒を受け取る。表書はない。触ったところ、便箋《びんせん》が二、三枚は入っていそうだった。

「……どちら宛てに？」

「おふたりに」

栄衣は手紙と白潟とを代わる代わる見た。

「ここで読んでもよろしおますか」

訊《き》かれて、白潟は苦笑を浮かべた。

「僕の個人的な感情を記しただけなので、目の前で読まれるのは少し……。電車の中か、宿に着いてからお読みください」

頷いて、栄衣は手紙を懐に入れた。

操とともに白潟と別れの挨拶《あいさつ》を交わす。栄衣が扉の前で振り返ると、白潟は薄曇りの空と波立つ海を眺めており、その表情は窺《うかが》えなかった。


江之島電鉄に乗り、鎌倉へと向かう。車窓から見える海面は傾きかけた陽を受けて薄橙《だいだい》色に輝き、さざ波が光の粒となってたゆたう。

車両の揺れに身を任せていた栄衣の横で、操が手提げ鞄を漁《あさ》り始めた。

「どないしたんでっか」

「少し渡したいものがあったんだけど、工場での一件が終わるまでごたごたしてたでしょう。そのあとは会う機会もなかったし……今日渡そうと思って持ってきたの」

操はそう答え、栄衣に一本の万年筆を渡した。銅《あかがね》色の軸と金色の飾りには、確かに見覚えがあった。

「お姉さんの……」栄衣が驚きと喜びの入り混じった声をあげた。「なくした、て言うてたのに」

「会社の机にあったの。私が持っていても仕方がないし、返すわ」

栄衣は手の中にある万年筆にしばらく見入っていた。蓋《ふた》を外してみる。漏れたインクが乾いてこびりついていたが、ペン先は潰《つぶ》れていない。インクを入れれば充分に使えそうだった。万年筆を大事そうに撫《な》で、旅行鞄にしまう。

「……おおきに」

操は栄衣の言葉にふいと顔を背けた。

「ものを返しただけよ。お礼を言われるほどのことじゃないわ」

それより、と再び顔を向け、栄衣のほうに身を寄せる。

「白瀉さんから手紙を貰《もら》ったのでしょう。私たちふたりに、って言ってたじゃない。私も一緒に読んでいいのよね」

言われて、栄衣は懐から封筒を取り出した。白い、飾り気のない便箋が中に入っている。

「ほな、一緒に読みましょか」

操に微笑みかけ、栄衣はそっと、丁寧に畳まれた便箋を開いた。

参考文献

〈書籍〉
『**大阪ことば事典**』牧村史陽編／講談社学術文庫
『**大阪伝承地誌集成**』三善貞司編著／清文堂出版
『**大阪の近代——大都市の息づかい**』大谷渡編著／東方出版
『**女のくせに**』中平文子著　大阪工業大学知的財産学部水野ゼミ編／大阪工業大学知的財産学部水野研究室
『**化粧の日本史　美意識の移りかわり**』山村博美／吉川弘文館
『**新装版　昭和モダンキモノ　抒情画に学ぶ着こなし術**』弥生美術館・中村圭子編／河出書房新社
『**図説　明治の企業家**』（ふくろうの本）宮本又郎編著／河出書房新社
『**続・大阪古地図むかし案内——明治～昭和初期編**』本渡章／創元社
『**大正時代の身の上相談**』カタログハウス編／ちくま文庫
『**大正のきもの**』近藤富枝責任編集／財団法人民族衣裳文化普及協会
『**大正ロマン手帖　新装版　ノスタルジック&モダンの世界**』（らんぷの本）石川桂子編／河出書房新社
『**地図と鉄道省文書で読む私鉄の歩み　関西（1）阪神・阪急・京阪**』今尾恵介／白水社
『**手軽な西洋料理法**』（主婦之友実用百科叢書29）主婦之友社編集局編／主婦之友社
『**都市公害の形成—近代大阪の成長と生活環境—**』小田康徳／世界思想社

『日本の「人魚」像――『日本書紀』からヨーロッパの「人魚」像の受容まで――』
九頭見和夫／和泉書院
『日本の名作住宅の間取り図鑑　改訂版』大井隆弘／エクスナレッジ
『人魚の動物民俗誌』吉岡郁夫／新書館
『阪神沿線：まちと文化の110年』阪神沿線の文化110年展実行委員会編／
神戸新聞総合出版センター
『武道伝来記』井原西鶴作　横山重・前田金五郎校注／岩波文庫
『明治　大正　昭和　化け込み婦人記者奮闘記』平山亜佐子／左右社

〈図録〉
『大大阪時代に咲いたレトロモダンな着物たち～北前船船主・大家家のファッション図鑑～』
深田智恵子編／大阪市立住まいのミュージアム

〈Web〉
「**近代日本の身装電子年表**」大学共同利用機関法人人間文化研究機構国立民族学博物館
https://htq.minpaku.ac.jp/databases/mcd/chronology.html
「**太平記大全**」奈良女子大学学術情報センター所蔵
国書データベース
https: //doi.org/10.20730/100215319
「**北条五代記**」三浦浄心／国立公文書館デジタルアーカイブ
https://www.digital.archives.go.jp/file/1242378
「**和漢三才図会**」寺島良安編／早稲田大学図書館　古典籍総合データベース
https://www.wul.waseda.ac.jp/kotenseki/html/bunko31/bunko31_e0860/

北沢 陶（きたざわ　とう）
大阪府出身。イギリス・ニューカッスル大学大学院英文学・英語研究科修士課程修了。2023年、「をんごく」で第43回横溝正史ミステリ&ホラー大賞〈大賞〉〈読者賞〉〈カクヨム賞〉をトリプル受賞し、デビュー。

本書は書き下ろしです。
この作品はフィクションです。
実在人物・団体などとは一切関係がありません。

骨《ほね》を喰《は》む真珠《しんじゅ》

2025年 1 月31日　初版発行
2025年 6 月15日　再版発行

著者／北沢《きたざわ》 陶《とう》

発行者／山下直久

発行／株式会社KADOKAWA
〒102-8177　東京都千代田区富士見2-13-3
電話　0570-002-301（ナビダイヤル）

印刷所／旭印刷株式会社

製本所／本間製本株式会社

ISBN 978-4-04-115247-8　C0093